LES VAGABONDS

RICHARD LANGE

LES VAGABONDS

Traduit de l'anglais (États-Unis)
par David Fauquemberg

RIVAGES/IMAGINAIRE

Retrouvez l'ensemble des parutions
des Éditions Payot & Rivages sur

payot-rivages.fr

Collection dirigée par Valentin Baillehache

Titre original : *Rovers*

Pour Kim Turner

« Il y a des ténèbres dans la vie et il y a des lumières, et vous êtes l'une des lumières, la lumière de toutes les lumières. »

Bram STOKER, *Dracula*

« Que la foi évince les faits et les chimères le souvenir ; je regarde au plus profond et je crois. »

Herman MELVILLE, *Moby Dick*

« La nuit est un monde qui s'éclaire lui-même. »

Antonio PORCHIA

1

Jesse fait le vieux rêve pour la première fois depuis des mois. Il ne dort pas beaucoup ces derniers temps et quand il dort, il ne rêve pas. Les mauvais jours, il reste allongé là des heures à se retourner sur son lit ; les bons, ses paupières tombent et il meurt jusqu'à ce que le soleil se couche. Mais aujourd'hui, il contemplait le plafond jauni de taches d'humidité de sa chambre de motel, en écoutant la femme de ménage se disputer avec le gérant dehors, sur le parking, Edgar qui ronflait sur l'autre lit, et l'instant d'après, le rêve ! Réapparu comme un ami qu'il n'avait pas conscience de tant regretter jusqu'à ce que, hey, le voilà de retour ce vaurien. C'est le seul rêve que Jesse fait, alors il lui est cher. Le seul moment où ce monde n'est pas juste ce qu'il est.

Il marche sur une route, toujours la même, une route qu'il a parcourue dans sa vie éveillée, mais qu'il n'arrive pas à situer exactement. Les environs de Barstow peut-être, ou ceux de Las Cruces. Une terre broussailleuse, où la végétation est hérissée d'épines et où le vent chaud ne s'arrête jamais de souffler, où des rails de chemin de fer fendent les lacs salés comme de vieilles balafres saillantes et où l'air est si limpide que quinze kilomètres de distance en paraissent toujours trois. Il marche seul sur cette route et s'il sait qu'il s'agit d'un rêve, c'est parce qu'il fait jour.

Cela fait plus de soixante-quinze ans qu'il n'est pas sorti dehors pendant la journée. Soixante-quinze ans qu'il n'a pas senti le soleil sur son visage, soixante-quinze ans qu'il ne s'est pas allongé sous un arbre en faisant courir ses doigts sur les ombres de feuilles qui tremblotent sur l'herbe chaude, soixante-quinze ans qu'il n'a pas jeté un coup d'œil à travers ses cils pour repérer un corbeau croassant dans l'éclat de midi. Trois quarts de siècle qu'il vit de nuit, aux heures ébène où les monstres chassent et où les bonnes gens restent à l'abri dans leurs maisons. Depuis qu'il a mué, l'aube est une peine capitale, le moindre rayon de soleil un rasoir chauffé à blanc.

C'est pourquoi la joie le submerge chaque fois qu'il fait son unique rêve, qu'il se retrouve à marcher sur cette route en plein cagnard, sous un ciel où s'étirent des brins de nuages. Un gros lièvre bondissant fait voler la poussière. Une brise transporte des senteurs de sauge. Il tombe sur une cannette de soda vide et tape du pied dedans. Lumière et chaleur s'immiscent dans les taillis les plus froids et les plus obscurs de son être, et s'il devait ne plus jamais se réveiller, ça lui irait très bien. Cela suffirait – la route, le ciel, le soleil – pour l'éternité.

« Jesse. »

Jesse ouvre les yeux. Le plafond est noir. La nuit est tombée.

« Jesse.

– Quoi ?

– J'ai pissé dans ma culotte. »

Jesse se redresse sur le lit. Son frère Edgar est allongé sur celui d'à côté, dans sa propre saleté. Même Abby, la chatte d'Edgar, ne ferait jamais un truc pareil. En tout cas, elle a été assez maligne pour sauter par terre, sur le plancher. Jesse expire son dégoût. Son intention n'était pas qu'Edgar l'entende, mais il l'a entendu.

« Je suis désolé, dit Edgar, et il se met à pleurer.

– T'inquiète, répond Jesse. Ça t'arrive moins, ces derniers temps. »

Dix années s'étaient écoulées depuis la dernière fois qu'Edgar n'avait pas contrôlé sa vessie, et Jesse ne comprend pas pourquoi ce problème est réapparu. Il a demandé à Edgar si quelque chose lui faisait peur ou le tracassait, mais Edgar dit que non, il doit donc simplement s'agir d'une de ses mauvaises habitudes qui reviennent de temps en temps, comme voler dans les magasins, mentir et disparaître sans prévenir, quelque chose que Jesse va devoir sans cesse lui apprendre à ne pas faire jusqu'à la fin des temps.

Peut-il vraiment être à ce point simple d'esprit ? Apprenez un tour à un chien, un cheval, il ne l'oublie jamais. Alors pourquoi Jesse est-il obligé de rappeler tous les cinq ou dix ans à un adulte qu'on ne vole pas des chips dans les magasins ? Se pourrait-il qu'Edgar le fasse marcher et se régale intérieurement de sa frustration ?

Jesse l'emmène de force jusqu'à la salle de bains, lui dit d'enlever son caleçon et de le mettre dans le lavabo. Edgar ne sanglote plus et semble avoir oublié tous ses pleurs. « Pas trop chaud », supplie-t-il tandis que Jesse tourne les robinets de la douche. Edgar est un grand gaillard d'un bon mètre quatre-vingt-trois, plus costaud que Jesse, épais comme un bœuf et de plus en plus gros au fil des années. Il aura toujours cinquante ans au-dehors et dix dans sa tête, un enfant portant une coquille d'homme, et Jesse devra éternellement veiller sur lui car il l'a promis à leur mère. Que pouvait-il faire d'autre – les dernières volontés d'une mourante…

Il déballe le carré de savon offert avec la chambre et le tend à Edgar. Edgar le renifle, le lèche et grimace.

« C'est du savon, pas un bonbon, dit Jesse.

– Ça sent le bonbon », réplique Edgar.

Il chante sous la douche, son air préféré du moment, une histoire de camionneurs qui s'unissent pour échapper aux policiers de la Highway Patrol. Il connaît toutes les paroles, y compris les passages parlés, pose même une main sur sa bouche pour imiter le son de la CB.

« Lave bien partout, hurle Jesse pour se faire entendre. Sous les bras, tes fesses aussi.

– Cinq sur cinq, vieux. »

Jesse défait les draps du lit. Le matelas est déjà tellement sale qu'une tache de plus passera inaperçue. Il jette les draps sur le carrelage de la salle de bains, les lavera dans la douche tout à l'heure.

Edgar cesse de chanter. « J'ai faim, dit-il.

– Y a un paquet de Pop Tarts.

– *Vraiment* faim. »

Il manque des lettres à l'enseigne en néon du drive, en face du motel. H MBUR SH K S FR S. La première fois que Jesse et Edgar ont parcouru cette portion de route, elle faisait partie de l'autoroute qui menait de Chicago à Los Angeles. Il n'y avait rien, alors, que des plantations d'orangers, et ils se sont arrêtés par une nuit de janvier glaciale pour contempler les braseros – des réchauds à pétrole qu'on laissait allumés parmi les arbres jusqu'à l'aube pour tenter de réchauffer l'air, empêcher les fruits de geler.

D'épais nuages de fumée s'élevaient des braseros, une fumée graisseuse qui irritait la gorge de Jesse, noircissait les visages des hommes entretenant les feux. On aurait dit des démons tout juste jaillis de l'enfer, voûtés dans l'éclat orangé des flammes, leurs yeux et leurs dents luisant dans les ténèbres. Cette vision effrayait Edgar, qui se mettait à gémir.

« C'est quoi ? Des revenants ?

– Non, répondait Jesse. Juste des hommes. »

Arrachés dans les années trente, les orangers ont été remplacés par des motels, des stands de hamburgers et des stations-service. Puis une autoroute plus large a été construite quelques kilomètres plus au sud, siphonnant la circulation de l'ancien itinéraire, et motels, restos de hamburgers et stations essence ont fermé leurs portes les uns après les autres. Ceux qui tiennent encore le coup surnagent à peine. Pas de quoi acheter des matelas neufs ou réparer les enseignes lumineuses. Les vitres brisées sont comblées par des planches, et les propriétaires préfèrent payer les factures d'électricité que changer le lino usé. D'ailleurs, les clients qu'ils ont désormais s'en fichent royalement.

Le motel où sont descendus Jesse et Edgar est un fer à cheval de dix bungalows étreignant un parking en gravier. Jesse jette un regard derrière lui pour s'assurer qu'Edgar ne l'a pas suivi dehors, avant de traverser la route en direction du drive. Ce restaurant est l'endroit où se rassemblent les prostituées du coin et où les chauffeurs routiers qui font le détour depuis l'autoroute viennent les chercher. Ils préfèrent venir là car il y a de la place pour garer leurs semi-remorques sur les deux mille mètres carrés d'asphalte envahi par les herbes qui jouxtent le stand de hamburgers, terrain vague jadis occupé par un concessionnaire de voitures d'occasion.

Prostituées et camionneurs mènent leurs négociations autour des quatre tables de pique-nique en bois du drive. Deux filles sont de service ce soir. La première, assise à une table, tête son Coca Cherry en étudiant le miroir d'un poudrier ; l'autre fait semblant de parler dans le combiné d'un téléphone public. Jesse se dirige vers le guichet et commande un cône de crème glacée au vieil homme qui tient l'endroit. Sa peau fine comme du papier est tellement tirée sur son crâne qu'on le croirait prêt à hurler.

« Comment va ? demande le vieux.

– On fait aller », répond Jesse.

Il prend sa glace et va s'asseoir à une table vide. Les filles lui jettent un coup d'œil mais se détournent aussitôt. Celle avec le poudrier, une grosse blonde, porte minishort et bustier. Un cœur brisé est tatoué sur l'un de ses seins. L'autre fille est une petite mexicaine avec une paupière tombante. « *Sí*, crie-t-elle dans le téléphone public, *sí* », sans cesser de scruter la route en quête de clients potentiels.

Le vent surchauffé de la nuit qui souffle du désert fait tourbillonner les ordures. Des nuées d'insectes grouillent autour des lampadaires, et les chauves-souris se ruent sur ce festin. Le plateau de la table est bosselé de noms, de dates et de gros mots gravés dans le bois. BIG JOE + MARY. CARL ÉTAIT LÀ. HELLS ANGELS FTW 13/69. Il y a une bite qui crache son foutre, une femme nue à quatre pattes. Faisant glisser son doigt sur les inscriptions, Jesse se demande qui a pu les tailler.

Un grand semi-remorque entre sur le terrain vague. L'engin s'arrête dans une quinte de toux poussiéreuse. L'homme qui descend de la cabine est un cow-boy aux jambes arquées avec un minuscule drapeau américain en papier glissé sous la bande de son Stetson. Il fait deux flexions avant de s'approcher du stand. Là, il incline son chapeau pour saluer Jesse et les filles avant de commander un cheeseburger.

Jesse marche jusqu'au magasin d'alcool d'à côté. Une Chevrolet Monte Carlo en patchwork – pare-chocs bordeaux, portière blanche, couche d'apprêt grise sur le capot – est garée devant. Une sonnette se fait entendre quand Jesse pénètre dans la boutique. Le vendeur, un grand Noir baraqué, ne le regarde même pas. Il a les yeux braqués sur le frigo des bières, au fond du magasin. Là-bas, un autre Noir – un maquereau en chaussures à semelles compensées, pantalon de velours vert et chemise en soie déboutonnée jusqu'au nombril – se dispute avec une putain blanche, maigre dans son jean moulant.

« T'avise pas de me doubler, salope ! menace le maquereau.

– Il m'a donné que vingt dollars, je te jure.

– C'est pas ce que dit Trina, réplique le maquereau.

– Qu'elle aille se faire foutre ! C'est moi qui ai sucé la bite de ce connard, et il m'a filé que ça. » Elle agite dans les airs un billet de vingt dollars. Le maquereau le lui arrache des mains.

« Comment ça, Trina peut aller se faire foutre ? gronde-t-il.

– Qu'elle aille se faire foutre, qu'elle aille se faire foutre, qu'elle aille se faire foutre, répète la fille. Qu'elle aille se faire foutre dans son putain de cul. »

Le maquereau la gifle d'un revers de main. La fille va s'écraser contre la porte vitrée du frigo et retombe en glissant sur le plancher.

« Allez faire vos conneries dehors ! » crie le vendeur.

Le maquereau remonte l'allée vers le guichet sans un regard à la putain. Concentré sur Jesse, il écarquille ses yeux injectés de sang. Jesse soutient son regard.

« Qu'est-ce tu mates, connard ? lance le maquereau, qui s'approche jusqu'à ce que sa poitrine soit collée à celle de Jesse.

– Rien, répond Jesse.

– C'est ta sœur ?
– Non.
– Ta maman ?
– Non.
– Alors te mêle pas de ça. »

Le maquereau sort du magasin, grimpe dans la Monte Carlo et quitte le parking en faisant rugir le moteur.

« Vous voulez quelque chose ? demande le vendeur à Jesse.

– Donnez-moi une petite bouteille d'Old Crow », dit Jesse.

La putain est toujours assise par terre. « Je peux utiliser les toilettes ? demande-t-elle.

– Réservées aux clients, réplique le vendeur en tendant à Jesse la bouteille et sa monnaie.

– Allez, *man*, insiste la fille. Faut que je me nettoie.

– Alors achète un truc. »

La prostituée plonge la main dans son sac, en ressort quelques pièces.

« Tu vends des clopes à l'unité ? Des Kool.

– Non, pas à l'unité.

– J'ai pas assez pour un paquet.

– C'est pas mon problème. »

Jesse pose un dollar sur le comptoir.

« Donnez-lui ses cigarettes, dit-il. Et laissez-la utiliser vos toilettes.

– Merci, *man* », lance la putain dans son dos, tandis qu'il marche vers la sortie.

Il a les yeux levés sur un fin croissant de lune orangé quand la putain ressort du magasin. Il a siroté son whisky et se sent prêt à faire ce qu'il doit faire.

« Tu m'attendais ? » demande la fille. Elle a repris ses esprits après la gifle qui l'a envoyée au tapis, a retrouvé son insolence.

« Peut-être », répond Jesse.

La prostituée tire une latte sur sa cigarette, souffle la fumée et fait un truc avec ses hanches, un petit roulement.

« Tu veux qu'on se file un rancard ? dit-elle.

– C'était qui ce gars, celui qui vous a tapé ?

– Sugar ? C'est personne.

– Il va me causer des ennuis ?

– C'est personne, je te dis. »

Un autre camion, gros comme deux éléphants, s'engage sur le parking. Les yeux de la prostituée bondissent sur lui. « Quel genre de fête tu cherches ? demande-t-elle à Jesse.

– C'est pas pour moi, répond Jesse. C'est pour mon frère.

– Il peut pas se débrouiller tout seul ?

– Il est un peu lent. »

La putain grimace. « Je fais pas ça avec des gogols, dit-elle.

– Je paierai un petit extra. »

La putain se tourne à nouveau vers le camion, songeant que ce serait sans doute de l'argent plus facile. Elle repousse brusquement un papillon de nuit qui a rebondi sur son visage.

« Il est où ? demande-t-elle.

– Au motel, juste en face.

– Faut me donner dix dollars rien que pour traverser, et je promets rien tant que je l'aurai pas vu », dit la putain.

Jesse sort l'argent de la poche de sa chemise et le lui donne. Il pense un instant lui offrir du whisky, mais ne veut pas de sa bouche sur le goulot.

2

Le Petit Diable est de mauvais poil, il me file des coups de pied il griffe il gueule : *Nourris-moi, fils de pute.* Je me roule en boule sur le lit, je me mets sur le ventre sur le dos mais pas moyen. Il arrête pas de rager dans le creux de mon ventre, un gros crapaud cornu avec des dents d'opossum et une langue de serpent qui mord. Y a rien que des trous noirs à l'endroit de ses yeux, mais il renifle le sang à un kilomètre. Sa peau lâche un venin qui brûle pire que le feu.

Jesse ramène une fille. Elle a les cheveux blonds et des jambes toutes maigres. Elle a un jean déchiré et un tee-shirt jaune qui laisse voir son nombril. Ses yeux sont bleus mais un autre bleu que le jean. Abby siffle et va se planquer sous le lit. La fille dit, Y a quelqu'un qui m'apprécie pas. Je dis, Elle aime pas les étrangers. La fille montre la télé du bout du nez et demande, Tu regardes quoi ? Une histoire de tarentule géante, je dis. La vérité, c'est que je fais pas vraiment attention depuis tout à l'heure. Je suis trop occupé à me bagarrer avec le Petit Diable. Il déboule d'un seul coup, méchant comme il est, à me ronger les os et à me gratter si profond que je peux pas me gratter.

Je te présente Candy, dit Jesse, lève-toi et montre-lui tes bonnes manières. Je me lève et je lui tends la main en disant,

Ravi de faire votre connaissance miss Candy, ça vous êtes drôlement jolie. Candy demande à Jesse, C'est ton frère ? On dirait plutôt ton père. Notre papa est mort, je lui réponds, notre maman aussi. Ma mère aussi est morte, dit Candy. Vous avez pleuré quand elle est morte ? je lui demande. Moi j'ai pleuré quand ma maman est morte. Candy sourit. Elle a une dent cassée. File-moi vingt de plus et je m'occupe de lui, elle dit à Jesse.

Vous voulez que je vous chante un truc ? je lui demande. Candy se tourne vers Jesse. Il fait oui de la tête. Tu connais quoi ? demande Candy. Vous aimez les vieilles chansons ? je réponds. Carrément, dit Candy alors je lui chante la préférée de Maman. *Je ne veux pas mourir au printemps quand tout brille alentour et que les jeunes fleurs pointent joliment leur nez hors du sol silencieux.*

Jesse s'approche dans le dos de Candy avec son cran d'arrêt. Il lui écrase sa main sur la bouche lui bascule la tête en arrière la plante en pleine gorge. Il troue une giclante du premier coup. Un gros jet de sang traverse la chambre. Les yeux bleus de Candy deviennent vraiment grands. Elle essaie d'enlever la main de Jesse de se dégager mais pas moyen. Un autre jet et ses jambes lâchent. Un autre et ses mains battent en l'air et tombent.

Jesse s'assied au bord du lit avec Candy sur ses genoux. Viens là, il dit, que ça se perde pas. Je colle mes lèvres au trou dans la gorge de Candy. Le sang chaud me remplit la bouche. Je suce et avale suce et avale. Faut se dépêcher de boire autant qu'on peut avant que le cœur lâche. Abby aussi se nourrit. Elle sort de sous le lit et lèche le sang par terre. Candy était une méchante fille. Son sang a goût d'eau sale. Le Petit Diable s'en fiche. Il boit tout son soûl et il se calme, moi j'ai plus faim plus mal non plus.

Des fois Jesse me laisse mettre la radio pendant qu'on roule, des fois non. Ce soir il veut du calme. Il me laisse même pas tapoter avec mes doigts. Y a pas d'autres voitures sur la route. Il fait noir et noir et plus noir encore. Rien à regarder à part la ligne en pointillé. Je fais comme si c'est des épis de maïs et la Ford un cochon qui les bouffe. Je fais comme si c'est des lapins et la voiture un chien de chasse.

On est loin d'Hollywood ? je demande à Jesse. Je m'ennuie tellement que c'est pas grave s'il se fâche après moi d'avoir parlé. On va pas à Hollywood, il fait. Je veux voir Daniel Boone et Mingo, je lui dis. Ça fait cent ans que Daniel Boone est mort, répond Jesse. À la télé c'est un acteur qui fait semblant d'être lui. Je sais bien, je dis. Non tu sais pas, répond Jesse. Tu crois que c'est le vrai.

Jesse dit qu'il peut y avoir qu'un seul chef, et c'est lui. Qu'il décide les règles et que je dois obéir. Comme un chien. Vu qu'il est si malin, comment ça se fait qu'il sait pas ça : si on donne des coups de pied à un chien, il va finir par se retourner pour mordre ?

On tourne sur une piste en terre cabossée. Je me cramponne pour pas me cogner la tête. Jesse s'enfonce encore plus dans le noir et il s'arrête et il éteint le moteur. Une lune de rien du tout argente les rochers des collines le sable et les arbres qui ressemblent à des méchants qui se rendent. Jesse ouvre sa portière et descend. Un coyote jappe pas loin. Abby a les oreilles en arrière et sa queue bat dans tous les sens. Elle botterait bien le cul à un coyote.

Qu'est-ce que t'attends ? dit Jesse. Sors ton gros cul de là.

Je ferais n'importe quoi pour pas creuser avec la pelle. Ça m'est arrivé de faire comme si j'étais malade. Que j'avais la jambe amochée. Mais bon, Jesse a pas l'air d'humeur pour ce genre de conneries ce soir. Je descends et on se retrouve devant le coffre. Miss Candy est là-dedans avec un drap comme linceul. Jesse me file une pelle.

On marche un peu plus loin et on se met à creuser. Six pieds c'est chrétien mais nous on va jamais aussi profond. Y a pas de prêtre qui nous regarde. Faut enterrer vos corps ou alors les brûler. Les faire disparaître. C'est la règle pour tous les vagabonds : effacer vos traces. Sinon les gens feront vite le rapprochement et ce serait notre mort à tous. C'est ce qui est arrivé en Europe dans le temps, m'a raconté Jesse. Les vagabonds de là-bas faisaient plus attention et les gens ont pigé, alors ils leur ont couru après et les ont presque tous tués ou bien chassés ailleurs. C'est là que les premiers sont arrivés ici aux États-Unis d'Amérique.

Je lui dis que mon vœu c'est qu'on soit riches, comme ça on engagerait un gars pour creuser à notre place. Jesse me dit de faire un vœu dans une main et de me chier dans l'autre, pour voir laquelle se remplit en premier. Ou bien on pourrait muer une personne et la faire creuser *elle*, je dis. On va muer personne, répond Jesse. On est déjà trop nombreux comme ça. Je lui demande quand il va m'emmener à Disneyland comme il a promis. Pourquoi ? il fait. Tu veux rendre visite à Mickey ? Lui aussi, tu crois qu'il existe pour de vrai ? Mickey est un dessin animé, je réponds, et les dessins animés ça existe pas pour de vrai. Si t'es pas capable de parler et de creuser en même temps arrête de parler, dit Jesse.

Une fois qu'on a posé miss Candy dans sa tombe, je récite une prière pour elle. Jesse me dit d'accélérer le mouvement parce qu'il faut qu'on vole une autre bagnole avant de reprendre la route. Cinq sur cinq, vieux, je dis, je vais écraser le champignon. Je sais qu'il me laissera pas conduire ce soir alors je demande pas.

3

24 juin 1976, Portland, Oregon

Café et donuts au petit déjeuner. Je suis passé prendre de nouveaux agrandissements des photos de Benny pour remplacer ceux que la pluie avait abîmés, et j'ai trouvé un endroit où les faire plastifier. Le gérant de la boutique m'a recommandé une imprimerie qui pourrait tirer d'autres copies de l'affichette.

Le type de l'imprimerie a regardé l'affichette puis m'a regardé, moi.

« C'était qui ce garçon, pour vous, celui qui s'est fait assassiner ?

– C'était mon fils », ai-je répondu.

Ses yeux ont vacillé comme des bougies qui vont s'éteindre.

« Moi aussi j'ai perdu un fils », a-t-il déclaré. Il a montré d'un geste une photo accrochée au mur, un gamin en uniforme de scout, faisant le signe de la paix.

« Au Vietnam, a ajouté le type. Il avait dix-huit ans. »

Tant de chagrin. Tant de gens endeuillés. Partout, des âmes courbées sous le poids du fardeau.

« Je suis vraiment désolé, ai-je dit.

– Et moi j'espère que vous trouverez celui qui a tué votre fils », a répondu le type. Il n'a pas voulu que je paie pour les affichettes.

Je suis remonté dans l'Econoline et j'ai roulé jusqu'à un parc sur les rives de la Willamette, où j'ai mangé une boîte de pâté de jambon et un sachet de crackers Ritz en guise de déjeuner. Le soleil scintillait à la surface de l'eau et le mont Hood flottait sur un tapis de brume. Une bande de hippies étaient vautrés sur un bout de pelouse, pas loin, des jeunes Blancs barbus aux cheveux longs, des Blanches avec des jupes à imprimé indien et des bandeaux dans les cheveux. L'un d'eux avait une guitare, un autre jouait au Frisbee. Deux ou trois filles se sont levées pour danser. Un gros chien jaune s'est joint à elles, aboyant comme un dingue. L'une des filles a pris l'animal par les pattes de devant et l'a fait valser avec elle.

Je me suis approché avec une pile d'affichettes et je les ai distribuées, en leur demandant si quelqu'un avait vu Benny.

« C'est marqué qu'il a été tué à L.A., a fait remarquer un jeune. Vous devriez pas chercher là-bas ?

– Il traînait aussi pas mal par ici », ai-je répondu. J'ai encore la carte postale qu'il avait envoyée, celle avec la rivière et la montagne dessus et, au dos, *Tout va bien, t'inquiète pas.* Comme toutes les autres, elle n'était adressée qu'à toi, sa mère.

« Je parie que les flics se tournent les pouces, a dit le jeune. Je parie qu'ils en ont rien à foutre de la mort d'un jeune Noir. »

Qu'est-ce tu sais de ces choses-là, putain ? aurais-je voulu répondre, mais j'ai appris à garder ça pour moi. « Il y a le numéro d'un service de répondeur, là, ai-je dit. J'offre une récompense pour toute information.

– L'argent fait tourner le monde », a répondu le jeune. Il a donné une petite tape avec le Frisbee à l'un de ses camarades et lui a dit de filer à l'autre bout du terrain pour recevoir sa passe, comme au football américain. Même avec les cheveux, les perles et la barbe, il rêvait d'être un *quarterback*, héros du peuple américain. L'autre a sprinté dans l'herbe. Le *quarterback* a fait voguer le Frisbee jusqu'à lui et a poussé des cris de joie en frappant dans ses mains quand son camarade a plongé pour le rattraper. Les filles se sont remises à danser avec le chien.

J'ai passé le reste de l'après-midi dans le parc. J'ai essuyé à l'aide d'un chiffon le flanc de la camionnette et, avec du cirage, j'ai réécrit le message : *FILS ASSASSINÉ, TOUTE INFO EST UTILE, RÉCOMPENSE.* J'ai scotché les photos de Benny et l'affiche que j'ai fait imprimer avec tout ce que je sais au sujet de sa mort. L'Econoline était garée juste au bord d'un sentier, et tous ceux qui l'empruntaient, cyclistes, joggeurs, promeneurs de chiens, la verraient.

Je me suis allongé sur mon lit de camp à l'arrière de la camionnette et j'ai épluché la presse locale. Un alcoolique hébergé dans une pension de famille avait disparu. J'ai découpé l'article et l'ai collé dans mon album. Le cadavre d'une jeune femme avait été repêché dans la rivière, trop décomposé pour pouvoir déterminer les causes de sa mort. J'ai gardé celui-là aussi.

Puis je suis tombé sur l'histoire d'une petite fille assassinée un mois plus tôt. Suzy Byrd, dix ans, avait quitté sa maison pour se rendre à pied à l'école. On a retrouvé son corps une semaine plus tard dans une casse. On lui avait tranché la gorge. James et Molly, ses inconsolables parents, imploraient la population de les aider à retrouver l'assassin. Toute personne sachant quoi que ce soit sur ce crime était invitée à appeler la ligne de signalement mise en place par la police.

Une atrocité de plus dans mon album. Au bout d'à peine un an, il est presque rempli. Toutes les villes que je traverse ont leur mort ou leur disparition mystérieuse, et je reste persuadé qu'en rassemblant suffisamment de ces articles et en les étudiant de près, ils me mèneront comme une traînée de sang jusqu'à l'assassin de Benny.

J'ai dîné d'un sandwich au beurre de cacahuète et me suis rendu au Memorial Coliseum, où il y avait un concert de rock. Je me suis garé devant la salle, mais un flic m'a dit de dégager, que je bloquais l'accès réservé aux pompiers. J'ai trouvé une place libre et suis revenu à pied pour distribuer les affichettes aux jeunes à la fin du spectacle.

Un troupeau indiscipliné, des Blancs pour l'essentiel, presque tous défoncés. La plupart d'entre eux ont laissé tomber l'affichette sans même y jeter un coup d'œil, et ceux qui ont pris le temps de la lire n'avaient rien à m'apprendre. Une fille s'est mise à pleurer, elle m'a pris dans ses bras et ne voulait plus me lâcher. Elle n'arrêtait pas de gémir : « C'est tellement triste. » Son petit copain a fini par l'emmener de force en me disant : « Désolé, *man*. Elle est en plein trip. » Un autre jeune a déliré sur les sectes sataniques. Lui aussi avait pris un truc. Ses yeux roulaient dans tous les sens, il s'agitait comme un cheval assailli par les taons.

« Tu savais que Satan était un ange ? m'a-t-il demandé. Un ange déchu. Tu piges ? »

Quand la foule a fini par se disperser, j'ai roulé jusqu'à un quartier calme, garé la camionnette, et me suis glissé sur mon lit. J'écris ces mots à la lueur de ma lampe de poche après 373 jours d'errance, avec le sentiment d'être plus éloigné que jamais de la vérité. J'ignore si tu les liras un jour, mais ça me fait du bien de prendre des notes, ça m'aide à organiser mes pensées, à me rappeler où je suis allé, et j'ai quelqu'un à qui parler. Bonne nuit, Wanda. Tu me manques. Bonne nuit, Benny. Toi aussi, tu me manques.

CITATION DU JOUR : « Je suis l'homme qui a vu la misère sous la verge de Sa fureur. Il m'a conduit, et m'a mené dans les ténèbres, et non dans la lumière. »

Lamentations, 3:1-2

25 juin 1976, Weed, Californie

Un café, c'est tout ce que j'ai pu avaler ce matin. J'avais l'estomac aussi serré qu'un poing. Après avoir appelé le service de répondeur depuis un téléphone public à la bibliothèque, pour voir si quelqu'un avait réagi aux affichettes d'hier, j'ai composé le numéro de la ligne de signalement indiqué dans l'article sur la fillette assassinée. Le flic qui a décroché s'est montré suspicieux quand j'ai dit que je voulais parler aux parents de la petite.

« Disposez-vous d'informations sur ce crime ? a-t-il interrogé.

– Pas spécifiquement, ai-je répondu.

– Ce qui est censé vouloir dire... ?

– Je mène une enquête.

– Sur quoi ?

– C'est confidentiel.

– Confidentiel ? a répété le flic. Vous êtes de la police ?

– Il s'agit d'une enquête indépendante.

– C'est quoi, votre nom ?

– Ça, je le dirai aux parents.

– Vous ne parlerez pas aux parents si vous ne me donnez pas votre nom et si vous ne me dites pas d'où vous appelez », a répliqué le flic.

J'ai raccroché et suis ressorti aussitôt de la bibliothèque, au cas où ils traceraient les appels. Après ce qui est arrivé la dernière fois, je devrais quand même savoir que passer par les canaux officiels n'est pas une bonne idée. Tu te souviens, à Seattle, quand j'ai voulu contacter la famille d'une personne qui avait été assassinée de la même manière que Benny. C'était un adolescent et, bêtement, j'ai accepté de rencontrer sa mère au commissariat de police après avoir appelé la ligne de signalement. Quand je me suis pointé, les flics m'ont arrêté et m'ont interrogé pendant quarante-huit heures avant de m'escorter jusqu'aux limites de la ville. Je n'ai jamais pu m'entretenir avec la mère, mais j'ai appris plus tard dans la presse que le père avait fini par avouer le meurtre.

Cette fois, j'ai roulé jusqu'à un autre téléphone public, dans une station-service à l'autre bout de la ville, et j'ai cherché dans l'annuaire qui était pendu sous le combiné. J'ai vite trouvé l'adresse de Mr et Mrs James Byrd. Plutôt que d'appeler, j'allais leur rendre visite en personne.

Je suis passé devant la maison sans ralentir, pour voir s'il y avait des policiers. Le petit bungalow en bois semblait sur le point d'être assailli par les grands arbres couverts de lierre qui l'encerclaient. On ne l'avait pas repeint depuis Dieu sait combien de temps, et le jardin était jonché d'épaves – une machine à laver toute rouillée, une aile de voiture cabossée, des caisses à lait remplie de cannettes de bière vides. L'endroit se fondait parfaitement dans le quartier, un ghetto de miséreux blancs dont les maisons avaient connu des jours et des occupants plus glorieux. Même par cette paisible matinée ensoleillée, cette rue respirait la mélancolie et les regrets. Après m'être assuré que la voie était libre, je me suis garé au coin de la rue.

Le vélo d'enfant rose gisant par terre sur la véranda m'a fait monter les larmes aux yeux. Je l'ai ramassé et calé sur sa béquille avant de frapper à la porte. En entendant glisser le verrou, j'ai reculé d'un pas pour laisser de l'espace à la personne qui allait ouvrir. C'était une femme, du moins ce qu'il restait d'une femme dont le cœur avait été arraché et le cerveau broyé par le chagrin. J'aurais pu passer mon doigt à travers elle.

« Oui ? a-t-elle soufflé de la plus douce des voix.

– Désolé de vous déranger, m'dame, mais vous êtes bien la mère de Suzy Byrd ? ai-je demandé.

– C'est bien moi, a répondu la femme. Qui êtes-vous ?

– Je m'appelle Charles Sanders, et je me demandais s'il serait possible de vous parler au sujet de ce qui est arrivé à votre fille.

– Elle a été assassinée.

– Je sais, m'dame. Mon fils a été assassiné lui aussi, de la même manière, il y a deux ans, à Los Angeles. La police a renoncé à chercher l'assassin, mais je travaille dans mon coin en retraçant le parcours de mon fils pendant la dernière année de sa vie pour recueillir des informations et trouver des gens qui pourraient savoir quelque chose. »

Un nuage de confusion a voilé les traits de la femme. « Qu'est-ce qui vous fait croire que *moi*, je pourrais savoir quelque chose ? a-t-elle demandé.

– Non, non. Je me suis mal fait comprendre, excusez-moi. La raison de ma présence ici, c'est que, dans le cadre de mon enquête, je m'entretiens avec les gens dont des êtres chers sont morts dans des circonstances similaires, au cas où il existerait un lien que les policiers n'ont pas vu.

– Quel lien ?

– L'une de mes hypothèses, c'est qu'une même personne aurait pu commettre une bonne partie de ces meurtres. Il y a pas mal de points communs. J'ai des coupures de presse que je pourrais vous montrer.

– Je ne... Je ne... », a bredouillé la femme. Elle a porté une main tremblante à sa bouche.

« Votre fille a eu la gorge tranchée, n'est-ce pas ? ai-je demandé.

– Quoi ?

– Son corps était vidé de son sang ?

– Oh mon Dieu. Comment pouvez-vous... ? »

Un homme est apparu derrière elle, un grand costaud avec une barbe de trois jours et les yeux rouges.

« Qu'est-ce qui se passe ?

– Il m'a demandé si Suzy s'était vidée de son sang, a répondu la femme.

– Comment vous savez ça ? a interrogé l'homme.

– Comme je le disais à votre femme, il est arrivé la même chose à mon fils. Une petite incision au niveau de la jugulaire. Bien nette. Très précise.

– Arrêtez, a gémi la femme.

– Appelle le sergent Emory », lui a ordonné l'homme en s'avançant sur la véranda. Il a tendu sa main vers moi mais je l'ai repoussée d'une gifle et j'ai redescendu les marches.

« Je suis là pour vous aider », ai-je dit.

Il a continué d'avancer. Je l'ai empoigné par le bras, ai fait volte-face et l'ai fait basculer par-dessus mon épaule comme j'avais appris à le faire à l'armée. Il est retombé lourdement, et ses poumons se sont vidés d'un air qui empestait la bière. J'ai couru jusqu'à l'Econoline, ai sauté au volant et démarré sur les chapeaux de roue.

Supposant que la police allait se mettre à ma recherche, j'ai pris l'Interstate 5 en direction du sud. C'était ma seconde visite à Portland en un an, et je crois qu'il est temps de reconnaître qu'il s'agit d'une impasse. Je ne sais même pas combien de temps Benny a passé là. Ça pourrait être un mois, ou bien une courte escale dans un trajet en bus qui le menait ailleurs. La carte postale suivante qu'il t'a écrite, après Portland, a été postée à Reno. J'y suis déjà allé *trois* fois, mais je vais y retourner fouiner encore un peu avant de redescendre vers L.A.

Je me suis arrêté dans ce relais routier juste après la frontière de la Californie, j'ai garé la camionnette entre deux grands semi-remorques, pris une douche et dîné d'une escalope de poulet frite. Puis je suis resté assis dans le restaurant à lire le quotidien local, mais je n'ai rien trouvé pour mon album.

Je sais ce que tu penses, baby : il faut que j'améliore mon approche si je veux continuer à parler aux gens qui ont traversé la même épreuve que nous – et, pas de doute, je vais continuer à leur parler, car c'est certainement la clé qui permettra de retrouver l'assassin de Benny. Je me suis laissé emporter par mon désespoir, aujourd'hui, et j'y suis allé trop franco. La prochaine fois, j'aborderai plus doucement le sujet, avec plus de tact. J'ai acheté un livre dans la boutique de la station, un de ces manuels de développement personnel. Ça m'aidera peut-être.

CITATION DU JOUR : « Commencez toujours par sourire. Un sourire ouvrira plus de portes (et de cœurs) que le plus habile des baratins. »

Écouter, répondre, gagner : un nouveau chemin vers la réussite, Dr Christine Pellegrino

4

Les Démons commandent des bières et du whisky : sept Lone Star, sept shots. Le vieil homme derrière le bar verse le Jack d'une main tremblante.

« Il a la trouille ou c'est juste un vieux croulant ? » lance Real Deal à Yuma sur le ton de la plaisanterie.

Yuma entortille autour d'un doigt une mèche de ses longs cheveux roux et sourit au serveur. « C'est un peu mort ici ce soir, hein ? »

Il n'y a qu'un seul client à part les Démons, un autre vieux qui porte une casquette de base-ball à l'effigie des Houston Astros. Il fait tout son possible pour ne pas croiser le regard des sept sauvages en blouson de cuir qui ont fait irruption dans ce relais routier de Nulleparville, chargeant aussitôt l'air d'une électricité mauvaise.

« Yep, répond le serveur. J'allais fermer quand vous avez tous débarqué.

– On te retiendra pas trop longtemps, dit Yuma. Promis. »

Bob 1 et Bob 2 s'apprêtent à disputer une partie de billard, ils font le tirage à la bande. Johnny Kickapoo épluche le juke-box. Antonia et Elijah, les chefs du gang, sont assis de part et d'autre d'une petite table ronde, à l'écart et, en quelque sorte, au-dessus de tous les autres. Grande et fine, Antonia a des yeux d'un bleu métallique qui ne trahissent rien sauf quand on la connaît, et des cheveux blonds qu'elle garde toujours courts. Elijah est le type le plus grand, le plus baraqué de la bande, mais aussi le plus gracieux. Sous sa barbe noire hirsute se cache le visage d'un roi ou d'un prince sur une toile vieille de cinq cents ans.

Pedro, qui montait la garde dehors, ouvre la porte et passe la tête à l'intérieur. « Il est là », annonce-t-il, puis il se pousse de côté pour laisser entrer l'homme de George Moore. L'homme de George Moore est un cow-boy mexicain coiffé d'un grand chapeau de paille. Tout le monde le suit des yeux jusqu'à la table d'Antonia et Elijah.

« Va falloir venir avec moi », dit-il.

Antonia regarde Elijah, et Elijah regarde Antonia. Ils sont ensemble depuis si longtemps qu'ils n'ont pas besoin de mots pour prendre une décision. Ils se lèvent dans un même mouvement.

« Je compte sur vous pour tenir le fort », lance Antonia tandis qu'Elijah et elle suivent l'homme vers la porte. Johnny glisse une pièce dans le juke-box et poignarde deux ou trois boutons. *Take Me Back to Tulsa* de Bob Wills se met à jouer si fort que tout le monde sursaute.

Dehors sur le parking, Antonia et Elijah enfilent leurs casques, enfourchent leurs Harley et les démarrent d'un coup de kick. Le grondement des moteurs fait trembler le sol et agite jusqu'à l'atmosphère, réveillant la moindre créature ensommeillée à des kilomètres à la ronde. L'éclat du néon ricoche sur les chromes tandis que les Démons quittent le parking et s'engagent sur la route derrière le pick-up du Mexicain. Il fait si noir dans ces régions sauvages entre San Antonio et Laredo, elles sont si désolées, que c'est comme s'ils faisaient la course dans un tunnel obscur.

Dix minutes plus tard, les feux stop du pick-up s'illuminent. Aucune trace du ranch de Moore. Antonia et Elijah seraient passés en trombe devant l'embranchement si le Mexicain ne les avait pas guidés. Il défait le cadenas d'un portail et fait signe aux motards d'entrer, puis franchit lui-même la barrière et descend pour la refermer avant de reprendre les devants.

Ils sont sur une piste en terre maintenant, et le pick-up soulève un nuage de poussière que les phares des motos n'arrivent pas à percer. Antonia et Elijah restent un peu en arrière pour pouvoir respirer. Au bout d'un moment, ils quittent la piste, guidés par le pick-up le long d'une allée bordée de peupliers fantomatiques. L'allée débouche sur une hacienda à l'espagnole aux murs épais, avec des vérandas et un toit en tuiles. Les Démons garent leurs motos et coupent le moteur. Le silence qui remplace les rugissements est profond, tout juste brisé par un chien qui rouspète au loin.

Le Mexicain grimpe les marches du perron et les attend. Antonia et Elijah donnent des claques sur leurs jeans pour chasser la poussière, tapent du pied pour la faire tomber de leurs bottes, puis le rejoignent. Le Mexicain pousse une lourde porte en bois qui donne sur un hall d'entrée enrobé d'une lumière couleur miel. De vieux portraits contemplent d'en haut le mobilier ancien – une scène d'un autre temps, excepté les rires en boîte d'une série télé qui leur parviennent de l'étage.

Le Mexicain ouvre un panneau coulissant et fait signe aux Démons d'entrer dans la pièce ainsi dévoilée, une bibliothèque avec fauteuils en cuir, des livres du sol au plafond, une vieille cheminée froide et obscure. Une lampe à pétrole tremblote sur un large bureau tout au fond de la pièce et, derrière lui, se dresse une silhouette sombre.

« Bienvenue », dit l'ombre.

Antonia et Elijah s'approchent du bureau, le bruit de leurs pas étouffé par les épais tapis recouvrant le carrelage. L'homme se lève de son fauteuil. « George Moore, dit-il. Vous devez être ces Démons dont on m'a parlé… » Il serre la main d'Elijah, baise celle d'Antonia.

Il est grand et gros. Gros doigts, grosses cuisses, gros visage. Pour ce qui est de son âge, il pourrait aussi bien avoir quarante ans que soixante. Difficile à dire avec tout cet excès de chair. Il est vêtu comme un homme riche d'il y a cent ans : gilet, chaîne de montre, cravate western. Il a les cheveux huilés, et on dirait que ses épais favoris broussailleux sont tendus à bloc pour retenir ses double et triple mentons.

« Veuillez m'excuser pour la pénombre, dit-il. Je tolère mal la lumière électrique. Je suis né en 1806 et, de mon point de vue, le monde va tout droit vers l'enfer depuis 1860.

– Nous nous efforçons de vivre avec notre temps, réplique Antonia.

– C'est ce que j'ai cru comprendre, dit Moore. À vous entendre dans l'allée, on aurait dit le Jugement dernier.

– Plus terrifiant encore que la colère divine, hein ? répond Elijah.

– C'est donc de cela qu'il s'agit ? soupire Moore avec un geste dédaigneux de la main. Les engins motorisés, les blousons de cuir, l'attitude ?

– Ça ne fait pas de mal de mettre les gens sur leurs gardes », dit Antonia.

Moore sort un cigare effilé du coffret de bois ciselé posé sur le bureau et fait pivoter celui-ci vers Elijah. « Vous m'accompagnez ?

– Ça n'a jamais été mon truc », réplique Elijah.

Moore fait le geste de fermer le coffret. Avant qu'il ait pu le faire, la main d'Antonia fuse et empoigne un cigare. Moore fronce les sourcils mais se reprend aussitôt, grattant une allumette qu'il tend devant elle.

« Fumer est l'une des manières de vivre avec son temps ? demande-t-il.

– Tu parles, rétorque Antonia. Les dames fument depuis aussi longtemps que les hommes.

– Pas dans mon milieu, dit Moore. Pas les dames. » Antonia fait la moue mais tient sa langue. S'en rendant compte, Moore sourit. « Cela dit, je ne suis pas très au fait de ce qui se passe de nos jours, reprend-il. Cent ans que je ne sors plus de ce ranch – je n'en ai pas eu besoin. » Il désigne d'un geste deux chaises de l'autre côté du bureau. « Prenons nos aises, voulez-vous bien ? »

Ils s'assoient tous les trois. Antonia est encore perplexe.

« Pas de lampes, mais vous avez la télévision, fait remarquer Elijah.

– Une concession à mon épouse, répond Moore. Elle prétendait qu'elle s'ennuyait ici. *Oh George, je m'ennuie tellement.* » Il imite la voix de l'épouse. « Maintenant, elle fixe ce foutu machin si longtemps et si fort que c'est un miracle qu'elle ne soit pas aveugle.

– C'est votre vache, aussi ? interroge Antonia.

– Quelle étrange question, répond Moore.

– Je me demande juste comment vous faites. Vous dites que vous ne sortez jamais d'ici.

– Je me nourris d'elle, effectivement. J'ai un arrangement avec sa famille. Ils connaissent mes besoins et font preuve de compassion. Lupita est ma cinquième épouse Sanchez. L'homme qui vous a amené jusqu'ici, c'est un Sanchez aussi.

Cela fait deux cents ans qu'ils sont au Texas et presque autant qu'ils sont au service de ma famille.

– Ça doit être agréable de pouvoir s'appuyer sur des gens si compréhensifs, dit Elijah.

– Je les paie bien, répond Moore. Je ne suis pas fait pour la vie que mènent la plupart des gens de notre acabit, en chasse perpétuelle. Je serais au bout du rouleau en un rien de temps. Par chance, j'ai les moyens de financer une existence plus casanière. »

Une horloge tinte doucement sur le manteau de la cheminée. Antonia souffle un anneau de fumée vers le plafond. Elle en a assez de ce bavardage. « Monsieur Beaumont nous a dit que vous aviez un boulot pour nous… »

Moore lui lance un regard noir, agacé d'être ainsi bousculé. « Peut-être les règles des interactions avec les personnes qu'on embauche ont-elles évolué, elles aussi, dit-il. On m'a appris qu'il était poli d'échanger quelques banalités avant d'édicter mes ordres de marche, afin de ne pas paraître impérieux.

– Vous n'êtes pas en train de parler à vos ouvriers agricoles, réplique Antonia. Crachez le morceau. »

Moore retrousse ses lèvres puis se tourne imperceptiblement, assez pour qu'Antonia le remarque, afin de s'adresser au seul Elijah. « Je veux que vous tuiez un homme pour moi, dit-il.

– Très bien, répond Elijah.

– Pas n'importe quel homme. Il est des nôtres. Cela vous pose-t-il problème ?

– Pas si la paie est correcte.

– Vous serez amplement indemnisés.

– Où peut-on le trouver ?

– En ce moment, il est à Phoenix. L'homme qui le file pour moi affirme qu'il y passera encore trois jours. Cela vous laisse-t-il le temps de vous rendre sur place ?

– Oui.

– Et de faire le travail ?

– Cette partie-là ne prendra pas longtemps.

– Pourquoi ne pas demander à votre homme de le réduire en poussière ? interroge Antonia.

– Il a peur de ceux de notre espèce, répond Moore. Il croit à toutes ces histoires qu'on raconte le soir autour des feux de camp. » Il plonge la main dans un tiroir, en sort une liasse de billets. « Vingt-cinq mille tout de suite, et vingt-cinq mille une fois que McMullin sera mort.

– C'est pas assez, dit Antonia. Un vagabond est plus difficile à prendre par surprise qu'un connard lambda. Et il y a le voyage.

– Je n'en avais pas terminé », répond Moore. Il fait un geste à l'intention de l'homme, ce Sanchez qui est venu chercher Antonia et Elijah au relais routier. Planté depuis tout à l'heure devant la porte de la bibliothèque, celui-ci quitte la pièce.

« Cet homme, qu'est-ce qu'il vous a fait ? demande Antonia à Moore.

– Cela ne vous regarde pas, répond Moore.

– En général, non, dit Antonia. Mais cette fois, avec vous, je veux savoir. Dites-moi pourquoi vous voulez l'éliminer ou bien faudra trouver quelqu'un d'autre pour faire le sale boulot. »

Moore se tourne vers Elijah, qui hausse les épaules. Il regarde à nouveau Antonia. « Alors qu'il était mon invité dans cette maison, il a séduit ma précédente épouse, l'a baisée et s'est nourri d'elle. Je suis un homme fier. Trop fier pour laisser ce genre d'outrage impuni. Mon épouse, je l'ai mise au piquet en plein désert et j'ai laissé le soleil, les fourmis et les coyotes s'occuper de son cas. Mais McMullin, lui, s'est échappé, et je le traque depuis cinq ans. La semaine dernière, mon homme l'a enfin rattrapé. »

Sanchez revient dans la bibliothèque. Il s'approche du bureau, un sac à cordon à la main.

« Ah, voilà, dit Moore. Je crois que cela, ajouté à l'argent, ce sera plus que suffisant. »

Sanchez ouvre le sac. Antonia et Elijah jettent un coup d'œil à l'intérieur. Un bébé nu se tortille au fond, une minuscule fillette à la peau brune. Les Démons échangent un regard.

« Quand vous aurez remis à mon homme à Phoenix la preuve que vous avez tué McMullin, il vous donnera le reste de l'argent et ce petit cadeau, dit Moore.

– Alors c'est une affaire qui roule », conclut Elijah.

Les problèmes commencent lorsque Real Deal repère un drapeau confédéré accroché au mur du relais routier, là-haut, avec les enseignes de bières et les pin-up aux poses érotiques. Il donne un coup de coude à Yuma.

« Ne fais pas ça », dit Yuma.

Sans l'écouter, Real Deal interpelle le serveur, assis l'air maussade depuis tout à l'heure avec l'autre vieux, celui qui porte une casquette des Astros, à leur lancer de sales regards à Yuma et à lui. Sans doute qu'il n'aime pas trop voir une rouquine pulpeuse avec des taches de rousseur faire des câlins à un grand balèze noir. Le serveur se lève et s'approche d'un pas lent du frigo à bières, pensant qu'ils veulent commander une autre tournée.

« Baxter Springs, ça te dit quelque chose ? demande Real Deal.

– Je ne crois pas, répond le serveur. C'est au Texas ?

– Kansas, corrige Real Deal. Baxter Springs, Kansas.

– Connais pas.

– Et Quantrill et ses pillards ? T'en as entendu parler ?

– Oui, ça, j'en ai entendu parler.

– Ça m'étonne pas, dit Real Deal. Ces histoires de fil à retordre qu'ils ont donné aux soldats de l'Union. Les embuscades qu'ils ont tendues aux Jayhawkers et aux Red Legs, tous ces gens amoureux des nègres, avant de les tailler en pièces. Je parie que tu penses qu'ils étaient sacrément géniaux, de vrais héros.

– Écoute, l'ami, répond le serveur. Je sais pas pourquoi tu t'énerves comme ça. C'est de l'histoire ancienne. »

Real Deal empoigne l'avant-bras du serveur et le plaque contre le comptoir. « De l'histoire ancienne ? »

Les deux Bob et Johnny Kickapoo se retournent, sentant venir les ennuis. Real Deal fixe le serveur droit dans les yeux.

« 6 octobre 1863, dit-il. Avec mon petit frère Henry, on conduisait des chariots transportant les affaires du général James G. Blunt, qui transférait son poste de commandement de Fort Scott à Fort Smith. On était escortés par une unité du 14e régiment de cavalerie du Kansas et une poignée d'hommes du 3e régiment du Wisconsin. En tout, avec les soldats, nous autres les conducteurs de chariot et les quelques civils qui nous accompagnaient, nous étions une centaine d'âmes.

« Henry avait dix-huit ans. Moi, vingt. Il me ressemblait tellement que les gens nous prenaient pour des jumeaux. C'était le meilleur dresseur de chevaux que j'aie jamais vu, malgré son tout jeune âge. Il suffisait qu'il pense un truc, et le cheval le faisait. C'était le préféré de Maman. Le mien aussi. »

La voix de Real Deal s'enraye. Il boit une gorgée de bière.

« Ça vaut pas la peine, *baby*, dit Yuma.

– Nous étions sur la Texas Road, la vieille piste des Shawnees, à quatre cents mètres au nord de Fort Blair, où nous étions censés passer la nuit, poursuit Real Deal. Le général Blunt a donné l'ordre de faire halte. Il avait emmené avec lui la fanfare du régiment, et il a dit aux musiciens d'enfiler leurs uniformes de parade. Il voulait faire une entrée impériale dans le fort, assurer le spectacle.

« C'était la fin de l'après-midi. Henry et moi étions adossés à un chariot, à fumer et à nous demander à quel point il allait faire froid une fois le soleil couché. Tout à coup, une centaine de soldats de l'Union ont débarqué à cheval. On a d'abord cru que c'était une escorte qui arrivait du fort, mais quelque chose clochait – dans leurs chapeaux, leurs barbes, et même leur manière de se tenir sur leurs selles.

« C'est pas des soldats, a dit Henry. C'est des hors-la-loi.

« Le général aussi a compris qu'un truc tournait pas rond. Il a crié à ses hommes de se remettre à cheval, mais il était trop tard. Quantrill et ses enculés de pillards ont chargé dans leurs uniformes volés en hurlant comme des diablesses et en tirant à la volée. Derrière cette première vague, d'autres pillards ont rappliqué. Une partie des soldats ont décidé de se battre, mais la plupart ont rompu les rangs et se sont enfuis, et les loups de Quantrill les ont pourchassés. Henry et moi, sans armes et la trouille au ventre, on s'est planqués sous le chariot.

« On fait quoi ? a demandé Henry. On reste ou on s'en va ?

« Certains des conducteurs ont tenté de s'enfuir ventre à terre à travers la prairie. Le chariot sous lequel on était cachés s'est joint à la débandade, et on s'est retrouvés à découvert, Henry et moi. Il nous restait plus qu'à nous sauver avec les autres poulets.

« Ça fait cent trente-trois ans que je vagabonde sur cette terre. J'ai oublié des villes que je connaissais autrefois, les visages de femmes que j'ai aimées, les noms d'hommes que j'ai méprisés. Mais je me souviens de ce jour-là comme d'une gifle qui me brûle encore la joue. Je me revois courant dans l'herbe haute, qui essaie de me faire trébucher. Les nuages de fumée et l'odeur de la poudre. Les détonations et les cris. Et je me rappelle avoir vu un papillon jaune et une mer de fleurs bleues, et avoir pensé : C'est un endroit trop joli pour mourir. »

Real Deal s'interrompt à nouveau, submergé par le passé.

« Allons fumer un pétard dehors, propose Yuma.

– On parle d'histoire ancienne, répond Real Deal. Laisse-moi me concentrer. » Le serveur tente d'échapper à son étreinte. Real Deal resserre sa poigne et continue. « On a remonté une ravine, on en a dévalé une autre, et on a bien cru qu'on allait pouvoir s'en tirer jusqu'à ce qu'on tombe sur l'orchestre du général. Ils avaient tenté de s'enfuir, mais leur chariot avait perdu une roue. Les hors-la-loi les avaient rattrapés, les avaient fait s'agenouiller par terre, dix hommes et un petit Noir qui jouait du tambour. T'as déjà entendu un homme supplier qu'on le laisse en vie ? C'est pitoyable, de quoi faire hésiter même le pire salopard. Mais pas ces rebelles-là. Ils ont abattu ces malheureux jusqu'au dernier, en poussant des cris comme si c'étaient des écureuils ou bien des chats.

« Henry a pas pu le supporter. Il a bondi en l'air et s'est mis à courir, et ils l'ont pris en chasse. Ils lui ont tiré deux balles dans le dos et un tas d'autres encore après qu'il est tombé, et c'est comme s'ils m'avaient tué aussi. Je suis resté allongé là comme un mort de plus, et j'ai regardé les rebelles empiler les cadavres sur le chariot de la fanfare et y mettre le feu avec une torche.

« Quelqu'un s'est mis à crier, quelqu'un de vivant dans le bûcher – le petit tambour. Il s'est démêlé des autres corps et il a rampé hors du feu. Couvert de flammes de la tête aux pieds, il rampait sur le ventre comme un ver luisant, en laissant derrière lui une traînée d'herbe enflammée. Les hors-la-loi ont parié sur la distance qu'il arriverait à parcourir et lui ont pissé dessus pour l'éteindre quand il a fini par s'effondrer.

« Je suis resté couché là toute la nuit, aussi vide qu'une vieille carcasse de vache, pendant que les rebelles se soûlaient à mort. Ils ont remballé au lever du jour et sont repartis à cheval ; un peu après, un éclaireur envoyé par le fort pour chercher des survivants m'a retrouvé. »

Real Deal relâche le serveur, se redresse sur le tabouret et caresse son bouc.

« Quatre-vingt-deux hommes de bonne volonté ont été massacrés cet après-midi-là, exterminés sans merci par quatre cents brigands confédérés de merde. »

Il pointe son doigt sur le drapeau.

« Décroche-moi ce putain de truc.

– C'est mon établissement », répond le serveur.

Dans un éclair sombre, Real Deal sort son cran d'arrêt à manche de nacre et en colle la pointe sous le menton du serveur.

« Décroche-le, ou je te saigne comme un porc », dit-il.

Pedro entre dans le relais. Il est costaud pour un Mexicain. Sa mère disait toujours qu'il était moitié montagne, moitié arbre. Il a une grosse moustache noire en fer à cheval qui pend quinze centimètres sous son menton. « Antonia et Elijah sont revenus, annonce-t-il. On lève le camp. »

Personne ne bouge. Tous les regards sont braqués sur Real Deal et le serveur, la tension dans la pièce est comme un doigt raidi sur la gâchette.

« J'ai dit, On dégage ! rugit Pedro, tentant de briser le sortilège. Samuel ! »

Samuel est le vrai prénom de Real Deal. L'entendre le fait cligner des yeux. Il éloigne sa lame de la gorge du serveur, se dirige vers le drapeau et l'arrache du mur. Aucun des deux vieux ne dit rien, tandis que les Démons quittent les lieux, Real Deal emportant le drapeau. Yuma est la dernière à sortir. Elle jette un billet de cent dollars sur le comptoir et lance : « Ça, c'est ce qu'on appelle de la chance. »

Dehors sur le parking, Real Deal siphonne un peu d'essence du réservoir de sa moto, juste de quoi imbiber le drapeau. Il jette une allumette dessus. Les flammes griffent les étoiles, et le drapeau se consume jusqu'à sa dernière fibre tandis que les Démons disparaissent à grand fracas dans la nuit.

5

Jesse n'arrive pas à dormir. Chaque fois qu'il s'assoupit, un soubresaut le secoue tout entier et le ramène brusquement à son insomnie. Il abandonne au bout d'une heure, se glisse hors du lit et va s'asseoir à la petite table posée devant la fenêtre aux rideaux fermés de la chambre de motel. Il songe à allumer la télévision mais ne veut pas déranger Edgar, qui ronfle à cœur joie sur l'autre lit.

Abby est couchée en boule contre Edgar, aussi protectrice qu'un bon chien, ses yeux jaunes flamboyant sur sa tête noir charbon. Edgar a mué la chatte il y a vingt ans, dans le dos de Jesse. Jesse déteste cette foutue bête et elle le sait, sifflant chaque fois qu'il s'approche et l'attaquant, toutes griffes dehors, s'il fait le geste de la toucher. Il se serait débarrassé d'elle depuis longtemps si elle ne calmait pas Edgar. La caresser fait sortir Edgar de ses pires crises et éclaire son humeur quand il est au plus bas. Alors Jesse endure les sifflements et les griffures, la nourriture nauséabonde et la litière qui l'est plus encore.

Il prend le jeu de cartes d'Edgar pour faire une partie de solitaire. Un rayon de soleil qui s'est frayé un chemin entre les rideaux coupe la table en deux, à l'oblique. Jesse contemple le rai lumineux tout en battant les cartes, suit des yeux les particules de poussière tournoyant comme un banc de poissons dans une mer étincelante. Puis, comme pris d'une transe, il repose les cartes et glisse son index dans la lumière.

La douleur est aussi soudaine qu'intense. Il serre les dents. Une volute de fumée s'élève d'une phalange, la chair noircit et se calcine, une ampoule enfle. Il retire le doigt et, à peine sortie du soleil, la brûlure commence à cicatriser. Au bout de quelques secondes, on ne saurait même plus dire où se trouvait la plaie. *Assez*, songe-t-il, mais il ne peut pas s'arrêter, n'en est jamais capable. Il enfonce à nouveau dans le faisceau son doigt, qui à nouveau se consume et, à nouveau, il le retire juste avant de hurler. Il répète ce rituel jusqu'à être suffisamment épuisé pour enfin s'endormir.

Il demande au réceptionniste ce qu'il y a d'excitant en ville. Edgar et lui sont passés d'innombrables fois par Phoenix, et Jesse en a marre des éternelles salles de billard et autres minigolfs, mais une soirée de plus devant la télévision ne lui dit vraiment rien.

« Vous avez encore le temps de voir la fin du match au Municipal Stadium », dit le réceptionniste.

Jesse n'aime pas emmener Edgar dans des endroits où il y a foule. On ne sait jamais comment il réagira au bruit et à l'agitation. Mais être assis dehors à boire des bières bien fraîches ressemble assurément à une manière plaisante de passer la soirée. Il demande à Edgar ce qu'il en pense, et sa réaction – des petits bonds excités – le convainc de prendre le risque.

« Si tu te mets à faire des conneries, je te traînerai dehors tellement vite que t'auras la tête qui tourne, le prévient-il.

– C'est toi le chef », répond Edgar.

Ils roulent jusqu'au stade et s'installent sur des sièges bon marché. On en est aux derniers batteurs de la quatrième manche. Les projecteurs du stade, aussi vifs que le soleil, illuminent la pelouse verte et la terre battue rouge du terrain de base-ball, transformant celui-ci en une oasis qui défie les ténèbres autant que le désert.

Les tenues des joueurs brillent, la musique palpite dans l'air tiède, et partout où Jesse regarde, il ne voit que des visages heureux. Il s'autorise un instant le fantasme qu'il est en sécurité parmi ces gens, mais la réalité, c'est que s'ils savaient qu'Edgar et lui sont des vagabonds, ils les mettraient en pièces.

Les pensées d'Edgar sont loin d'être aussi sombres. Il profite du match, bien qu'il ne comprenne pas vraiment ce qui se passe. Jesse lui a expliqué les règles cent fois, mais il n'arrive jamais à les retenir. Alors il se tourne vers les autres spectateurs pour guetter leurs réactions, acclamant lorsqu'ils acclament, frappant des pieds et chantant « *Let's Go, Giants, let's go* » quand ils frappent des pieds et chantent.

Il repère un garçon en train de manger un hot dog et décrète que lui aussi, il veut un hot dog.

« Je t'en achèterai un tout à l'heure, promet Jesse.

– J'ai faim maintenant, dit Edgar. Allez, vieux. »

Jesse cherche des yeux un vendeur, mais il n'y en a aucun à proximité. Ce qu'il voit, en revanche, c'est un homme dans la rangée située juste sous la leur, qui prend les commandes de bières de ses amis.

« Combien ? demande l'homme. T'en veux une ? Et toi ? » Ses copains lui tendent de l'argent, et quand il sort son portefeuille pour y fourrer les billets, Jesse remarque qu'il y a déjà pas mal de cash tassé là-dedans. Le type a bu. Il fait tomber sa casquette en se grattant le crâne et manque s'écrouler en la ramassant. Ses amis le poussent vers le bar avec des huées et des bourrades bienveillantes.

« Attends-moi là, ordonne Jesse à Edgar.

– Bien joué ! s'écrie Edgar. Moutarde et ketchup. Tu sais comment je les aime. »

Jesse emboîte le pas de l'ivrogne dans l'escalier. L'homme descend une marche à la fois, prudemment. Dès qu'ils ont atteint la galerie sonore, il se précipite vers les toilettes les plus proches, où Jesse entre juste après lui. Hommes et adolescents pissent dans une longue auge métallique, alignés comme des vaches au moment du repas. L'ivrogne se rue dans le premier espace libre et défait sa braguette. Il fixe le mur au-dessus de l'urinoir, chantonnant le tube qui résonne dehors. Jesse se glisse juste à côté de lui et fait semblant de sortir sa bite. Alors, aussi vif qu'un merle cueillant un ver de terre, il tend le bras, hisse le portefeuille de l'ivrogne hors de la poche arrière de son pantalon et le glisse dans la sienne.

L'ivrogne est encore en train de pisser et de chantonner quand Jesse ressort des toilettes. Il s'éloigne un peu dans la galerie avant de faire un pas de côté dans un renfoncement, où il sort l'argent du portefeuille et laisse tomber ce dernier. Il compte les billets en faisant la queue devant un stand. Cinquante dollars, score honorable.

Le speaker du stade rappelle à tout le monde le grand feu d'artifice à venir, pour le bicentenaire de l'indépendance, « une nuit de divertissement patriotique pour toute la famille ». Jesse est né l'année du centenaire – 1876 – et il jurerait que plus de cent ans se sont écoulés. Il a l'impression d'errer depuis la nuit des temps. Il s'approche du guichet, commande un hot dog pour Edgar et une bière pour lui.

De retour dans les tribunes, Jesse trouve l'ivrogne à genoux, cherchant partout son portefeuille. Il jette de côté des boîtes de pop-corn vides et des gobelets, frotte les paumes de ses mains pour les débarrasser des coquilles de cacahuètes. « Je suis sûr que je l'avais sur moi, dit-il. Vous l'avez vu, non ? » Jesse, qui remonte les marches, reste pétrifié. Pas parce qu'il craint que l'ivrogne ne le pointe du doigt, mais parce qu'Edgar n'est plus sur son siège.

Il scrute la foule, tâchant de se remémorer les vêtements que portait son frère. Un jean et son tee-shirt Mickey préféré. Il parlait sans arrêt d'attraper une fausse balle, donc il s'est peut-être rapproché du terrain – mais pas trace de lui non plus contre la balustrade, en bas.

Il lui est déjà arrivé de s'éclipser, et Jesse le retrouve généralement au bout de quelques minutes, tremblant de peur, sa soif d'aventure s'étant évaporée dès qu'il a perdu de vue son frère. Mais trois ans plus tôt, les choses se sont passées tout à fait autrement, d'une manière qui n'a cessé depuis de travailler Jesse.

Ils s'étaient retrouvés séparés dans une fête foraine à Butte, Montana, et quand Jesse a fini par remettre la main sur Edgar, ce dernier marchait main dans la main avec un petit garçon vers la sortie.

« Qu'est-ce que tu fais ? lui a demandé Jesse.

– J'ai faim », a répondu Edgar.

La dernière fois qu'il s'était nourri remontait à deux semaines à peine – trop tôt pour une envie de sang.

« Laisse partir ce gosse, a ordonné Jesse.

– Non », a protesté Edgar en serrant le gamin contre lui. Le garçon s'est mis à pleurer.

« Lâche-le, ou je te réduis en poussière sur place », a grondé Jesse.

Edgar hésitait, rechignant à céder, mais il voyait bien que Jesse ne plaisantait pas. Il a relâché le gamin, qui s'est enfui en courant, et Jesse a empoigné Edgar par la nuque et l'a traîné de force jusqu'au parking, avant que les ennuis commencent.

De retour au motel, Jesse a alterné entre les coups de poing et les menaces.

« C'est moi qui dis quand il est temps pour toi de manger, et je m'occupe de la chasse.

– Je sais, a répondu Edgar.

– T'es pas assez futé pour te débrouiller seul. Tu vas nous faire tuer tous les deux.

– Je sais. »

Edgar n'a plus jamais manifesté la moindre velléité de satisfaire par lui-même son besoin de sang, et Jesse espérait que ce qui s'est passé ne se répéterait plus. Mais si ce n'était pas le cas ?

Il remonte la galerie au sprint en appelant son frère dans tous les blocs de toilettes, s'arrêtant à tous les stands de nourriture et de boissons pour s'assurer qu'Edgar n'est pas en train d'essayer d'amadouer le vendeur pour avoir un hot dog gratis. Arrivé tout au bout, il fait demi-tour pour un deuxième passage, son cœur lui martelant les côtes et la bouche tellement sèche qu'avaler est tout un travail. Il se demande si Edgar n'est pas sur le parking en train de chercher la voiture, se demande si son frère se rappellera que la nuit dernière, ils ont troqué la Ford contre une Pontiac Grand Prix.

Il arrive devant une porte qu'il n'avait pas vue tout à l'heure. Elle donne sur une cage d'escalier.

« Edgar ! » crie-t-il.

Un écho, puis le silence.

« N'aie pas peur, mec. Je suis pas fâché après toi. »

Il entend des pieds qui frottent sur le béton et un « J'ai pas peur » étouffé. Edgar pointe son nez par-dessus la rambarde d'un palier, deux étages plus haut.

« Qu'est-ce qui t'arrive ? demande Jesse.
– J'ai vu un vagabond.
– T'es sûr ?
– Il brillait tout en noir. »

Edgar veut parler de l'aura sombre qui entoure les vagabonds, et que seuls leurs semblables peuvent voir.

« Qu'est-ce que t'as fait ?
– Ce que tu dis toujours qu'il faut faire : je me suis mis à l'abri. »

Parce qu'il y a des fous furieux, là-dehors, des vagabonds qui n'hésiteraient pas une seconde, qui, à vrai dire, saisiraient volontiers l'occasion de réduire en poussière un autre vagabond, trop heureux de se débarrasser de ce concurrent dans la quête de proies. C'est pour cette raison que Jesse évite tous ceux qui ont mué, et qu'il a fait en sorte d'inculquer à son frère la peur des étrangers.

« T'as bien fait, dit-il. Tirons-nous d'ici. »

Tandis qu'Edgar descend les escaliers, une déflagration secoue les murs. Acclamations, pieds qui frappent le sol. Un *home run*.

« Et mon hot dog, alors ? s'inquiète Edgar.
– Je t'en prendrai un sur le chemin de la sortie, répond Jesse.
– Je peux le payer moi-même ? »

Jesse sort un dollar de sa poche et le tend à son frère.

« Avec un dollar, t'en as deux, fait remarquer Edgar.
– Alors prends-en deux », répond Jesse. Il rouvre la porte et guide Edgar à travers la foule. S'il a vraiment vu un vagabond, il est probable que le vagabond l'a vu – plus vite ils quitteront ce stade, mieux cela vaudra.

Jesse n'est pas tout à fait prêt encore à rentrer au motel. Il a les nerfs à vif, un verre lui ferait du bien. Edgar et lui roulent sur Centre Avenue. La rue est envahie de grosses bagnoles, une procession au ralenti de Latinos faisant ronfler leurs voitures de sport trafiquées et de lycéens entassés dans des berlines et des breaks pataudés empruntés à leurs parents. Toutes les vitres sont baissées, toutes les radios allumées, et une cacophonie de tubes sirupeux flotte au-dessus du vrombissement des moteurs et des vannes balancées d'une voiture à l'autre. *Take the Money and Run*, *Love Machine*, *Jive Talkin'* – Edgar connaît tous les morceaux et chante sur la musique.

Ils arrivent devant un bowling. Ça fera l'affaire. Edgar aime jouer au bowling, ou du moins essayer. La plupart de ses lancers finissent dans la gouttière, mais renverser ne serait-ce que quelques quilles suffit à son bonheur. Jesse loue des chaussures pour lui et l'aide à choisir une boule. Puis il va se poster au bar, d'où il pourra garder un œil sur sa piste.

La serveuse lui demande ce qu'il veut boire. Il va commander une bière quand, soudain, il est comme frappé de stupeur. La fille est le portrait craché de Claudine, la belle Claudine au destin si tragique, disparue depuis, oh mon Dieu, soixante-dix ans déjà. La seule femme qu'il a jamais aimée, la seule femme qu'il aimera jamais.

« Je vous laisse le temps de réfléchir ? » dit la serveuse.

La même peau d'un brun roux semblable au cœur d'un orme rouge, les mêmes yeux verts qui brillent comme éclairés de l'intérieur, les mêmes longs cheveux noirs sauf qu'ils ne sont pas détachés, mais tressés en deux nattes qui tombent derrière ses épaules.

« Je vais prendre une Coors, parvient-il à articuler.

– Jesse ! Hey, Jesse ! »

Se retournant, il voit Edgar pointant du doigt les cinq quilles qu'il a fait tomber et le félicite d'un geste des deux pouces.

La fille pose une bouteille devant lui. « C'est un ami à vous ? demande-t-elle.

– Mon frère », répond Jesse. Il continue de fixer Edgar pour ne pas la regarder, elle.

« Pourquoi vous ne jouez pas avec lui ?

– Il s'amuse plus en jouant tout seul.

– Nan. Vous avez peur qu'il vous batte. »

Jesse sourit. Claudine aussi aimait bien plaisanter. Se reprenant, il se retourne vers la fille.

« Vous êtes maligne, vous, dit-il.

– Tâchez de pas l'oublier.

– C'est quoi votre nom, petite maligne ?

– Johona. C'est un nom navajo.

– Vous êtes indienne ?

– Ma mère, oui. Mon père est hollandais. »

Claudine n'arrêtait pas de changer d'histoire. Tantôt elle était espagnole, tantôt française, parfois même une princesse gitane.

« Comment c'est possible ? demande-t-il à Johona, en parlant de ses parents.

– Mon père est venu ici étudier les Indiens, répond Johona. Il est archéologue. Vous savez ce que c'est ?

– Quelqu'un qui étudie les vieilles choses. Les anciennes civilisations.

– Vous êtes assez malin vous-même. Vous vous appelez comment ?

– Jesse.

– Ravie de faire votre connaissance, Jesse. »

Johona s'éloigne pour aller s'occuper d'autres clients. Jesse l'observe du coin de l'œil, ne peut s'en empêcher. Claudine en jean moulant et débardeur noir. Elle a le contact facile avec les gens, sait les mettre à l'aise. Une gentille fille.

Claudine aurait voulu être gentille, mais étant une chasseuse dans l'âme, la gentillesse lui servait essentiellement de leurre.

Jesse vérifie ce que fait Edgar. Son frère s'apprête à lancer. Il singe la posture du joueur d'à côté, mais sa boule finit quand même dans la gouttière. Le fracas des quilles abattues sur les autres pistes est aussi tranchant et stressant que celui des pétards. Il rebondit contre les hautes arches du plafond et redescend deux fois plus fort.

Johona remplace la bouteille vide de Jesse par une pleine.

« Celle-là est pour moi, dit-elle.

– Merci.

– Vous êtes d'où ?

– Devinez.

– Pas d'ici. Quelque part dans le Sud ?

– Virginie-Occidentale. Mais ça fait un bail que je n'y suis pas retourné.

– Donc vous vivez à Phoenix, maintenant ?

– Je fais que passer. Un boulot m'attend à Denver.

– Dans quelle branche ?

– Le bâtiment.

– Le bâtiment ? s'étonne Johona. Vous êtes pâle comme un fantôme ! Donnez-moi votre main. »

Elle fait glisser ses pouces sur la paume de Jesse, ses doigts. Il repense à la peau de Claudine sur la sienne et se brise un peu au-dedans.

« Vous n'êtes pas un ouvrier du bâtiment, déclare-t-elle.

– Je suis quoi, alors ?

– Un braqueur de banques.

– Vous voyez passer beaucoup de braqueurs de banques, ici ?

– Non, mais des ouvriers du bâtiment, on en voit à la pelle. Je cherche quelque chose de plus excitant.

– L'excitation peut prendre un tas de formes.

– Au point où j'en suis, je suis prête à tout. »

Deux ivrognes à l'autre extrémité du comptoir demandent une autre tournée. Jesse se force à se lever pendant que Johona va les servir. Il pourrait passer toute la nuit ici à la regarder et à voir Claudine, mais à quoi bon ? Elle n'est pas Claudine. Claudine est morte. Il va rejoindre Edgar qui, assis à la table de pointage, trace des silhouettes en bâtonnets sur la feuille d'acétate et s'amuse de les voir projetées là-haut.

« T'es prêt à prendre ta raclée ? » lance Jesse. Il choisit une boule, la soulève.

« T'es pas très bon, réplique Edgar. T'es pas meilleur que moi. »

Ils commencent une partie. De temps à autre, Jesse jette un coup d'œil vers le bar, et il aperçoit Johona, et chaque fois, cela le fait sourire. Mieux encore, une fois ou deux il la surprend en train de le regarder, et elle sourit aussi.

6

Le seul truc valable à la télé est une histoire de guerre avec John Wayne. Des fois Jesse parle comme lui pour rigoler, mais pas ce soir. Il dit rien depuis qu'on est rentrés du bowling. Je lui demande est-ce qu'il veut jouer au 8 américain ou au Trente et un. Regarde ton film, il dit, je réfléchis.

Alors je reste allongé là à caresser Abby, et je réfléchis aussi. Je pense à Maman. Encore une fois, j'ai du mal à me rappeler d'elle. Je vois sa forme mais l'endroit où sa tête devrait être est comme de l'eau plissée. Pareil avec Papa et J.P. et Peggy et Tante Beulah. Ils s'effacent.

Maman disait toujours que la famille c'est tout ce qu'on a. Ce qui veut dire que j'ai plus rien maintenant. Rien d'autre que Jesse et encore, à peine. Il me dit qu'en grandissant, j'apprendrais à être seul. Mais ça c'est lui pas moi. On est pas tous pareils. Y a des hommes bons et des hommes mauvais. Des courageux et des lâches. Certains s'enfuient du passé et d'autres veulent le garder avec eux.

Je pleure, je peux pas m'empêcher. Abby grimpe sur ma poitrine et me lèche le visage. Qu'est-ce qui t'arrive ? demande Jesse. J'ai pas envie de lui dire mais ça s'échappe de moi. Maman me manque. Tu veux regarder les photos ?

dit Jesse. Il va chercher son sac, il sort l'album et je m'assieds avec lui sur le lit.

Il montre du doigt la première photo. Ça c'est Maman et ça c'est papa, il dit. Le jour de leur mariage, je dis. Ils sont allés au studio de Mr Borden directement après l'église pour se faire prendre en photo et Maman a dit à Mr Borden, J'ai intérêt à être jolie dessus sinon on paiera pas. J'ai les mêmes yeux qu'elle le même nez. Jesse dit toujours que les fois où je l'oublie j'ai qu'à me regarder dans le miroir. Jesse tient plus de Papa. Pas aussi grand mais il fait plus costaud. Des yeux et des cheveux noir corbeau. Des lèvres de fille qui boude. Il a le même sourire que Papa, aussi. Le genre qu'on voit pas souvent mais quand on le voit, il vous fait sourire aussi. Je trouve qu'il ressemble à Elvis Presley. Il dit que j'ai besoin de lunettes.

La photo d'après est de toute la famille. Maman Papa Jesse quand il avait sept ans Peg quand elle avait cinq ans mon frère J.P. quand il en avait trois et moi tout juste né. Jesse dit, Tu te souviens comment on t'appelait ? Vous m'appeliez tous Butterbean, je fais. Parce que tu ressemblais à un de ces haricots blancs, dit Jesse. Je réponds, Tu sais comment ils auraient dû t'appeler ? Comment ? demande Jesse. Crotte, je dis, parce que c'est à ça que tu ressembles.

Jesse tourne les pages. Papa qui embrasse une pelle à la mine. Peg dans son cercueil après qu'une fièvre l'a emportée. Nous tous pendant un voyage au bord de l'océan. Je dis à Jesse, T'as quatorze ans sur celle-là et moi sept. Tu vois, répond Jesse, tu te souviens. J'aime cette photo de Maman où elle sourit. Je passe le doigt sur son visage. T'es mon enfant spécial, elle disait, celui qui sera avec moi pour toujours. Celui qui prendra soin de moi quand je serai vieille. Je m'occuperai de toi, Maman, je lui disais, t'inquiète pas. Et je l'ai fait. C'est moi qui me suis occupé d'elle après que

J.P. a déménagé à Norfolk pour bosser au chantier naval, et après que Jesse est parti. Il s'est tiré une nuit et on l'a plus revu pendant trente années.

Parce que t'avais mué, je lui dis. Il était plus du tout en sécurité à Monongah. Fallait qu'il taille la route. Fallait qu'il se tire vers l'Ouest. Je lui ai demandé s'il était un hors-la-loi à l'époque. Il m'a répondu, Mon pote, j'étais ce qu'il fallait que je sois. Claudine la fille qui l'a mué avec qui il s'est tiré a fini par se faire réduire en poussière quelque part et depuis ce temps-là il est triste.

À Monongah le monde a continué de tourner comme disait Maman. Papa est mort dans l'explosion de la mine. J.P. s'est brisé le cou en tombant d'un destroyer qu'il était en train de fabriquer. Tante Beulah a mangé un mauvais champignon et son foie a lâché. À la fin il est plus resté que Maman et moi. Quand elle est tombée malade elle a fait revenir Jesse. En fait elle savait depuis le début où lui écrire. J'ai demandé pourquoi elle le rappelait à la maison. J'ai dit, Je peux continuer à m'occuper de toi. J'en doute pas, chéri, elle a dit, mais qui va s'occuper de toi ?

Il a neigé le jour où elle est morte et toute la semaine d'après. Le fossoyeur a dit qu'il avait des ampoules à tous les doigts de l'avoir enterrée dans le sol gelé. Jesse lui a acheté une robe neuve pour l'enterrer dedans et un cercueil avec une doublure en soie blanche. J'ai dit à personne qu'il était rentré. Moi et Cousin Ray on était les seuls à savoir. Jesse a dit qu'il allait donner la maison à Ray pour avoir organisé les funérailles et fermé sa bouche. Si tu lui donnes la maison où je vais habiter ? j'ai demandé à Jesse. Il m'a dit de pas m'en faire.

Le soir d'après il m'a fait asseoir à la table de la cuisine et a dit qu'il allait repartir mais que cette fois il m'emmenait avec lui. J'ai demandé où on allait. Dans l'Ouest, il a répondu.

Là où les bisons errent en liberté. Je lui ai demandé est-ce que je pourrais avoir un cheval parce que j'avais pas idée à l'époque. J'étais allé nulle part et j'avais rien vu. C'est pour ça qu'il a réussi à m'avoir.

Il a fait une coupure sur son bras et m'a dit de boire le sang qui sortait. Il m'a dit que c'était une cérémonie qu'il fallait qu'on fasse avant de partir. Comme quand t'as été baptisé, il a dit. Maman a fait des pancakes quand on m'a baptisé. Voilà ce que j'ai pensé pendant que je faisais ce qu'il avait dit : *Peut-être que j'aurai des pancakes.* J'ai mis ma bouche sur la coupure et j'ai bu le sang sans me douter du tout que mon propre frère était en train de m'embrouiller.

Parce que c'est comme ça que le Petit Diable s'est glissé dedans. Il s'est caché dans une bulle et je l'ai avalé avec le sang. Une semaine après il s'est mis à murmurer si bas que j'ai cru d'abord que ça venait de mon esprit. Sa voix était plus forte de jour en jour et il a fini par crier tellement que je m'entendais plus penser, il gigotait dans tous les sens comme un poulet sans tête. *Donne-moi à manger espèce de salopard pauvre connard débile.* Et depuis ce temps-là je me bagarre avec lui.

Je me sens mieux après avoir regardé les photos. Je peux à nouveau voir Maman l'entendre rire de mes bêtises. Je dis à Jesse qu'on devrait acheter un appareil photo. Pour quoi faire ? il demande. Je lui dis pour prendre des photos comme ça on se souviendra des choses. Y a rien qui mérite qu'on s'en souvienne, il répond. D'accord, je dis, alors une radio CB peut-être ? Il remet l'album dans son sac. On a pas besoin non plus d'une CB, il fait. Des pétards alors, je dis, pour la fête du 4 Juillet. T'en dis quoi ? Il manquerait plus que ça, il répond, que tu te fasses péter les doigts.

J'essaie de pas lui en vouloir de ce qu'il m'a fait. Je comprends que c'était la seule manière pour qu'on puisse rester ensemble et je comprends que c'était ce que Maman voulait. Mais si j'avais su dans la cuisine de Monongah ce que je sais maintenant que je serai le larbin d'un monstre suceur de sang jusqu'à ce que l'océan s'assèche et que le soleil tombe du ciel j'aurais pris ce couteau et charcuté le cœur de Jesse sans hésiter jusqu'à ce qu'il sorte. C'est un péché rien que le penser mais un petit péché tout compte fait.

7

27 juin 1976, environs de Truckee, Oregon

Au cours des dernières vingt-quatre heures, la croûte de la civilisation a été arrachée et le pus qui suppure dessous m'a été révélé. J'ai appris qu'il existe des monstres qui se font passer pour des hommes, que la nuit abrite des crimes innommables, et mes propres mains ont été entachées de sang. Tu vas penser que je suis devenu fou en lisant ce que je m'apprête à coucher sur le papier – j'ai moi-même du mal à y croire – mais Wanda, *baby*, tout est vrai jusqu'au dernier mot.

J'ai passé la matinée d'hier garé dans Virginia Street, l'artère principale de Reno, bordée de casinos et de magasins de souvenirs. Des touristes en pleine gueule de bois ont regardé l'affichette et les photos de Benny, mais pas un ne m'a pris au sérieux. Pas plus que le prédicateur de rue qui a agité dans les airs sa Bible pleine de sueur, a posé la main sur mon épaule et a beuglé une prière avant de réclamer un don.

J'ai appelé Howard pour lui dire que j'étais en ville. Ça me semblait normal. Comme la dernière fois que j'étais passé par là, il m'a invité à dormir chez Mary et lui et, comme la dernière fois, je lui ai dit que dormir dans l'Econoline m'allait très bien.

« C'est blessant, a-t-il protesté. Tu es mon beau-frère. Wanda ne me pardonnera jamais de ne pas t'avoir convaincu de venir crécher à la maison.

– Elle te pardonnera, ai-je répliqué. Elle sait mieux que personne combien ma compagnie laisse à désirer ces temps-ci.

– Retrouvons-nous au moins quelque part pour déjeuner », a-t-il insisté.

Je me suis dit que ça, je serai capable de le supporter. Il fait partie de ma famille, après tout.

Il a choisi l'endroit, le Gold 'N Silver Inn, un boui-boui pas loin de l'autoroute. Il était déjà assis devant un verre de thé glacé quand je suis arrivé. Il avait un badge accroché à sa chemise avec son nom et le titre « Superviseur des installations » – il était venu directement de l'usine, j'imagine.

Tu sais que j'ai toujours apprécié Howard. Il est bavard comme pas permis mais aussi capable d'écouter, il réfléchit à ce qu'on dit, ça se voit, plutôt que de juste attendre de pouvoir se remettre à parler de lui. Tu m'as dit un jour qu'il n'avait jamais pu être un enfant parce qu'il avait dû prendre la relève à la mort de votre père et s'occuper de ses petits frères et sœurs pendant que ta mère travaillait. Leur faire les repas, la toilette, les préparer pour aller à l'école. Ça m'est resté, parce que moi, j'étais un gamin turbulent, un jeune écervelé qui n'en avait rien à foutre des autres. Pendant qu'Howard changeait des couches et faisait la vaisselle, je fumais des clopes à la sauvette et m'agitais dans tous les sens ; je parie qu'il est toujours une meilleure personne que moi.

Il m'a fait signe de le rejoindre à sa table en me voyant entrer, a ignoré la main que je lui tendais et m'a pris dans ses bras.

« Regardez-moi cette barbe ! » s'est-il exclamé.

J'ai tiré sur mes poils. « C'est plus simple de la laisser pousser quand on change d'endroit sans arrêt.

– Ça te va bien. Ça te donne un petit air de Moïse ou plutôt Marvin Gaye, en fait.

– Je préfère être Marvin que Moïse. Moïse avait l'oreille de Dieu mais Marvin, lui, a tout le fric. »

Howard a récompensé cette blague d'un rire plus gras qu'elle ne le méritait. J'ai vu que derrière son sourire, il était mal à l'aise. Nous nous sommes assis et avons tripoté serviettes et couverts.

« Comment tu t'en sors ? » a-t-il demandé.

Ça n'avait aucun sens de mentir. « C'est raide, ai-je répondu. Des jours solitaires et des nuits plus solitaires encore. »

Il a hoché la tête comme s'il comprenait et a demandé : « Combien de temps penses-tu pouvoir tenir comme ça ?

– Le temps qu'il faudra pour découvrir qui a tué Benny. Si je ne le fais pas, personne ne le fera.

– La police…

– Les flics ont laissé tomber, l'ai-je interrompu. Ils ont laissé tomber depuis longtemps. “Vous savez combien d'assassinats restent non résolus chaque année ?”, a eu le culot de me dire l'un des inspecteurs. “C'est comme ça parfois, et c'est tout.” »

La serveuse m'a apporté une tasse de café. Howard a attendu en silence pendant que je mélangeais la crème et le sucre. Quelqu'un jouait sur une machine à sous, au comptoir. J'entendais le levier basculer, le cliquetis des rouleaux qui tournaient.

« Écoute, a repris Howard. Je ne vais pas faire semblant de savoir ce que ça fait de perdre un enfant, et j'admire ton dévouement, mais peut-être qu'à un moment, il faut accepter les tragédies que la vie nous réserve. »

J'ai sorti mon portefeuille et l'ai ouvert sur une photo de Benny. « Tu te souviens de ce gamin, n'est-ce pas ? ai-je demandé. De son rire, qui faisait rire tout le monde autour ? À quel moment suis-je censé oublié tout ça ?

– Je n'ai jamais dit que tu devais l'oublier, a protesté Howard.

– Un jour, il a planqué un chien errant dans sa chambre pendant un mois. Wanda a horreur des chiens, mais il l'a convaincue de le laisser le garder. Il avait le cœur tendre, ne supportait pas de voir souffrir qui ou quoi que ce soit. Je prenais ça pour de la faiblesse et j'étais dur avec lui – je n'aurais pas dû. Je lui ai dit des choses qui me hantent encore, des choses qui l'ont poussé à quitter la maison. »

Howard s'est penché par-dessus la table et a posé la main sur mon bras. « Charles, a-t-il soufflé. Charles, écoute-moi. Benny était toxicomane. Il se prostituait. Il est monté dans une voiture avec la mauvaise personne. C'est ça, la vérité. L'horrible vérité. Tu te sens coupable de ce que tu lui as dit, et tu n'as peut-être pas tort. Mais il faut aussi que tu saches que chaque fois que quelqu'un meurt, quelqu'un d'autre regrette de n'avoir pas pu s'expliquer avec lui et se rattraper. »

J'ai senti la colère monter. Il n'en faut pas beaucoup pour me faire sortir de mes gonds, ces temps-ci. D'un coup, j'ai eu toutes les peines du monde à ne pas écraser mon poing sur la table.

« Donc tu es comme cet inspecteur, ai-je dit. Tu vas m'expliquer comment ça se passe.

– Je suis ici pour ma sœur, a rétorqué Howard. Tu culpabilises pour Benny, mais Wanda alors ? Tu as vidé les comptes en banque avant de partir, et pendant que tu cours dans tous les sens pour mener ton enquête, elle bosse soixante heures par semaine pour sauver l'emprunt de votre maison. Elle se casse le cul pour régler les factures et pouvoir faire les courses. Elle se couche tous les soirs en se demandant où tu peux être et si tu reviendras un jour. C'est quand, la dernière fois que tu l'as ne serait-ce qu'appelée ?

– Pour dire quoi ? Que je n'arrive à rien ici ? Que je me démène pour pas grand-chose ?

– Ce qu'il faut que tu fasses et, vraiment, je te le dis avec amour, c'est ramener ton cul à la maison et prendre soin des vivants au lieu d'être obnubilé par les morts. »

Ce qu'il disait avait du sens, mais le sens n'a pas sa place dans le nouveau monde où je me suis réveillé le jour où j'ai reçu cet appel m'annonçant le meurtre de Benny. L'année qui a suivi, j'ai fait comme si tout était comme avant, comme si *moi*, j'étais comme avant. J'allais au travail tous les jours, je rentrais à la maison, je m'asseyais à table pour dîner avec toi et j'allais me coucher à 21 heures tous les soirs. Mais toutes les nuits ou presque, je restais allongé sur le lit à supplier Dieu de me laisser dormir.

J'ai vraiment essayé, *baby*, mais je me suis rendu compte que je me mentais à moi-même. J'ai compris que le monde où j'avais vécu jusque-là était mort en même temps que Benny et que j'avais échoué dans un autre monde où la folie et la cruauté étaient la norme. Mais comment expliquer ça à une femme aussi bonne que toi ? Tu n'y aurais vu que les délires d'un fou. Alors je n'ai même pas essayé. J'ai préféré partir en douce, pour me lancer dans cette mission.

M'expliquer devant Howard aurait été tout aussi impossible. J'ai fini mon café, me suis levé lentement pour ne pas exploser, et j'ai parlé tout bas de peur de briser les vitres de ce restaurant.

« Ça m'a fait plaisir de te voir.

– Attends un peu, bon Dieu, attends, a protesté Howard.

– Embrasse Mary et les garçons de ma part. »

Je suis sorti en titubant du *diner*, en ayant l'impression de peser une demi-tonne de plus. J'ai commencé à mieux respirer une fois atteint l'Econoline, mais l'air frais ne suffisait pas. Il me fallait quelque chose de plus pour ne pas m'écrouler. J'avais besoin d'un signe que j'étais sur la bonne voie.

Gare à ce que vous souhaitez, c'est ce qu'on dit toujours.

J'étais en train de chercher mes clés, voulant à tout prix m'échapper avant qu'Howard se mette en tête de me suivre sur le parking pour insister, quand j'ai remarqué un vieil homme blanc qui se tenait debout tout près, les bras croisés sur sa poitrine. Il me fixait d'un œil plissé – l'autre était caché sous un bandeau noir.

« Tout va bien ? » m'a-t-il demandé. Sa voix raclait comme des graviers dans un broyeur à déchets.

« Ça va », ai-je répondu.

D'un coup de menton, il a montré les messages tracés au cirage sur la camionnette. « On a assassiné votre fils ?

– Oui.

– Comment ?

– Qu'est-ce que ça peut vous faire ?

– Gorge tranchée ? Vidé de son sang ? Tué à un endroit, balancé ailleurs ? »

Je l'ai étudié de plus près. Il portait un bleu de travail, avait la coupe en brosse grisonnante et la posture balai-dans-le-cul d'un ancien soldat.

« On l'a retrouvé dans une poubelle à Los Angeles, ai-je répondu. Il y a deux ans.

– Ma femme a été enterrée dans le désert près de Tonopah, a-t-il dit. Les coyotes ont déterré ses restes, et des monteurs de lignes électriques sont tombés dessus par hasard.

– Je suis vraiment désolé. »

Un vent chaud balayait le parking, éparpillant les ordures et secouant l'Econoline. Le ciel était couleur poussière, le soleil porté disparu.

« Allons causer chez moi, a proposé l'homme.

– Ça, je crois pas, ai-je répliqué. Dites-moi ce que vous avez à me dire ici.

– Je pourrais, a dit l'homme. Mais je le ferai pas. Et puis, c'est pas tellement ce que j'ai à dire, c'est ce que j'ai à vous montrer. »

Dans ma quête de l'assassin de Benny, j'ai perdu un temps précieux avec des savants fous, me suis laissé charmer par de faux prophètes et conduire dans un tas d'impasses par des conspirationnistes en tous genres. Mais j'ai tout de suite vu que ce borgne était différent. Nous autres qui souffrons sommes sensibles aux souffrances des autres. Nous sommes branchés sur les fréquences du chagrin.

« C'est loin, chez vous ? ai-je demandé.

– Trente bornes, a répondu l'homme. Je m'appelle Czarnecki. Suivez-moi avec votre van. »

Il s'est dirigé vers un vieux pick-up Ford vert aménagé en camping-car, et il a quitté le parking. Nous avons mis le cap vers les collines au sud de la ville. Il roulait à quatre-vingts, qu'il soit sur l'autoroute ou une petite route de montagne sinueuse. Nous avons tourné sur une piste en terre aux abords de Truckee. Elle s'achevait quelques kilomètres et deux ou trois gués plus loin, devant une cabane et une poignée de dépendances éparpillées sur un demi-hectare de buissons de sauge et de pins ponderosas.

Czarnecki s'est garé devant la cabane. Un geai bleu m'a harangué depuis la cime d'un arbre quand j'ai marché pour le rejoindre. La cabane était vieille mais solide. Un rocking-chair attendait sur la véranda à côté d'une boîte de café remplie de sable et de mégots de cigarettes. Un drapeau américain était accroché à côté de la porte.

Czarnecki m'a fait entrer dans l'unique pièce. Un canapé, un téléviseur, un lit dans un coin avec un sac de couchage en guise de draps. Un évier, un frigo, une cuisinière, une table avec deux chaises. C'était un peu le bazar – des bouteilles anciennes alignées sur le manteau de la cheminée en pierre, des fers à marquer rouillés, des animaux empaillés –, mais tout semblait avoir été disposé avec soin, pas éparpillé au hasard.

« Vous voulez une bière ? a proposé Czarnecki en se dirigeant vers le frigo.

– Non, merci. »

Il a fait sauter la languette d'une canette de Budweiser et s'est assis à la table. « J'imagine que vous n'allez pas vous asseoir non plus, a-t-il dit.

– Je suis bien comme ça », ai-je répondu. Je voulais être prêt à m'enfuir si nécessaire.

Czarnecki a allumé une cigarette et contemplé son allumette après l'avoir soufflée. « Ça fait combien de temps que vous cherchez l'assassin de votre fils ?

– Ça fait un an, maintenant, ai-je répondu.

– Vous avez des suspects ?

– Non, mais j'ai des hypothèses.

– C'est sûr que les circonstances donnent à réfléchir, a déclaré Czarnecki. Enlevés dans un endroit. Tués et vidés de leur sang dans un autre. Les corps balancés encore ailleurs. Ce n'est pas l'œuvre d'un voleur, c'est un rituel. J'ai failli perdre la boule à force de ruminer tout ça. »

Il s'est interrompu pour tirer sur sa cigarette, une longue bouffée profonde qu'il a recrachée en sifflant.

« Et puis j'ai trouvé Mr Otto, a-t-il repris. Ou plutôt, Mr Otto m'a trouvé. Il a débarqué un beau jour dans mon ancienne maison, à Carson City, celle où je vivais avec ma femme Marjorie. C'était deux ans après le meurtre, deux ans où j'avais pas fait grand-chose d'autre que boire. Boire et me creuser les méninges. "J'aimerais vous parler de votre épouse", a dit Mr Otto. "Parler de quoi ?", j'ai répondu, aussi sceptique que vous. »

Il a marqué une nouvelle pause, et j'ai réalisé qu'il réprimait ses larmes. « Tout a changé pour moi ce jour-là, a-t-il dit. Et tout va changer pour vous aujourd'hui. » Il a fini sa bière d'un trait. « Suivez-moi. »

Il m'a emmené dehors. Le geai braillait toujours. Une mise en garde, je m'en rends compte à présent. La nature sonnant l'alarme. J'aurais dû l'écouter. J'aurais dû remonter dans l'Econoline et m'en aller aussi vite que je pouvais. Mais Czarnecki me tenait, il avait piqué ma curiosité. Nous avons marché jusqu'à un abri en parpaings avec une épaisse porte en bois. Czarnecki a déverrouillé un cadenas et rabattu la languette métallique. La porte a grincé quand il l'a poussée. Mon cœur battait à tout rompre. Je sentais pulser mon sang dans mes poignets, ma gorge.

Le gros soleil orange de l'après-midi a lancé ses flammes dans l'abri sans fenêtres. Au milieu de cet espace pareil à un tombeau, il y avait un lit de camp ; sur le lit de camp, une couverture – sous la couverture, quoi ?

Czarnecki s'est avancé à l'intérieur et a arraché d'un coup la couverture. Le soleil a illuminé une silhouette couchée sur le lit. Un homme blanc – un adolescent, plutôt –, qui ne portait qu'un caleçon. Il avait des menottes aux poignets, et aux chevilles aussi ; ses fers étaient fixés par une chaîne à un anneau scellé dans le sol.

Quand le soleil l'a frappé, il a hurlé comme un animal blessé et s'est tordu de douleur. « Pourquoi, putain ? a-t-il gémi. Pourquoi vous faites ça ? » Il a jeté ses bras en l'air pour protéger son visage du soleil, et sa chair s'est mise à fumer.

Czarnecki m'a entraîné à l'intérieur et a claqué la porte derrière nous, plongeant la pièce dans l'obscurité. Il a tiré sur un cordon pour allumer une ampoule nue qui pendait du plafond. Le jeune s'est calmé. Il avait la vingtaine, les cheveux blonds et les yeux bleus. La peau sur son front, ses bras, ses jambes - partout où les rayons du soleil l'avaient touchée - était noire et cloquée. La puanteur qu'elle dégageait m'a donné un haut-le-cœur et j'ai reculé d'effroi jusqu'à ce que mon dos bute contre la porte.

Sous mes yeux, les plaies ont commencé à se régénérer. Les zones calcinées se sont aplanies et lissées, une nouvelle peau s'est déployée comme de la cire qui fond, recouvrant les lésions.

« C'est quelque chose, hein ? » a dit Czarnecki.

Je n'avais pas de réponse.

« On peut leur tirer dessus, les poignarder, leur rouler dessus avec une voiture, et ils s'en remettent en un rien de temps. »

Bientôt, c'était comme si le garçon n'avait jamais été brûlé. Sa douleur s'est calmée, et il m'a regardé avec un rictus méprisant qui dévoilait une dent en or. Il était tellement maigre que ses coudes et ses genoux ressemblaient à des nœuds boursouflés, et on pouvait compter ses côtes. Il avait un papillon tatoué sur la poitrine.

Je vais en rester là pour l'instant.

Mes doigts sont trop faibles pour tenir ce stylo, mon esprit trop fatigué pour me souvenir clairement. Je vais dormir un peu et écrire le reste plus tard. Sauf si je me réveille et découvre que tout ça n'était qu'un mauvais rêve. Faites qu'il en soit ainsi.

CITATION DU JOUR : « Car quiconque fait le mal, hait la lumière et ne vient point à la lumière, de peur que ses œuvres ne soient réprouvées. »

Jean, 3:20

8

Les Démons font le voyage à moto jusqu'à Phoenix en deux nuits, avec une escale à Alpine le temps que le soleil disparaisse. Ils empruntent des petites routes désertes, accaparant les deux voies et traversant à tombeau ouvert des trous paumés où tout le monde dort.

À un moment, ils tombent sur un pick-up bringuebalant sur la route de la maison après dieu sait quelles frasques nocturnes, et accélèrent pour le doubler et l'encercler. Huit Harley noires chevauchées par huit Démons vêtus de cuir surgissent soudain des ténèbres et le conducteur du pick-up est sidéré par l'effroyable fracas des engins et leur palpitation qui vous secoue jusqu'aux tréfonds de l'âme. Les Démons rient en voyant la bouche bée du péquenaud sous son chapeau de cow-boy et s'éloignent en faisant hurler les moteurs - disparaissant, jurera plus tard le conducteur, dans un nuage de fumée et d'étincelles tourbillonnantes.

Ils atteignent Phoenix juste avant l'aube et descendent à l'Apache Hotel. Le soir même, Antonia appelle l'homme de George Moore. Un type à mi-chemin du détective et du chasseur de primes. Il ne lâche pas son nom.

« McMullin crèche au Sandman, sur Van Buren Street, annonce-t-il. Mais ce soir, il est allé au stade pour un match de base-ball. »

Antonia raccroche, va rejoindre les autres Démons au bord de la piscine du motel et s'affale sur une chaise longue à côté d'Elijah. Real Deal, Bob 1 et Johnny Kickapoo se bagarrent dans l'eau comme des gosses turbulents. Le reste du gang fait claquer des dominos sur une table ronde en fer surmontée d'un parasol métallique. Une radio crache des airs de rock'n roll. Le propriétaire du motel leur a déjà demandé deux fois de baisser le volume, mais ils remontent le son dès qu'il retourne dans son bureau. Aucun risque qu'il appelle les flics. Ce motel grouille de putes, de voleurs et de toxicos.

Johnny Kickapoo se hisse hors de la piscine. Il doit son surnom au fait d'avoir traîné dans une réserve Kickapoo quand il était jeune, en Oklahoma. Il n'a pas la moindre goutte de sang amérindien en lui – ses cheveux et ses yeux noirs lui viennent de sa mère italienne, son nez proéminent de son père allemand – mais prétend avoir des origines indiennes et porte même une plume dans les cheveux. Il montre ses fesses aux autres nageurs et saute à nouveau dans la piscine en faisant la bombe. L'explosion qui en résulte fait onduler les reflets bleu pâle de l'eau sur les palmiers mourants courbés au-dessus. Tout là-haut, les étoiles restent impassibles tandis qu'Antonia et Elijah discutent du contrat.

Normalement, selon leur système de roulement, ce devrait être à l'équipe formée par Real Deal et Yuma de s'en charger, ils se partageraient la moitié du paiement – moins les dix pour cent de Monsieur Beaumont – et le reste du gang se répartirait équitablement l'autre moitié. Le bébé promis par Moore sème la zizanie dans cette belle organisation. Un jeune enfant est quelque chose de spécial pour un vagabond.

En s'en nourrissant, au lieu de devoir trouver une nouvelle proie au bout d'un mois, on peut tenir toute une année. C'est lié à la nature du sang.

On pourrait donc s'attendre à ce que la chasse aux bébés soit ouverte. Mais de la même manière que les arnaqueurs sont connus pour être aussi crédules que leurs cibles, les vagabonds sont très superstitieux, et un tas de coutumes anciennes les tiennent éloignés des nourrissons : Volez un enfant, mettent en gardent celles-ci, et vous ne tarderez pas à être réduit en poussière.

Antonia se moque de ces peurs. Elle y voit juste une manière puérile d'alarmer sur le réel danger lié aux enlèvements de nourrissons : la disparition d'un bébé choque bien plus le public que lorsqu'un clochard ou une prostituée disparaît soudain de la face de la Terre. Ce qui augmente grandement la probabilité que les gens se rassemblent, lancent des recherches et s'intéressent de près aux inconnus, autant d'éléments potentiellement catastrophiques pour un vagabond.

Mais puisque les Démons n'ont pas kidnappé le bébé en question – et n'ont d'ailleurs pas la moindre idée de *comment* Moore se l'est procuré –, se nourrir de cet enfant ne leur causera aucun ennui. Même en le partageant avec un partenaire, cela faisait encore six mois sans être obligé de chasser, sans se demander d'où viendra votre prochaine dose, ni risquer de se faire surprendre en train de saigner un poivrot. Six mois où l'on pouvait se poser tranquillement quelque part et se détendre à sa guise.

Raison pour laquelle Antonia glisse à Elijah qu'il lui paraît juste de faire une entorse à leur système de roulement, pour cette fois, et d'autoriser tout le monde à tenter le jackpot.

« Ça risque de mal passer », fait remarquer Elijah.

Il n'a pas tort.

« Vous pouvez pas changer la manière dont on fonctionne quand ça vous chante, proteste Real Deal une fois qu'Antonia a rassemblé les troupes autour de la table au parasol. C'est notre tour, à Yuma et moi. On fait le job, et le bébé sera à nous.

– Ouais, renchérit Yuma. Les hasards du tirage. Ç'aurait pu tomber sur n'importe lequel d'entre nous.

– Si c'était pas votre tour, fait remarquer Pedro, vous seriez en train de supplier qu'on vous laisse une chance de gagner le morveux.

– Sauf qu'on n'a pas besoin de supplier, réplique Yuma. Parce que les règles sont les règles. »

Bob 2 balance une cannette de bière. Pedro fait un doigt d'honneur sous le nez de Yuma. La guerre est sur le point d'éclater. Antonia tape sur la table de ses doigts repliés pour faire taire les cris.

« On va voter, déclare-t-elle. Est-ce qu'on s'en tient au roulement normal, ou bien on donne à tout le monde une chance d'avoir le gosse ? »

Tous sauf Yuma et Real Deal votent en faveur d'une exception. Les deux équipiers restent assis là, furax, mais que peuvent-ils y faire ? Ils sont en infériorité numérique.

« Comment on décide qui va exécuter le contrat ? interroge Bob 1.

– On va jouer ça aux dés, répond Antonia. Une personne par équipe. Les gagnants font le job et récupèrent le gamin, les autres se partageront le fric. »

Elijah prend une paire de dés dans la boîte de dominos. Ils se mettent d'accord pour laisser Yuma tirer la première. Elle secoue les dés et les lance sur la table, obtient un sept pour Real Deal et elle. Johnny un neuf, et Antonia un trois pour Elijah et elle. Puis vient le tour de Bob 1. Il murmure contre les dés, souffle dessus, les secoue au-dessus de sa tête. Quand finalement il les fait rouler, la chance lui sourit.

« Double six ! » hurle Bob 2.

Le gang se disperse. Trop de déception et de ressentiment dans l'air. Tous regagnent leurs chambres d'un pas lourd, sauf les deux Bob, qui fêtent leur bonne fortune jusqu'à ce que les premiers rayons du jour, léchant l'horizon, les chassent à l'intérieur.

« T'as vu ? » souffle Bob 2.

Il pointe du doigt un gigantesque rat, trente bons centimètres du museau au bout de la queue. L'animal s'approche furtivement d'un grand *bucket* Kentucky Fried Chicken gisant au fond du caniveau. Enfonçant la tête dans le seau en carton, il en ressort un pilon de poulet à moitié grignoté et se redresse sur ses pattes arrière pour le ronger.

« Pourquoi tu me montres ça, putain ? grogne Bob 1. Tu sais que je supporte pas ces bestioles. »

Ils sont assis dans la boutique d'un marchand de glaces, en face du Sandman Motel. Cela fait près d'une heure qu'ils attendent, ils sont arrivés juste après le coucher du soleil, dès qu'il n'y a plus eu de risques. Leur table offre une vue sur la chambre de McMullin, et sur le rat, qui continue de fouiller dans son *bucket*.

« Un rat doit être sacrément malin pour devenir aussi gros, fait remarquer Bob 2. Faut qu'il soit capable de renifler le poison, de repousser les chiens, de réfléchir vite face au danger.

– Je les emmerde, gronde Bob 1. Qu'ils crèvent tous. T'as jamais entendu parler de la peste noire ?

– J'ai essayé de me nourrir sur un rat, une fois.

– Arrête tout de suite.

– J'étais tellement désespéré que je suis allé dans une décharge et j'en ai chopé un. Il avait un goût dégueulasse, et ça m'a pas du tout aidé.

– C'est une bonne chose que tu te sois mis avec moi, pas vrai ? dit Bob 1.

– Je me débrouillais pas mal tout seul, réplique Bob 2.

– Saigner des rats, c'est pas ce que j'appelle se débrouiller pas mal. »

Vingt-cinq ans que les deux hommes font équipe. Bob 1 est né en 1904, à Key West. Il a bossé sur les bateaux de pêche dans sa jeunesse, s'est marié, a eu un enfant. À 22 ans, il est tombé amoureux d'une Cubaine rencontrée sur Mallory Square, une Cubaine qui ne sortait que la nuit. Ils ont décidé de s'enfuir à La Havane, et Bob lui a demandé de le muer, pensant qu'ils seraient amants jusqu'à la fin des temps. La veille de leur départ, la fille a disparu et Bob ne l'a jamais revue.

Né en 1923, Bob 2 est de Brooklyn. Il a combattu en France pendant la Seconde Guerre mondiale, a tué un tas d'hommes, vu un tas d'hommes mourir. Ce qui a déclenché sa première et unique crise existentielle : à quoi bon se galérer à vivre si la seule issue possible était la mort ? Lorsqu'une prostituée avec laquelle il traînait la nuit après son retour aux États-Unis lui a confié qu'elle était une vagabonde et vivrait sûrement pour l'éternité, il a vu là un moyen de résoudre ce dilemme. Il a forcé la fille à le muer, puis l'a réduite en poussière afin que personne au monde ne connaisse son nouveau secret. Son plan a fonctionné à merveille : depuis ce jour, la mort a cessé de le tourmenter.

Les Bob se sont rencontrés à Kansas City et ont décidé de voyager ensemble. Quand votre survie exige la traque et l'exécution d'un être humain tous les trente jours, c'est plutôt une bonne idée d'avoir quelqu'un qui surveille vos arrières. Ils forment une sacrée paire. Bob 1 est grand, fin et il a la peau claire ; Bob 2 est petit, rond, et il a la peau sombre. Bob 1 est plutôt silencieux, mais son compagnon parle pour deux. Ils se tapent mutuellement sur les nerfs, mais savent aussi se faire rire comme personne d'autre n'en est capable.

Une nuit, quelques années après leur rencontre, une chose en entraînant une autre, ils se sont retrouvés à rouler ensemble sur un lit. Ça ressemblait plus à une bagarre qu'à de la baise, et tous les deux se sentaient plutôt bien après, de sorte qu'ils ont continué. Ce n'est pas quelque chose de planifié, juste un truc qui arrive de temps à autre. Il y a quatre ans, ils se sont mis à traîner avec les Démons, en se disant là encore que le nombre les protégerait, et dans le but aussi de se faire un peu d'argent. Depuis, ç'a été une chevauchée sauvage.

Bob 2 finit son café et étudie le menu affiché au mur.

« Le Spécial bicentenaire, dit-il.

– Quoi ?

– Cerise, vanille et myrtille dans un cornet sucré.

– Vas-y, fais-toi plaisir. »

Bob 2 se dirige vers le comptoir. La lycéenne qui sert les boules de glace et s'occupe de la caisse a peur de Bob 1 et de lui, il le voit. Leurs cheveux longs, leurs barbes, leurs tatouages. C'est bien. Plus les gens ont peur, mieux c'est.

« File-moi ce truc du bicentenaire », dit-il.

Un mouvement du côté du motel attire l'attention d'un Bob 1 avachi sur sa chaise, fatigué d'attendre. Il se redresse aussitôt, colle son visage à la vitrine. Un homme sort de la chambre qu'ils surveillent depuis tout à l'heure. Il correspond à la description que Moore leur a faite de McMullin, et l'aura sombre d'un vagabond scintille autour de lui. Il s'assure que sa porte est bien fermée à clé, plonge les mains dans ses poches et marche en direction du magasin de glaces.

Bob 1 se lève et interpelle la fille : « La porte de derrière, c'est par où ? »

Bob 2 et lui se précipitent dans une réserve et débouchent dans l'allée à l'arrière du magasin. Filant vers le bout de l'allée, Bob 1 jette un coup d'œil au coin de la rue et voit McMullin entrer chez le marchand de glaces. Une sonnette retentit quand il ouvre la porte. Bob 1 recule sa tête dans l'allée et sort de sa poche un sachet de graines de tournesol. Il en jette une poignée dans sa bouche et les fait craquer sous ses dents.

« Tu vas pas le garder à l'œil ? s'inquiète Bob 2.

– T'as pas entendu la sonnette ? »

Quelques minutes plus tard, celle-ci tinte à nouveau. McMullin ressort de la boutique, un gobelet de café à la main. Il retraverse Van Buren Street, grimpe dans la Dodge Dart garée devant sa chambre et démarre.

Les Bob se ruent vers la Hornet qu'ils ont volée afin d'être moins voyants qu'ils ne l'auraient été sur leurs Harley. Ils suivent McMullin en prenant soin de laisser une voiture entre la Dart et eux. McMullin roule jusqu'à un drive-in, et entre. Bob 2 se range sur le bas-côté. Les reflets jaunes et rouges de l'enseigne au néon qui tremblote à l'arrière du gigantesque écran de cinéma dansent sur le capot de la Hornet.

« Qu'est-ce qu'on fait, maintenant ? interroge Bob 2.

– Ben, j'imagine qu'on va voir un film », répond Bob 1.

Ils se joignent à la file de voitures attendant d'entrer dans le drive-in, achètent un ticket au guichet et traversent le parking à la recherche de McMullin. Une fois qu'ils ont trouvé l'endroit où il s'est garé, ils choisissent un emplacement libre deux rangs derrière, entre un couple d'adolescents dans une Coccinelle et une famille installée dans des chaises longues à l'arrière d'un pick-up. Bob 2 décroche le haut-parleur du poteau et le suspend à la vitre de sa portière, mais il baisse le son. Le film a déjà commencé. Un Clint

Eastwood de quinze mètres de haut plisse les yeux et dégaine son revolver.

Bob 1 surveille la voiture de McMullin pendant que Bob 2, imitant un commentateur sportif, décrit en temps réel l'action qui se déroule à l'intérieur de la Volkswagen.

« Et voilà messieurs-dames, Johnny Queutard fond sur Susie Chattequipue. Il a la main dans son chemisier et essaie de la glisser sous son soutien-gorge. Pendant ce temps, Susie lui tripote la bite. Ah ! les amours de jeunesse, mes amis… Y a pas mieux. »

McMullin descend de la Dart et marche vers le snack-bar en parpaings. Il est petit, avec une tignasse rousse bouclée, hirsute.

« C'est le moment, dit Bob 1.

– J'ai un plan, annonce Bob 2.

– Mets-moi au parfum.

– À mon signal, tu rappliques en courant. »

Bob 2 se glisse hors de la Hornet et s'approche de la Dart. Une fusillade éclate sur l'écran et des détonations métalliques claquent sur tous les haut-parleurs du parking. La portière avant de la Dodge n'est pas verrouillée. Bob l'ouvre et soulève le loquet de celle de derrière. Il monte à bord et se planque derrière le siège conducteur. Il a fabriqué lui-même le garrot qu'il sort de sa poche – un fil de fer très fin avec des poignées en bois aux deux extrémités.

Des craquements de gravier télégraphient le retour de McMullin. Les mains de Bob serrent plus fort les poignées du garrot. La portière avant s'ouvre, et le plafonnier s'illumine. La Dart se balance quand McMullin se glisse sur le siège avec pop-corn et soda. Il referme la portière, et la lumière s'éteint.

Bob se redresse, glisse la boucle de fil de fer par-dessus la tête de McMullin et tire d'un coup sec. Le fil s'enfonce dans la gorge de McMullin. Il lâche les pop-corn et se débat en silence, le garrot lui coupant la voix en même temps que l'air. Il s'agrippe au fil, tentant de l'écarter de sa trachée. Ses jambes sont agitées de spasmes, et ses pieds martèlent le dessous du tableau de bord.

Bob utilise tout son poids pour serrer plus fort le garrot, manquant faire basculer McMullin sur la banquette arrière. Les yeux de McMullin sont exorbités. Sa langue dépasse de ses lèvres comme un escargot étiré à se rompre. Bob empoigne d'une main les deux extrémités du garrot et, de l'autre, sort un couteau de chasse de son étui de ceinture. Se penchant en avant, il plante le poignard dans la poitrine de McMullin, l'inclinant de manière à ce que la lame coulisse entre deux côtes et plonge dans le cœur de l'homme. Les bras de McMullin retombent sur ses flancs, ses yeux se ferment, et il s'écroule au fond du siège.

Bob descend de la Dart et ouvre la portière avant. Il pousse McMullin de côté et se glisse au volant. La clé est dans le contact. Les feux stop clignent deux fois et Bob 1 rapplique en courant. Il tient dans sa main un grand sac en toile.

« Tu l'as eu ? demande-t-il.

– D'après toi ? »

Bob 1 se jette sur la banquette arrière. Bob 2 raccroche le haut-parleur sur le poteau et prend le chemin de la sortie, laissant la Hornet derrière eux. Il roule doucement, mais la tête de McMullin rebondit tout de même deux ou trois fois contre la vitre passager. Une fois hors de danger, Bob 1 se penche par-dessus le siège pour étudier le corps.

« C'était facile ? demande-t-il.

– Je lui suis tombé dessus comme une bombe atomique, répond Bob 2.

– Boum.

– Boum. »

Ils s'arrêtent sur une route déserte à la sortie de la ville. De grands cactus saguaros se découpent sur le fond étoilé du ciel, et des collines noires déchiquetées interrompent l'horizon. Bob 2 traîne le corps de McMullin hors de la Dart et le laisse tomber sur le dos. Bob 1 défait la fermeture Éclair du sac en toile et sort un appareil Polaroid. Il prend deux ou trois clichés en guise de preuves pour Moore (*Clic, brrr, clic, brrr*) – le visage de McMullin, un tatouage sur l'avant-bras – puis plonge à nouveau la main dans le sac pour en sortir une hachette.

« Tu veux que je le désintègre ? demande-t-il.

– C'est moi qui l'ai eu, répond Bob 2. Je vais m'en occuper. »

Il saisit McMullin par les cheveux et lui redresse la tête. Bob 1 lui tend la hachette, il la lève bien haut et l'abat sur le cou de McMullin. La chair se fend et les os cèdent. La tête de l'homme se détache si brusquement après trois coups à peine que Bob manque perdre l'équilibre, il lâche la tête, et Bob 1 et lui regardent celle-ci et le cadavre de McMullin se décomposer en une poudre grise, ne laissant que ses vêtements.

Bob 1 fouille les poches du pantalon, en sort un portefeuille et la clé du motel. La chemise recèle un paquet de chewing-gums. Une rafale de vent emporte l'essentiel des cendres. Bob lance la chemise haut dans les airs, elle s'envole en claquant au-dessus du désert, unique fantôme que McMullin aura jamais.

« Tu veux ses pompes ? demande Bob 1.

– Tu m'as déjà vu en sneakers ? » réplique Bob 2.

Ils rentrent dans la ville, abandonnent la Dart sur le parking d'un centre commercial, et regagnent l'Apache en Harley.

9

Edgar se balance et grogne et frappe les boutons d'un flipper. Jesse est assis au bar. Ils sont retournés au bowling après que Jesse est resté éveillé toute la journée, assailli par le flot de souvenirs qu'a déclenché sa rencontre avec Johona, des souvenirs qu'il croyait perdus pour de bon.

Claudine fredonnant des chansons françaises à la lueur de la lune ; sirotant du champagne dans un hôtel à San Francisco en 1902, le soir du Nouvel An ; tout était là, l'éclat de ses cheveux, le froissement de ses jupes, le bruissement marin de sa respiration lorsqu'elle dormait.

Le temps dévore les souvenirs, ronge toute la chair et broie les os. Jesse a toujours considéré cela comme une bénédiction. Mieux vaut se concentrer sur l'ici et le maintenant lorsqu'on est éternellement en chasse, éternellement chassé. Mieux vaut ne pas rêver de la tarte aux pêches de Maman ou de la peau d'une amante disparue. Mais peut-être qu'il avait tort, après tout. Car ce soir, pour la première fois depuis fort longtemps, il ne regrette pas de ne pas être mort. À vrai dire, après s'être laissé emporter par ce torrent de souvenirs durant des heures, il a eu l'impression que la croûte de boue séchée qui l'alourdissait s'était fissurée, puis détachée. Et c'est pour ça qu'à peine le soleil couché, il a réveillé Edgar : « Retournons à l'endroit où on est allé hier soir. »

Johona l'attendait derrière le bar, comme il l'espérait. « Salut à toi, étranger ! », a-t-elle lancé, et il aurait mis sa main au feu qu'elle avait le même grain de beauté sur la lèvre que Claudine. Il a installé Edgar au flipper et il est retourné au bar, a commandé une bière. Mais Johona n'a pas eu un moment de libre depuis. L'endroit est bondé, il faut remplir des verres, rire aux blagues des clients. Ça ne dérange pas Jesse. C'est un enchantement de la voir ramasser des glaçons ou rendre la monnaie.

Elle s'arrête devant lui chaque fois qu'une occasion se présente, soupire et souffle : « T'as besoin de rien ? » et « Je vais bientôt perdre ma voix à force de crier dans ce vacarme. » Elle allume une cigarette, tire deux taffes rapides et l'écrase dans un cendrier avec un clin d'œil de conspiratrice. Elle se déhanche au rythme d'une chanson et lui jette un coup d'œil pour s'assurer qu'il l'a vue. Quand la main de Johona effleure la sienne, le temps s'effondre sur lui-même, les sentiments anciens et les nouveaux se percutant de plein fouet.

À 22 heures, elle gifle le comptoir et demande : « Bon, on va où ?

– Comment ça ? dit Jesse.

– J'ai fini mon service. Tu m'emmènes où ? T'avise pas de proposer un bar. »

Jesse hésite. Il devrait faire cesser ce flirt immédiatement. Cette fille a beau l'attirer, aller plus loin reviendrait à chercher les ennuis. Quand les mués entament des relations avec ceux qui ne le sont pas, il n'en sort jamais rien de bon. Mais alors, elle sourit le sourire de Claudine, à nouveau, la peur de s'être fait des idées sur lui traverse son visage comme une vague et, dans la seconde qui s'écoule entre le moment où l'aiguille du juke-box tombe sur un disque et le début de la chanson, Jesse oublie toute prudence.

« Tu as faim ? demande-t-il.

– Toujours, répond-elle.

– Je suis avec mon frère.

– Il a qu'à jouer les chaperons. On se retrouve sur le parking dans dix minutes. »

Edgar a dépensé toutes ses pièces, si bien qu'il fait semblant de jouer au flipper, imitant les bruits avec sa bouche. Il pleurniche de devoir s'en aller, mais son visage s'éclaire quand il est question d'un repas.

« Maintenant, écoute-moi bien. Une fille va venir avec nous, lui explique Jesse.

– Tu vas te nourrir ? demande Edgar.

– Non. C'est une amie à moi.

– T'as pas d'amis.

– T'as intérêt à bien te tenir.

– Je connais les bonnes manières », réplique Edgar. Il redresse le dos, fait claquer ses talons et se fend d'une révérence, comme il a vu quelqu'un le faire à la télévision.

« Puis-je vous baiser la main ? souffle-t-il.

– Déconne pas, hein, gronde Jesse. Je suis sérieux. »

Ils attendent Johona sur le parking, Jesse est si nerveux qu'il sautille sur la pointe des pieds. Johona sort du bâtiment, riant et saluant d'un geste quelqu'un à l'intérieur.

« Ah, t'es là ! lance-t-elle à Jesse sur le ton de la plaisanterie, comme si elle s'attendait à ne pas le trouver.

– Lui, c'est Edgar, dit Jesse. Edgar, je te présente Johona.

– Ravi de faire votre connaissance, miss Johona, dit Edgar. Vous êtes drôlement jolie. »

Ils marchent jusqu'à la Grand Prix.

« Monte derrière, Johona va s'asseoir à côté de moi, ordonne Jesse à Edgar.

– Je monte devant, proteste Edgar. Je monte toujours devant.

– C'est bon, intervient Johona. J'aime bien m'asseoir derrière.

– Il a l'esprit d'un gosse, explique Jesse en ouvrant la portière pour elle.

– Moi aussi, répond Johona. On va bien s'entendre. »

Elle guide Jesse jusqu'à un restaurant mexicain qui est le dernier établissement à tenir encore le coup dans une galerie marchande à l'agonie, en jurant qu'on y mange les meilleures chimichangas au monde. L'hôtesse les place dans un box en vinyle orange. Toute une ménagerie de *piñatas* pend du plafond, et l'enseigne Coors sur le mur arbore une cascade mouvante. Jesse et Johona commandent des bières. Edgar en voudrait une aussi, mais Jesse dit : « Il va prendre un Coca. »

Johona parle sans interruption, sautant si vite d'un sujet à l'autre que parfois, Jesse ne suit plus. Quand cela lui arrive, il sourit juste en hochant la tête, content de laisser l'enthousiasme de la fille le submerger sans se soucier de tout comprendre. « T'as jamais entendu parler de Neil Young ? » s'étonne-t-elle. Non, et de Led Zeppelin non plus, ni du roman de science-fiction *Abattoir 5*, ni de *Drôles de dames*, ni de toutes ces choses qu'elle évoque en passant. Quand elle lui demande : « Tu regardes quoi à la télé ? », il est embarrassé de ne pas savoir quoi répondre.

« J'aime le catch, dit-il. Je regarde parfois *Dragnet*, la série policière. Ou *Lone Ranger*.

– *Lone Ranger*, sérieux ? se moque Johona. C'est un truc de papy ! »

Edgar fait comme si l'emballage de sa paille était un serpent, le faisant glisser entre la salière et le panier de chips tortillas. Comme il n'aime pas les plats épicés, Jesse lui commande un hamburger.

Johona raconte maintenant des anecdotes sur ses amis – Tracy et Pam et Eddie et Carlos. L'un d'eux s'est fait arrêter à cause d'un joint, mais son père connaissait le juge et l'a fait libérer. Une autre travaille dans un drugstore où le pharmacien n'arrête pas de l'acculer dans un coin de la réserve pour lui dire que son épouse et lui ont décidé d'avoir un mariage ouvert.

« Il est tellement repoussant, s'indigne Johona. Il ressemble à Jackie Gleason. Tu sais qui c'est, n'est-ce pas ? »

Edgar intervient brusquement : « *Sur la lune, Alice...* »

Johona éclate de rire et lui dit : « Eh bien, au moins *toi*, tu le connais. »

Quand les plats arrivent, elle se redresse sur sa chaise et plaque une main sur sa bouche.

« Je n'ai pas arrêté de parler depuis qu'on est là.

– Ça ne me gêne pas, répond Jesse. Ma vie est ennuyeuse comparée à la tienne.

– Je te crois pas, réplique Johona. Raconte-moi.

– Y a pas grand-chose à raconter.

– Tu bosses sur les chantiers ?

– Parfois.

– Et le reste du temps ? »

Jesse invente autre chose. « Je vends des voitures.

« Oh *man*, soupire Johona. Je voulais vraiment que tu sois un braqueur de banques.

– Pourquoi ça ?

– Pour pouvoir dire que je suis sortie avec un bandit quand je serai une vieille dame. J'aurais dit : "On n'a passé qu'une nuit ensemble, mais c'était magnifique." »

Elle essaie d'être drôle, mais Jesse discerne une tristesse dans sa voix. Pour la première fois depuis qu'ils se sont assis là, un silence se fait. Elle sirote sa bière et évite son regard.

« Pourquoi tu m'as invitée à sortir si tu pars pour Denver ? finit-elle par lui demander.

– Il me semble que c'est toi qui m'as invité à sortir, répond Jesse.

– Ce qui était vraiment se comporter comme une traînée.

– T'es pas une traînée.

– Comment peux-tu le savoir ?

– Je le sais. »

Johona s'esclaffe. « Enfin, bref, pourquoi t'as accepté alors ?

– Tu me rappelles quelqu'un, répond Jesse.

– Une petite amie ?

– Plus que ça. Tu pourrais être sa jumelle.

– Elle était super sexy, alors.

– Elle était belle. »

Johona ne s'attendait pas à une réponse sérieuse. Elle marque une pause, puis demande : « Elle s'appelait comment ? »

Claudine. Claudine Dejardin. Même si, la nuit où Jesse l'a rencontrée, elle se faisait appeler Pythia.

ELLE VOIT TOUT, ELLE SAIT TOUT, promettait l'enseigne de son stand, perdu parmi une foule d'autres sur l'allée centrale d'une fête foraine itinérante, dans un pâturage aux abords de Monongah. Un mois plus tôt, ce même champ avait accueilli toute une semaine durant une grande réunion évangéliste, qui n'avait pas le moins du monde intéressé Jesse. Mais cette fête foraine, avec son ambiance vaguement sinistre, vaguement salace, son dédale de chariots bigarrés et de tentes en toile rapiécées, avait fait vibrer une corde sensible en lui. De sorte qu'un samedi, après dix heures de dur labeur à la scierie où il travaillait depuis qu'il était en âge de le faire, il se précipita sur place pour voir ce qu'il y avait à voir.

Le campement était éclairé par des torches enflammées et des guirlandes d'ampoules électriques qui brillaient comme de petits soleils. Un orgue de barbarie sifflait *A Picture No Artist Could Paint* et *My Wild Irish Rose*, et la musique était si forte qu'au bout d'un moment, au lieu d'essayer de se faire entendre, on montrait du doigt. On montrait l'avaleur de sabres et la grosse dame, le stand de tir et l'échelle de Jacob, le cheval qui savait compter. Les lumières, la musique et ce tourbillon effréné d'étrangeté avaient un effet magique sur la foule. Des fermiers habituellement stoïques se fendaient d'un sourire autour de cigares à deux sous, leurs épouses aux visages de marbre gloussaient comme des jeunes filles et leurs enfants écarquillaient les yeux, bouche bée, devant le spectacle d'un authentique Pygmée d'Afrique assis sur l'épaule du Plus Grand Cow-boy du Monde.

Jesse acheta des pop-corn et regarda les gens tournoyer sur le carrousel et dans la grande roue en bois propulsée à la force des bras. Il fit tomber deux quilles avec des balles de base-ball, repartant avec un malheureux piège à doigt chinois à la place du vase qu'il voulait gagner pour Maman. Un aboyeur le persuada, à force de boniments, de s'alléger d'une pièce de cinq cents pour pouvoir regarder une lueur tremblotante projetée sur la paroi d'une tente, images fantomatiques d'une parade dans les rues de New York. Dans une autre tente – RÉSERVÉ AUX HOMMES –, deux filles endormies dansaient le hoochie-coochie dans des costumes de harem olé olé, devant la quasi-totalité des paroissiens de l'église baptiste locale.

Lui-même trop timide pour fixer franchement les danseuses, Jesse faisait semblant de contempler le sol, levant les yeux en douce pour regarder sans redresser la tête. Il commençait à apprécier le numéro quand l'un de ses collègues, Wade Finney, se faufila jusqu'à lui, langue pendante.

« Pour trois dollars, la rouquine te suce la queue, murmura-t-il comme quelqu'un qui savait de quoi il parlait.

– Ah vraiment ? » répondit Jesse.

L'idée de fourrer sa queue là où Wade avait mis la sienne n'avait rien d'attirant. Jesse attendit que cet idiot soit de nouveau captivé par le spectacle avant de ressortir dans l'allée. Claudine se tenait debout devant son stand.

« Voulez-vous que je vous dise la bonne aventure, monsieur ? », l'interpella-t-elle, surjouant son accent français.

Ses yeux étaient soulignés de khôl, ses lèvres peintes en rouge. Sa chevelure noire sauvage se déversait dans son dos, et des étoiles argentées ornaient la tunique bleue qu'elle portait, étoiles qui scintillaient comme de véritables astres à la lumière des torches. En un instant, la carte de Jesse fut totalement redessinée. À compter de maintenant, toutes les routes mèneraient à cette femme.

Il s'assit en face d'elle à l'intérieur de son stand éclairé par des bougies. Une fumée sirupeuse s'élevait en spirales d'un encensoir de cuivre en forme de dragon. Claudine montra d'un geste le jeu de tarot et la boule de cristal posés sur la table, entre eux.

« Quelle est votre question ? demanda-t-elle.

– Vous êtes une vraie gitane ?

– Entre autres choses.

– Nous avons une vieille dame, par ici, qui s'est presque noyée quand elle était petite. Elle peut lire votre avenir en regardant le fond d'une tasse.

– Il y a bien des manières de soulever le voile. »

Jesse pointa du doigt la boule de cristal. « On peut voir l'avenir là-dedans ?

– Ceux qui ont reçu le don de la prophétie le peuvent, oui. »

Jesse se pencha en avant pour scruter la boule. « C'est vrai, déclara-t-il. Je le vois clairement : vous et moi allons tomber follement amoureux. »

Claudine lui confierait par la suite qu'elle avait voulu appeler un manœuvre pour le mettre dehors à cause de son toupet, mais que ses lèvres avaient refusé d'obéir.

« Tu m'avais déjà terrassée », disait-elle.

Un orchestre de mariachis s'approche du box où Jesse, Johona et Edgar sont assis. Un coiffé d'un sombrero, grattant sa guitare, demande s'ils ont envie d'écouter une chanson en particulier. Johona a une requête.

« C'est quoi ? interroge Jesse quand l'orchestre commence à jouer.

– *Paloma Negra*, répond Johona. Mon père la demande toujours.

– Ça parle de quoi ?

– Aucune idée. »

Johona donne un dollar aux musiciens quand ils en ont terminé, et ces derniers passent à la table suivante. Edgar a assez mangé, il commence à s'agiter.

« Je veux encore jouer au flipper, dit-il.

– On va pas tarder à bouger, répond Jesse. T'énerve pas.

– Je connais un autre truc marrant qu'on pourrait faire, intervient Johona.

– Quoi ? demande Edgar.

– C'est une surprise, répond Johona. Ça te dit, une surprise ?

– Oui, je crois, dit Edgar, comme s'il acceptait un défi.

– Et toi ? » demande Johona s'adressant à Jesse.

Il est mal à l'aise, comme s'il s'était aventuré trop loin sur une couche de glace fragile. En même temps, il n'est pas encore prêt à mettre un terme à cette nuit. Alors il va oublier ses appréhensions et emmener Johona où elle veut, passer encore un peu de temps à courtiser le fantôme de Claudine.

Comme ils se lèvent pour partir, Edgar se met à chanter tout bas :

« *I've been to Hollywood, I've been to Redwood...*

– Hé ! s'exclame Johona.

– Je connais Neil Young, dit Edgar. Jesse le connaît pas, mais moi si. »

Ils quittent de la ville et serpentent le long d'une route étroite escaladant le flanc d'une montagne. Johona lui fait prendre une sortie qui débouche sur un vaste point de vue dominant la ville.

« Gare-toi dans les buissons au cas où les flics passeraient par là », dit-elle.

Jesse se range au fond d'une cuvette, au cœur d'un bosquet de mesquites qui dissimulera la Grand Prix. Johona, Edgar et lui descendent de voiture et marchent jusqu'au point de vue. Le sol est jonché de mégots de cigarettes, de cannettes de bière écrasées et d'emballages de McDonald's. Des éclats de verre brillent sous la lumière étrangement vive d'un croissant de lune. Edgar se penche pour ramasser une cartouche de fusil de chasse vide.

« Les gens viennent faire la fête ici », explique Johona.

Elle guide les deux frères le long d'un étroit sentier menant à un banc naturel, au sommet d'un rocher. Ils s'assoient tous les trois le dos contre la roche, encore chaude du soleil. Phoenix scintille à leurs pieds comme un lit de diamants éparpillés dans le désert. La nuit est d'un calme absolu, sans même un chatouillis de brise. Un hélicoptère est suspendu, silencieux, au-dessus du centre-ville, relié à la terre par le faisceau de son projecteur.

« Je vois jusqu'à Monongah », déclare Edgar. Il lance une pierre, une autre, une autre encore.

« Arrête ça », ordonne Jesse.

Johona allume une cigarette. Jesse sent l'odeur du bowling sous son parfum.

« Parle-moi de Claudine, dit-elle.

– Qu'est-ce que tu veux savoir ?

– Vous étiez ensemble il y a combien de temps ? »

Ils se sont rencontrés à la fête foraine en juin 1900. Jesse avait vingt-quatre ans, Claudine semblait avoir la vingtaine mais elle lui a dit qu'elle était née en 1727 ou 1728, quelque part en France. Elle avait longtemps eu sur elle un certificat de baptême pour se rappeler les détails, mais l'avait perdu une des nombreuses fois où elle avait dû s'enfuir pour sauver sa peau. « Quelle différence ça fait à présent, de toute manière ? » disait-elle. Une date de naissance était importante pour qui traçait son chemin dans le temps, mais depuis sa mue, elle dérivait à travers l'éternité, cette mer sans rivages.

Johona souffle un rond de fumée, attendant la réponse.

« La dernière fois que je l'ai vue, c'était il y a longtemps, dit Jesse.

– Vous étiez amoureux ?

– Je dirais que oui. »

Chaque mue est une histoire d'amour. Amour pour une femme, un homme, un enfant, pour la vie même, pour les ténèbres et les choses qu'on ne trouve que là. Jesse est tombé amoureux de Claudine au premier regard. Et elle de lui, tout aussi vite.

Ils firent l'amour la première nuit, dans un lit d'herbes hautes sur la rive du Booth Creek. Jesse avait déjà été avec d'autres filles, mais ça n'avait rien de comparable. Claudine insuffla en lui un feu qui se propagea à tout son corps, brûlant tous les arbres morts et toutes les cabanes délabrées, tous les buissons de ronce et tous les marécages en lui. Après avoir joui, comme porté à incandescence, il était resté allongé contre elle, magnifiquement vide, magnifiquement libre pour la première fois de sa vie.

Claudine disparut précipitamment avant l'aube ce matin-là, puis le suivant, puis celui d'après. Il voulait la voir pendant la journée, mais elle refusait. Il savait qu'elle cachait quelque chose, pensait qu'il s'agissait peut-être d'un mari ou d'un enfant. « Dis-moi, l'exhortait-il sans cesse. Dis-moi ce qui ne va pas », et lors de ce qui était censé être leur dernière nuit ensemble – la fête foraine déménageait le lendemain –, Claudine lui avait enfin révélé son secret.

Ils étaient à nouveau descendus au bord de la rivière, mais cette fois, elle n'avait pas voulu qu'il la touche. Bien des années en arrière, lui expliqua-t-elle, elle avait fait un choix. En échange de la vie et de la santé éternelles, elle s'était laissé contaminer par une maladie – une maladie atroce et incurable, dont la douleur ne pouvait être atténuée qu'en buvant le sang d'autres humains. On les appelait vagabonds, elle et tous ceux de son espèce. Ils vivaient comme des nomades, sans cesse en mouvement pour éviter de se faire repérer, traquant furtivement leurs victimes à la faveur de la nuit.

Jesse se demande encore aujourd'hui comment elle avait pu être sûre qu'il ne donnerait pas l'alarme ou ne la tuerait pas lui-même après avoir entendu son histoire, comment elle avait pu sentir le désespoir et la solitude qui l'étreignaient, et son désir intense, violent presque, d'échapper au labeur et à la désolation de Monongah. À la fin de sa confession, il n'avait éprouvé ni peur ni répulsion ; il vibrait d'une étrange excitation.

« Je ne sais pas comment, mais tu m'as ensorcelé, dit-il.

– Pourquoi ?

– Parce que rien de ce que tu viens de me dire ne change mes sentiments pour toi.

– Si j'étais une sorcière, je te ferais disparaître, rétorqua Claudine. Je ferais en sorte de ne jamais t'avoir rencontré. »

Jesse empoigna la main de Claudine et la ramena contre sa poitrine. « Je veux venir avec toi, déclara-t-il.

– Il faudra tout abandonner, ta vie entière, le prévint Claudine. Tu seras un paria. Tu vivras selon d'autres lois.

– Ta loi, répliqua Jesse. Je vivrai selon ta loi. »

Claudine le mua cette nuit-là. Il se souvient du sang de son amante coulant dans son cou à lui, sa chaleur, son odeur forte. Il se souvient du coup de tonnerre dans son cerveau et de la foudre dans ses veines à l'instant où il fut détruit avant de renaître aussitôt.

« Vous êtes sortis combien de temps ensemble ? interroge Johona.

– Pas longtemps, répond-il.

– Tu l'as quittée, ou c'est elle qui t'a quitté ? »

D'autres souvenirs remontent, des souvenirs que Jesse ne tient pas à revisiter. « Dis-moi un truc sur toi maintenant », répond-il.

Johona tire sur sa cigarette. « J'aimerais bien devenir chef, dit-elle. Pas un cuisinier, un vrai chef.

– Tu te débrouilles en cuisine ?

– Je sais même pas faire chauffer de l'eau, mais je pourrais apprendre. Mon plan, c'est de prendre des cours de cuisine dans un endroit cool comme L.A. ou New York, un endroit où il se passe des trucs. T'es déjà allé à L.A. ?

– Plein de fois, répond Jesse.

– C'est la classe, hein ? J'y suis allée une fois avec mon ancien copain. Venice Beach, les studios Universal… On a fumé des joints avec un vieux hippie et on a descendu à pied tout Hollywood Boulevard.

– L.A. est trop grand pour moi, déclare Jesse. Je suis un gars de la campagne.

– Moi ça me plaît que ce soit grand. Ça me plaît qu'on puisse s'y perdre. »

Edgar se lève et pointe son doigt devant lui.

« Une moufette », annonce-t-il.

Johona se lève à son tour.

« Où ça ?

– Là-bas, dans les buissons. »

Johona plisse les yeux.

« Il fait trop noir, dit-elle.

– Une maman et un bébé.

– Tu les vois ? » demande Johona à Jesse.

Jesse se lève pour regarder. Le grognement mécontent de puissants moteurs tenus en bride attire soudain son attention. Quelqu'un, grimpant cette route. Des faisceaux de phares ricochent à travers le point de vue.

« Baissez-vous, dit Johona. Si c'est des flics, ils vont nous tomber dessus. »

Jesse s'accroupit et tire Edgar vers le bas.

10

Je sais que Mickey est un dessin animé. Lui, et Minnie, Tom et Jerry aussi. Yogi l'ours et Boubou. Woody Woodpecker et Fred Pierrafeu. Popeye Brutus Olive Oyl Gontran et tous les autres.

Mais les gens qui présentent les dessins animés sont de vraies personnes. Il y a Quick-Fire McIntyre à Birmingham Oncle Bob à Tucson Mr Patches à Saint Louis Happy Herb à Indianapolis Fred et Fae à Denver Captain Delta à Stockton Cactus Vick à Little Rock et Lorenzo à Tulsa.

Je sais que la radio et la télé viennent par les airs mais que le téléphone a besoin d'un fil. Je sais que tout coûte de l'argent plus les taxes. Dix pièces de dix cents font un dollar. Quatre pièces de vingt-cinq aussi. Je peux mettre l'essence et nettoyer les insectes sur le pare-brise. Je peux conduire s'il y a pas trop de virages. Je parie que je peux changer un pneu.

Si on veut gagner une bagarre faut taper dans les couilles de l'homme. Dans les films, ils se battent pas pour de vrai. Ils ont des bouteilles qui se cassent toutes seules. Un roi bat une reine une reine bat un as un as bat tout. Si on secoue trop fort un flipper, on le fait tilter.

Les étoiles sont froides la lune aussi. Le soleil est chaud. Plus chaud que l'enfer. Il peut vous cuire en un clin d'œil.

Faut pas boire dans les ruisseaux parce que les vaches chient dedans. Si votre enfant a de l'asthme enfoncez une mèche de ses cheveux dans un tronc d'andromède, un peu plus haut que l'enfant est grand. Quand il dépassera le trou l'asthme s'en ira.

Certaines personnes sont tristes et d'autres pas. Jesse est triste. Il est devenu triste quand Claudine s'est fait mettre en poussière et il est resté comme ça. Papa était heureux la plupart du temps. Maman était heureuse. Je suis heureux sauf quand le Petit Diable se met à remuer dedans. Lui il est ni heureux ni triste ni méchant ni gentil. Il a faim ou pas faim c'est tout. Il est rien qu'envie et dents et griffes.

J'ai sauvé un chien un jour et j'ai sauvé un homme.

Le chien était celui de Mr Sayre. Je pêchais des écrevisses dans la rivière et j'ai entendu des hurlements et des gémissements qui faisaient pitié. J'ai d'abord pensé courir jusqu'à la maison mais je me suis dit, T'es pas un trouillard, et je me suis rapproché du bruit en restant bien caché.

Queenie la petite chienne de Mr Sayre avait la patte prise dans un piège à castor. Elle pleurait elle gigotait dans tous les sens et elle a essayé de me mordre quand je me suis approché. J'ai eu l'idée de lui glisser sur le museau le sac de jute que j'avais pris pour les écrevisses, qu'elle puisse pas s'en prendre à moi. Elle a filé une fois que je l'ai eue libérée et elle a couru sans arrêter de crier jusqu'à la maison de Mr Sayre. Il m'a donné une pièce d'un dollar et un sachet de pastilles à la menthe pour l'avoir libérée et il a dit qu'elle serait morte si j'étais pas passé par là. Sa patte était trop salement cassée pour être soignée mais elle se débrouillait bien avec les trois qui lui restaient.

L'homme que j'ai sauvé c'était un mineur qui avait disparu à la fin de son service. Un Rital qui s'appelait Scalo. Le boss a fait venir tout le monde pour le chercher. Papa était pas très content. Il a dit, Ce connard est sans doute soûl dans une taverne.

Il était en train de tirer sur ses bottes pour y aller et moi je jouais avec les fourmis sur la véranda en passant le doigt dans leur file indienne pour les regarder courir dans tous les sens quand un truc sombre m'est tombé dessus. Le jour est devenu tout noir et j'ai cru que je devenais aveugle d'un coup mais petit à petit comme quand on passe du dedans au dehors la nuit mes yeux se sont remis à fonctionner. Sauf que j'étais plus sur la véranda mais au fond de la mine.

Papa m'a emmené dans le puits quand j'étais petit. On a pris un wagon pour descendre et puis on a marché dans un tunnel. On avait des lanternes mais leur lumière faisait que rendre plus noir ce tunnel noir. La poussière de charbon tourbillonnait et des gouttes d'eau nous tombaient dessus. Papa m'a parlé des gaz noirs et des gaz blancs – ils sont poison et une bouffée peut vous tuer –, et plus on allait profond plus j'avais du mal à respirer.

Papa a lancé une pierre dans un puits et m'a dit d'écouter quand elle allait taper au fond. Elle a jamais tapé. Je me suis fait l'idée que Papa allait me balancer dans le prochain trou. Ça m'a fichu la trouille et je suis parti en courant dans le tunnel. Je suis pas allé loin avant de trébucher et ma lanterne s'est éteinte et je suis carrément tombé dans les pommes. Papa a dû me porter pour me ramener en haut.

Sur la véranda j'avais pas peur du tout. Je voyais dans le noir aussi bien qu'en plein jour. Et ce que je voyais c'était le Rital. Une poutre était tombée et lui avait coincé la jambe. Il avait sa lanterne et la boîte avec son déjeuner. La lanterne s'était éteinte. Il a frappé sa boîte contre la paroi en appelant à l'aide et puis il s'est couché et il a prié en italien.

Quand la chose sombre a disparu j'ai vu un chiffre dans ma tête : Numéro 8 Flanc Gauche. J'ai couru dans la maison pour le dire à Papa. Je lui ai raconté que j'avais vu le Rital et je lui ai dit le numéro. Il a rouspété et m'a dit que je mériterais une raclée pour avoir menti.

Qu'est-ce que c'est ? a demandé Maman. Numéro 8 Flanc Gauche ? C'est un puits dans la mine, a dit Papa. Maman a fait les gros yeux. Faut que tu l'emmènes expliquer ça à quelqu'un, elle a fait. Et je suis censé dire quoi ? a demandé Papa. Que mon idiot de fils a eu une vision ? Vingt-deux ans, et il peut pas se raser tout seul ? Il peut pas aller au magasin sans se perdre ? C'était pas vrai. Je connaissais la route du magasin. Et si tu dis rien et que cet homme meurt ? a fait Maman.

Ils se sont disputés un bon moment jusqu'à ce que Maman enfonce le clou. Si tu l'emmènes pas moi je le ferais, elle a dit. Bon Dieu a dit papa et lui et moi on est partis pour la mine.

Papa a parlé au boss. Le boss était occupé à dire aux équipes de chercher ici et de chercher là et occupé à dire aux gardiens de pas laisser les gens de la ville venus voir ce qui se passait s'approcher de la galerie d'accès. Papa l'a pris à part et il a fait, Je suis désolé et je sais que ça paraît dingue, et aussi, C'est ma p'tite femme vous comprenez.

Le boss m'a regardé a regardé Papa et m'a regardé encore. Il avait une carte de la mine devant lui. Numéro 8 Flanc Gauche, il a fait en posant son doigt dessus. Cette section-là est fermée depuis des années. Mais il a quand même envoyé une équipe vérifier. Ils ont trouvé la porte du tunnel entrouverte et le Rital coincé sous une poutre dégringolée pendant qu'il faisait sa sieste en douce.

Je l'ai sauvé mais j'ai pas pu sauver Papa. Un an après la mine a explosé et il était dedans avec trois cents autres. On a cherché des survivants et Maman m'a supplié d'essayer encore de voir à travers l'ombre. J'ai eu beau penser rien m'est venu. Ils ont ramené le corps de Papa quatre jours plus tard. Ce qu'il en restait. À peine assez pour l'enterrer, disait Maman.

Je sais que normalement faut un cercueil. Je sais que normalement faut une pierre et des fleurs. Les gens qu'on tue ont pas droit à tout ça sauf des fois une prière. J'en connais une ou deux très bien.

11

27 juin 1976, 15 heures

Après m'être reposé quelques heures, je me sens assez fort pour finir de coucher sur le papier les événements de cette journée. Il est plus important que jamais qu'il existe une trace, maintenant que les choses ont pris une tournure si étrange.

Après que Czarnecki m'a montré le garçon enchaîné dans l'abri, nous avons regagné sa cabane. Le vieil homme s'est servi un verre de bourbon et nous nous sommes assis à la petite table.

« C'est quoi le problème avec ce gamin ? ai-je demandé.

– Ils se font appeler "vagabonds". Je crois que ce sont des sortes de vampires.

– Oh, arrêtez, ai-je dit.

– Ce n'est pas ce que vous imaginez, toutes ces conneries de dents pointues à la Dracula, de gens qui se transforment en chauve-souris. Ce sont des prédateurs, purement et simplement. Ils traquent les humains, leurs tranchent la gorge et boivent leur sang. L'un d'eux a tué ma femme, et l'un d'eux a tué votre fils. »

J'aurais sans doute pris ce vieil homme pour un fou si je n'avais pas vu ce que je venais de voir : les rayons du soleil ouvrant des plaies dans la chair de l'ado, et ces blessures se refermant instantanément dans le noir. Dans un autre contexte, on appellerait ça un miracle.

« Ce gosse me sert de chien de chasse, a poursuivi Czarnecki.

– De quoi ?

– Pour vous et moi, ces trucs ressemblent à des personnes comme les autres, mais ils se reconnaissent entre eux. Ils dégagent une sorte d'éclat qu'ils sont les seuls à voir. Donc je me sers du gosse pour les débusquer. C'est Mr Otto qui m'a appris ça. Le gosse repère les vagabonds, et je les tue. »

Mr Otto, encore. Je lui ai demandé qui c'était.

« Mr Otto possédait une ferme d'engraissement à Omaha, m'a expliqué Czarnecki. Sa fille Iris a disparu un jour – en 1922, je crois –, et on l'a retrouvée vidée de son sang. Les policiers n'ont pas identifié le moindre suspect, et au bout d'un moment, ils ont abandonné les recherches. Mr Otto a donc mené les siennes de son côté pour retrouver celui qui avait assassiné Iris. Ce qu'il a fini par découvrir dépassait son entendement…

– Des vampires, ai-je complété d'un ton moqueur.

– Appelez-les comme ça, appelez-les des vagabonds, appelez-les comme vous voulez. En tout cas, ils existent : des créatures assoiffées de sang qui s'en prennent aux humains. Après les avoir découverts, Mr Otto s'est fixé pour but d'en détruire le plus grand nombre possible. C'était une croisade, le bien contre le mal, et il s'y consacrait depuis trente ans quand il m'a rendu visite à Carson City et m'a montré ça… »

Czarnecki a passé la main sous sa chemise pour empoigner une bague en or pendue au bout d'une chaîne.

« Elle appartenait à Marjorie, a-t-il expliqué. L'un des monstres que Mr Otto a tué l'avait sur lui. Le nom de ma femme et le mien étaient gravés à l'intérieur. C'est comme ça qu'il a pu me localiser. J'étais d'abord sceptique, comme je vous le disais tout à l'heure. Je me suis même demandé si ce n'était pas lui qui avait tué Marjorie. Mais il m'a emmené chasser avec lui, et je suis devenu croyant en deux temps trois mouvements. »

Czarnecki s'est interrompu pour reprendre son souffle. J'ai remarqué combien sa main tremblait quand il a soulevé son verre, combien son regard était éteint. Il est malade, me suis-je dit. Son temps touche à sa fin.

« Mr Otto avait soixante ans à l'époque, a-t-il poursuivi. Il cherchait quelqu'un pour prendre le relais. Nous avons chassé ensemble jusqu'à ce qu'il disparaisse, et j'ai continué ensuite, seul. Je savais que je n'attraperais jamais le salopard qui avait assassiné Marjorie, mais il y en avait beaucoup d'autres à envoyer en enfer. Mon but était d'éliminer tous ces suceurs de sang, jusqu'au dernier. Je ne l'ai pas tout à fait atteint, mais peut-être que vous, vous y arriverez.

– Moi ? ai-je répliqué. Je ne crois pas, non.

– Comment s'appelait votre fils, déjà ? a demandé Czarnecki.

– Laissez-le en dehors de ça.

– Benny, a dit Czarnecki. Vous entendez Benny vous appeler, pas vrai ? Vous l'entendez qui vous supplie de le venger…

– Je n'entends rien du tout, à part les délires d'un vieil alcoolique qui a perdu la tête ! » ai-je répliqué.

Une tête d'ours empaillée a grogné sur moi depuis là-haut, au-dessus de la cheminée, et le plancher de bois s'est mis à trembler sous ma chaise. Les poings serrés et moites, je me suis levé et précipité vers la porte. J'avais l'impression de marcher avec les jambes d'un autre.

« Je sors chasser ce soir, a repris Czarnecki. Si vous voulez d'autres preuves que ce que je viens de vous dire est vrai, venez avec moi. »

Je suis sorti de la cabane sans dire un mot et me suis enfermé dans l'Econoline. Je suis resté assis là pendant des heures, l'esprit en surchauffe. Je suis resté là jusqu'à ce que le soleil se couche et que l'air se rafraîchisse. Je suis resté là jusqu'à ce que la nuit enveloppe les arbres et qu'une lumière s'allume dans la cabane. Je suis resté là jusqu'à ce que Czarnecki m'appelle : « J'ai une boîte de ragoût en rab, si ça vous tente. »

Quand je suis retourné dans la cabane, le vieil homme a posé un bol devant moi et n'a rien dit jusqu'à ce que j'aie fini de manger. Puis il a simplement demandé : « Vous êtes prêt ? »

J'ai fait oui de la tête.

Il m'a emmené dans l'abri, une boîte de ragoût à la main. Le gamin était assis sur le lit de camp dans le noir, la couverture passée sur ses épaules nues. L'unique autre objet dans l'abri était un seau de dix litres nauséabond qui faisait office de toilettes. Czarnecki a fait glisser la boîte de conserve et une cuillère sur le sol. Le gamin s'est jeté dessus et a dévoré le ragoût. Une fois qu'il a eu terminé, Czarnecki lui a lancé un trousseau de clés.

« Habille-toi, a-t-il ordonné.

– Il me faut plus que cette bouillie, a protesté le garçon. Ça fait plus d'un mois que je me suis pas nourri comme il faut. »

Czarnecki a sorti de la poche de son bleu de travail un calibre 45, et a pointé le pistolet sur le gamin. « Habille-toi », a-t-il répété.

Le gamin a déverrouillé les menottes de ses chevilles et enfilé un jean plié avec soin sur le plancher, puis il s'est rassis sur le lit pour lacer ses sneakers. Il a reverrouillé les menottes autour de ses chevilles et défait celles de ses poignets, pour passer un tee-shirt et une veste en jean. Une fois les menottes remises, Czarnecki lui a ordonné de défaire la chaîne de l'anneau scellé dans le sol et de lui redonner les clés.

« Écartez-vous, m'a dit le vieux en agitant le 45 sous mon nez. Le laissez jamais approcher trop près. Ils ne sont pas plus forts que nous, mais du fait qu'ils sont capables de cicatriser en un rien de temps, ils prennent des risques que vous ne prendriez jamais et se battent beaucoup plus sauvagement. Si celui-là s'avise de m'attaquer, je lui tire une balle en pleine tête. Elle ne le tuerait pas, mais le sonnerait assez longtemps pour que je puisse l'achever – il y a plusieurs moyens de le faire. Je pourrais lui arrêter le cœur d'un coup de poignard et le laisser pourrir sur place, le traîner en plein soleil, le brûler, ou bien le priver de sang pour l'affamer. Le moyen le plus facile et rapide, c'est de leur faire assez mal pour qu'ils soient hors d'état de nuire, puis de leur couper la tête. Là, ils se changent aussitôt en poussière. »

Le gamin a vidé le seau dans les buissons, puis l'a porté jusqu'au pick-up et l'a posé à l'intérieur du camping-car aménagé sur sa plateforme. Il était tellement maigre qu'il devait empoigner son pantalon en marchant. Czarnecki a continué de le tenir en respect avec son pistolet jusqu'à ce qu'il soit monté à bord de la cabine, côté passager, où il s'est enchaîné à un autre œillet soudé au plancher. Nous nous sommes assis de part et d'autre de lui, Czarnecki au volant, moi tassé contre la portière, nerveux d'être si proche du gamin. Celui-ci empestait, et le blanc de ses yeux, jaune pus, était tout injecté de sang.

« Vous êtes qui ? m'a-t-il demandé.

– Personne, ai-je répondu.

– Ravi de vous rencontrer, Personne. Moi aussi, je m'appelle comme ça.

– Fous-lui la paix, a ordonné Czarnecki.

– Oui, m'sieur », a répondu le garçon, d'un ton qui voulait dire *Fuck you.*

Czarnecki a allumé la radio. Un journaliste sportif faisait des blagues sur le combat de Muhammad Ali, tu sais, celui contre ce catcheur japonais. Une rubrique « Spécial bicentenaire » a suivi, l'histoire d'une bataille de la guerre d'indépendance qui avait eu lieu ce jour-là, il y a deux cents ans.

« Je voudrais pas mourir en écoutant un truc pareil, a grogné le gamin. Mettez un peu de musique. »

Czarnecki a trouvé une radio de country et l'a laissée pendant le reste du trajet jusqu'à Reno. Pour moi, tout ça, c'était du bruit. Entre la peur que m'inspirait le gamin et mes efforts pour m'agripper à la portière pendant que le vieux dévalait la montagne à toute allure, pas moyen de formuler la moindre pensée. J'ai fini par me concentrer sur les panneaux routiers.

Quand nous sommes entrés dans la ville, le gamin s'est mis à guetter les vagabonds. Nous avons écumé les rues pendant des heures, d'un bout à l'autre de Reno, passant devant les casinos, les motels à touristes, les asiles de nuit, les bars pourris. Chaque fois que nous apercevions un clochard en train de se moucher le nez ou une prostituée faisant le trottoir au coin d'une rue, Czarnecki aboyait : « C'en est un ? », et la réponse du gosse était toujours la même : « Nan. »

Czarnecki a fini par s'impatienter.

« Si tu gagnes pas ta vie, j'ai pas de raison de te la laisser, a-t-il menacé.

– Je suis complètement à plat, a répliqué le gamin. Faut que je me nourrisse.

– Tu connais le deal. Trouve-moi d'abord un monstre.

– Je vois plus clair.

– Trouve-moi un monstre. »

Les chaînes du gosse ont cliqueté quand il s'est effondré sur lui-même, abattu. Nous avons fait un troisième passage le long de Virginia Street. J'ai demandé à Czarnecki s'ils trouvaient des vagabonds à chaque fois.

« Dans le temps, j'en chopais deux ou trois par mois, a-t-il répondu. Ils sont attirés par les endroits comme Reno, où il y a un tas d'épaves humaines dont ils peuvent se nourrir. Mais ces dernières années, le rythme a ralenti. Je sais pas pourquoi. On est sortis quinze fois ces deux derniers mois, et on est rentrés bredouilles. Parfois, je me demande si ce connard tire pas un peu au flanc. » Il a donné une claque sur le crâne du garçon. « T'essaies de m'endormir, gamin ? »

Le garçon n'a rien répondu, il a continué de contempler le pare-brise fissuré. Czarnecki l'a giflé de plus belle. « T'as pas intérêt. »

Vers 2 heures du matin, alors que nous traversions un quartier latino miséreux tout en stucs et parpaings, le gamin s'est penché en avant si brusquement que, par réflexe, j'ai tendu les bras pour me protéger.

« Là ! » s'est-il écrié.

Il pointait du doigt un Mexicain qui portait un chapeau de cow-boy et des bottes en cuir d'autruche. À la démarche chancelante de l'homme, on devinait qu'il était soûl. Il a manqué s'écrouler en descendant du trottoir pour traverser la rue.

« Suivez-le, m'a ordonné Czarnecki.

– Quoi ?

– Je vais faire le tour du pâté de maisons pour qu'il se doute de rien. »

Sans prendre le temps de réfléchir, j'ai sauté du pick-up et emboîté le pas du Mexicain en restant à distance prudente.

Czarnecki m'a dépassé et a disparu au coin de la rue.

Celle-ci était déserte, toutes les boutiques barricadées derrière leurs rideaux de fer. Le seul endroit encore ouvert était un bar à bières avec une enseigne en plastique craquelée : *CLUB TANGO*. L'homme que j'avais pris en filature s'est arrêté devant, est resté planté là à se balancer tel un palmier dans le vent, puis il est brusquement reparti, trébuchant comme si une main invisible l'avait poussé dans le dos. Les phares d'un bus ont cloué son ombre, coiffée d'un chapeau gigantesque, sur les briques d'une façade.

Deux rues plus loin, il s'est approché d'un motel minable, deux étages donnant sur un parking rempli de voitures et de pick-up poussiéreux, cabossés. Après avoir tâtonné un moment avec sa clé, il a réussi à l'enfoncer dans la serrure et s'est engouffré dans une chambre du rez-de-chaussée.

Je me suis retourné vers le pick-up de Czarnecki. Garé plus bas dans la rue, ce dernier m'a fait signe avec ses pleins phares.

« Quelle chambre ? a-t-il demandé quand je les ai rejoints, le garçon et lui.

– La huit, ai-je répondu.

– Ah ! a-t-il grondé, comme s'il s'adressait au Mexicain. Je te tiens, fils de pute.

– Qu'est-ce qu'on fait maintenant ? ai-je demandé.

– On attend, a répondu Czarnecki.

– Combien de temps ?

– Jusqu'au lever du jour. Ils sont plus faibles, après. »

J'aurais pu me retirer de la chasse à ce moment-là, forcer le vieil homme à me ramener chez lui, monter dans l'Econoline et laisser derrière moi toute cette folie. J'aurais pu, mais je ne l'ai pas fait. Vois-tu, *baby*, Czarnecki avait raison : c'est vrai, j'entends Benny me supplier de le venger. Je l'entends tous les jours depuis que j'ai appris sa mort, et tourner le dos à une possible piste menant à son meurtrier à cause de ma peur aurait constitué une nouvelle trahison, qui n'aurait fait que renforcer mon sentiment d'être un père désastreux.

Bref.

Czarnecki est sorti du pick-up. Je me tenais derrière lui quand, pistolet au poing, il a lancé les clés au gamin. Celui-ci s'est détaché de l'anneau, il est descendu et a marché vers le camping-car.

Czarnecki a ouvert la porte. À l'intérieur se trouvait une caisse de contreplaqué qui ressemblait à un cercueil rudimentaire. Le gamin a ouvert le couvercle du cercueil, fixé par des gonds, et il s'est allongé dedans. Czarnecki a refermé le couvercle, l'a verrouillé avec trois cadenas. Il a recouvert la caisse d'une bâche en toile. Essoufflé par ces efforts pourtant minimes, il s'est assis à la petite table du camping-car pour récupérer.

« Mettez-le là-dedans si vous êtes de sortie pendant la journée, a-t-il dit en tapotant la caisse. Faut le protéger du soleil. »

Nous avons regagné la cabine du pick-up, et Czarnecki a déplacé celui-ci de manière à avoir une vue dégagée sur la chambre du Mexicain. Le motel était paisible à cette heure avancée de la nuit. Il n'y avait pas de lumières, hormis le tremblotement d'une télé dans le bâtiment de la réception. Czarnecki a allumé une cigarette, soufflant la fumée par la vitre de sa portière. Il m'a demandé si j'avais fait l'armée.

« Infanterie, ai-je répondu. De 1951 à 1955.

– Donc vous avez l'habitude de voir du sang et des tripes.

– J'étais dans l'administration, dactylo.

– Et vous faites quoi dans la vie, maintenant ? »

J'ai ri. Pour la première fois depuis très longtemps, j'ai ri.

« J'enseigne la dactylographie. Pas mal de chemin parcouru, hein…

– Vous devez être rapide, a fait remarquer Czarnecki.

– Cent vingt-deux mots par minute. »

Le vieil homme a sifflé, feignant d'être impressionné.

« Moi aussi, j'étais dans l'armée de terre, a-t-il repris. Engagé à dix-huit ans, j'y suis resté jusqu'à la trentaine.

– Ça fait long. »

Il a haussé les épaules. « La paye était correcte, et j'ai appris un métier. J'ai bossé comme mécanicien après avoir quitté l'armée, jusqu'à ce que Mr Otto se pointe.

– Ce métier vous plaisait ?

– C'était logique, a-t-il répondu. Telle pièce sert à ci, telle autre sert à ça. Vous cherchez celle qui fonctionne pas, vous la changez, et c'est reparti. »

Il a glissé deux doigts sous le bandeau qui cachait son œil et s'est gratté en contemplant de son œil valide ce que nous pouvions voir du ciel nocturne à travers le pare-brise.

« Vous connaissez les constellations ? a-t-il demandé.

– J'en connaissais quelques-unes quand j'étais petit. »

Il a montré du doigt. « Là, c'est Hercule. Ses bras, ses jambes, son gourdin. Scorpius, le scorpion. Cygnus, le cygne. Vous voyez ces quatre étoiles qui font un carré, avec la plus brillante en haut ? C'est Lyra, la lyre.

– Ben dis donc… », ai-je soufflé, impressionné.

Czarnecki a jeté sa cigarette par la vitre et ouvert sa portière.

« Je vais aller faire un somme pendant une heure ou deux, a-t-il annoncé. Y a un autre lit derrière si vous voulez dormir aussi. »

Il n'y avait pas la moindre chance que je ferme l'œil, surtout allongé à un mètre cinquante du gamin, malgré le nombre de cadenas qu'il y avait sur la caisse. J'ai dit à

Czarnecki que j'allais rester là pour faire le guet. Il m'a gratifié d'une parodie de salut militaire. « Sonnez le réveil au lever du soleil si je ne suis pas encore debout. »

Le pick-up a tremblé et grincé lorsqu'il est monté dans le camping-car et s'y est installé. Je me suis mis aussi à l'aise que cela était possible en m'efforçant de ne pas trop penser à ce qu'apporterait le matin. La porte de la chambre du Mexicain était peinte en marron, le numéro en blanc. Juste dessous était dessinée la silhouette d'un chariot bâché.

Vers 4 heures du matin, une fille est sortie d'une autre chambre, une grande fille en pyjama avec des chaussons roses. Elle a marché jusqu'au téléphone public devant le motel et a composé le numéro du standard. Voûtée sous la bulle fluorescente à vous blanchir l'âme de la cabine, elle avait une allure de criminelle ou de victime. Elle a expliqué à l'opératrice qu'elle voulait passer un appel en PCV et a écouté les sonneries, front collé à la paroi vitrée, attendant que quelqu'un décroche.

« Maman, a-t-elle dit quand quelqu'un a fini par le faire. Je me suis mariée. » Et elle s'est mise à pleurer.

Czarnecki m'a réveillé en tambourinant sur ma vitre. J'avais piqué du nez juste avant l'aube, basculant dans un demi-rêve où je courais, tombais et me remettais à courir. J'étais soulagé d'en être brusquement tiré, mais dès que je me suis rappelé où j'étais, j'ai regretté de ne pas avoir rouvert les yeux à l'autre bout du monde.

Le soleil était en train de se lever sur les contreforts balafrés des montagnes, vers l'est. Quelques brins de nuages rosissaient déjà. Toutes les décisions que j'avais prises la veille semblaient soudain mauvaises, et j'étais saisi d'effroi. Je suis descendu du pick-up et j'ai tapé des pieds pour chasser la raideur de mes jambes. J'avais besoin d'un café. J'avais besoin d'une aspirine. J'avais besoin d'une porte de sortie.

Czarnecki a reniflé et craché, puis il a allumé sa troisième cigarette de la matinée. L'un de ses pieds traînait légèrement lorsqu'il s'est avancé pour poser un sac de toile sur le capot.

« Bougeons-nous avant que tout le monde soit levé », a-t-il dit.

Je n'ai pas posé de questions. Il était trop tard pour ça. L'allumette avait été frottée, le lac d'essence miroitait dessous. J'ai emboîté le pas de Czarnecki vers la chambre du Mexicain, de l'autre côté du parking. Il a ouvert la fermeture Éclair du sac en toile et sorti un pied-de-biche. J'avais l'impression d'avoir une éponge coincée dans la gorge.

Le vieil homme avait rajeuni de trente ans quand il s'est retourné pour me gratifier d'un clin d'œil. Il a glissé le crochet du pied-de-biche entre la porte et son montant. La serrure branlante a cédé du premier coup, et la porte s'est ouverte, dévoilant le Mexicain en caleçon sur le lit. Il a fait le geste de se redresser mais en une fraction de seconde, Czarnecki était sur lui. Il l'a plaqué contre le matelas et lui a planté un pic à glace dans la poitrine. L'homme est mort sans un bruit.

Czarnecki s'est relevé tant bien que mal, redevenu un vieil homme malade.

« J'aime bien me servir d'un pic à glace, a-t-il expliqué. Moins de sang. » Il a enchaîné quelques inspirations profondes, sifflantes, avant de reprendre : « Venez par ici. »

J'ai obéi, comme hypnotisé, entrant dans la chambre et refermant la porte derrière moi. Czarnecki a empoigné les jambes de l'homme et m'a ordonné de l'aider à porter le corps jusqu'à la salle de bains. J'ai attrapé le Mexicain par les aisselles et nous l'avons soulevé du lit. Après l'avoir posé dans la baignoire, Czarnecki a sorti une scie à métaux de son sac de magie et me l'a tendue.

« Coupez-lui la tête », a-t-il ordonné.

J'ai enfin retrouvé ma voix. « Non.

– Vous êtes venu là pour avoir la preuve que je vous disais la vérité. Tranchez-lui la tête et cette preuve, vous l'aurez. »

J'avais déjà franchi le point de non-retour. Si je partais maintenant, la seule chose dont j'étais sûr, c'est que j'étais coupable de complicité de meurtre. Mon seul espoir de salut était que l'homme ait dit la vérité au sujet des vagabonds, et la seule manière d'en avoir le cœur net était de faire ce qu'il demandait.

Réprimant ma peur et ma répulsion, j'ai attrapé la scie et me suis penché sur la baignoire. J'ai plaqué la lame contre le cou du cadavre, fermé les yeux, et je me suis mis au travail. Le bruit des dents métalliques attaquant la chair et les os m'a fait monter la bile au fond de la gorge. Jetant un coup d'œil sous mes paupières baissées pour vérifier mes progrès, j'ai entraperçu un amas de muscles et de tendons sanglants, et manqué m'évanouir.

Au moment où je ne me sentais plus capable de continuer, la tête s'est détachée. Je l'ai relâchée, ai reculé et forcé mes yeux à s'ouvrir juste à temps pour voir la tête et le corps tomber en poussière. Ils étaient là et, l'instant d'après, il ne restait plus rien du Mexicain que son caleçon et un petit tas de cendres grises et plumeuses.

Les monstres de Czarnecki étaient bel et bien réels. Alors que je me débattais avec l'énormité de cette révélation, le vieil homme a fait couler de l'eau pour évacuer les cendres par la bonde, frottant le fond de la baignoire avec le caleçon du mort. Je n'ai pas réagi quand il a dit « Allons-y », si bien qu'il m'a empoigné par le bras, et nous nous sommes précipités vers le pick-up avant de prendre la fuite dans les rues désertes du petit matin.

Une fois rentrés ici, à la cabane, nous avons laissé le gamin dans le camping-car. Le vieil homme le ramènera dans son abri à la nuit tombée. J'ai passé la journée dans la camionnette à tenter d'y voir clair dans tout ça. Au moment où j'écris ces mots, bien qu'allongé dans l'éclat chaud d'un après-midi doré, je suis glacé jusqu'aux os par ce que j'ai vu et ce que j'ai fait. J'ai longtemps cherché la vérité sur ce qui est arrivé à Benny, et je crois l'avoir trouvée. Je n'ai aucune preuve que ce soit un vagabond qui l'ait tué, aucun élément aussi indubitable que la bague de Czarnecki, mais je suis quasiment certain que c'est de cette manière que sa vie a pris fin. Il n'y a pas de joie dans cette certitude, mais la satisfaction d'avoir éclairci le mystère, ce qui est déjà quelque chose après tant de déceptions et de frustration.

Mais l'orage gronde encore en moi. Car désormais, il faut que je fasse un choix. Dois-je me joindre à Czarnecki dans sa guerre contre les vagabonds, même si les chances de croiser celui qui a assassiné Benny sont bien minces ? Ou venir te retrouver et reprendre ma vie d'avant, en sachant que les monstres qui ont assassiné notre garçon et Dieu sait combien d'autres continuent de tuer, là-dehors ?

Sincèrement, j'ai le sentiment que quelle que soit la route que je choisirai, elle conduira à ma destruction, et la seule chose que je puisse faire ce soir, c'est prier pour que toi, au moins, tu sois en paix.

CITATION DU JOUR : « Tremblez et ne péchez point. Parlez en votre cœur sur votre couche, puis taisez-vous. »

Psaumes, 4:4

12

Antonia et Elijah ont rendez-vous dans un *diner* avec l'homme de George Moore. « Je serai le salopard le plus moche de l'endroit », a-t-il répondu quand Antonia lui a demandé comment ils le reconnaîtraient, et il n'a pas menti. On dirait un opossum criblé de cicatrices d'acné, avec des cheveux gras coiffés en banane et les yeux noirs les plus perçants qu'Antonia a jamais vus.

La serveuse est en train de le resservir en café quand les deux Démons s'approchent de sa table. Il leur fait signe de s'asseoir et entreprend de vider dans sa tasse la moitié du sucrier.

« Sympas vos bécanes, déclare-t-il en désignant d'un hochement de tête les Harley garées dehors.

– T'es motard ? interroge Elijah.

– Ah ça, non, répond l'opossum. Si je tombais et que je me brisais le crâne, on nettoierait mes éclats de cervelle sur la route avec une lance à incendie. Vous, vous êtes comme neufs au bout de cinq minutes. » Son sourire dévoile un rangée de dents tordues, marron. « Vous avez les photos ? »

Antonia plonge la main dans son gilet en jean, en sort les Polaroid que Bob 1 a pris de McMullin et les jette sur la table. L'opossum étudie de près l'un des tatouages.

« *Mors tua, vita mea*, lit-il.

– Ta mort, ma vie, traduit Antonia.

– Ça vous résume assez, vous autres les vagabonds, pas vrai ?

– Parce que vous valez mieux que ça ? réplique Antonia.

– Moi, au moins, je suis encore tel que Dieu m'a fait.

– Dieu ? s'esclaffe Antonia. Pauvre gamin.

– J'aime assez les blondes, mais pourquoi vous avez les cheveux si courts ? réplique l'opossum. Vous voulez ressembler à un homme ? »

Antonia abat la paume de sa main sur la table, et se fend d'un rictus narquois en voyant bondir l'opossum.

« File-nous ce que tu nous dois », gronde Elijah.

L'opossum pose un sac en papier sur la table. Elijah s'en empare et jette un coup d'œil aux liasses de billets qu'il contient.

« Et l'autre chose ? demande-t-il.

– Attendez-moi dehors », répond l'opossum.

Il vide son café et se lève pour aller payer au comptoir. Antonia et Elijah sortent sur le parking. L'enseigne en néon du *diner* fait son show, clignotant en rose – *TRUCK* – vert – *TOWN* – rouge – *CAFÉ*. Un semi-remorque entre dans la station-service d'à côté et s'arrête, dans un crissement de freins, devant une pompe de gasoil. Un employé en uniforme accourt en criant : « Bonsoir, m'sieur ! Qu'est-ce que je peux faire pour vous ? »

« Si tu pouvais aller où tu veux, où irais-tu ? demande Antonia à Elijah.

– Là où tu serais, répond Elijah.

– Et si j'étais au Japon ?

– J'irais au Japon.

– En Italie ?

– J'irais en Italie.

– À Atlanta ?

– Ne m'oblige pas à aller là-bas. »

L'opossum sort du *diner* et dit : « Suivez-moi. »

Antonia et Elijah démarrent leurs Sportster et font le tour du restaurant. Une lampe orange vif est allumée au sommet d'un poteau, mais la Lincoln de l'opossum est garée loin de son halo, dans l'ombre. Il atteint la voiture au moment où les Démons s'arrêtent juste à côté.

Le plafonnier de la Lincoln s'allume quand il ouvre la portière. Il attrape un sac en toile posé derrière le siège conducteur et le tend à Elijah comme s'il contenait une chose nauséabonde. Elijah l'ouvre pour regarder à l'intérieur. Le bébé est blotti au fond. Ne sachant dire s'il est vivant ou mort, Elijah le pousse du doigt et il ouvre un œil.

L'opossum sort un autre sac, de supermarché celui-ci.

« Il y a du lait en poudre dedans, des Pampers », annonce-t-il.

Antonia prend le sac en plastique, bien qu'elle se dise que la gosse n'en a plus pour très longtemps, pas assez en tout cas pour avoir besoin de tout ça. L'opossum se glisse dans sa Lincoln et traverse le parking jusqu'à la voie de service. Plus loin, voitures et camions grondent sur l'autoroute, filant vers des cieux meilleurs.

Elijah ouvre l'une des sacoches de sa Harley et y fourre le sac contenant le nourrisson.

« Tu crois qu'il sera bien là-dedans ? demande-t-il à Antonia.

– Pourquoi tu me poses cette question ? réplique-t-elle. Les bébés, j'y connais rien. »

Ce n'est pas vrai. Elijah sait qu'elle a eu deux enfants avant de muer, et qu'ils ont tous les deux succombé à une épidémie de variole. Depuis toutes ces années qu'ils sont ensemble, elle ne lui a jamais rien dit de plus, pas même leurs prénoms, mais il sent qu'elle pense à eux maintenant, en enfilant ses gants. Il aimerait pouvoir lui dire, *Ce n'était pas de ta faute.*

Ces bébés t'ont été pris par la nature, pas parce que tu étais une mauvaise mère, mais ils n'ont pas ce genre de relation.

Alors, il dit : « J'espère qu'ils n'auront pas brûlé le motel en notre absence. »

Antonia écoute le bruit de la circulation sur l'autoroute, qui ressemble ce soir à une brise soufflant dans les arbres. « On est vraiment condamnés à surveiller ce troupeau de dégénérés pour l'éternité ?

– T'es libre de faire ce que tu veux, répond Elijah.

– Nourrissons-nous de ce bébé et fichons le camp, dit-elle. On n'a qu'à partir au Japon. Ou en Italie. »

Elijah sait qu'elle ne dit pas ça sérieusement. Ils n'ont jamais été autant en sécurité que depuis qu'ils ont formé ce gang, jamais aussi puissants. En outre, le seul élément humain que les Démons ont gardé, c'est leur fierté, et jamais ils ne pardonneraient qu'un tel affront lui soit fait. Si Antonia et lui fauchaient le bébé et se tiraient, ils se retrouveraient avec six bêtes sauvages aux trousses, des bêtes qui ne connaîtraient pas le repos jusqu'à ce qu'elles aient retrouvé la trace des fuyards et assouvi leur vengeance. Elijah n'est pas encore prêt pour mourir, et il est à peu près sûr qu'Antonia non plus, mais il cherche toujours une réponse appropriée quand elle lui lance :

« Je t'ai bien eu.

– Comment ça ? s'étonne Elijah.

– C'était un test.

– J'ai réussi ?

– Je te le dirai pas. »

Quelle que soit la manière dont elle compte se sortir de là, Elijah s'en accommodera. Elle réveille sa Harley d'un coup de kick, enclenche la vitesse et démarre dans un grondement assourdissant. Elijah la suit de près.

En rentrant au motel, ils trouvent Bob 1 et Bob 2 au bord de la piscine. Les autres Démons jouent aux cartes dans la chambre de Pedro et Johnny Kickapoo. Une certaine tension règne entre les Bob et le reste du gang depuis que les Bob ont gagné le droit d'exécuter le contrat et de récupérer le nourrisson. Depuis qu'ils sont revenus après le meurtre, quelques heures plus tôt, Yuma refuse de leur donner de quoi se rouler un joint, et Bob 2 a failli en venir aux mains avec Johnny quand celui-ci n'a pas ri d'une de ses blagues.

Elijah suggère de rétribuer les Bob à l'écart des autres, mais Antonia décrète que non, les membres du gang sont des adultes et vont devoir se comporter comme tels. Elle convoque une réunion dans la chambre qu'elle partage avec Elijah. Tous entrent en file indienne, l'air sombre, à l'exception des Bob.

L'enfant est allongée sur le lit. Elle crie depuis qu'Elijah l'a sortie de la sacoche.

« T'as vérifié sa couche ? » demande Yuma. Elle a été nourrice dans une autre vie, a gardé les enfants de l'homme le plus riche de Cincinnati.

« Je viens de la changer, répond Elijah.

– Alors elle doit avoir faim. »

Elijah lui tend le sac contenant le lait en poudre et les couches. « On nous a donné ça avec, dit-il.

– Eh, bande de cons, est-ce qu'y en a un qui sait préparer un biberon ? lance Yuma.

– Donne-lui juste un nichon », réplique Bob 2, tentant d'être drôle.

Yuma entreprend de mélanger le lait en grommelant.

Antonia sort les 25 000 dollars que Moore avait avancés et les pose sur la table à côté des 25 000 qu'Elijah et elle ont reçus de l'opossum. Moins les dix pour cent de Beaumont, chacun à part les Bob a droit à 7 500 dollars.

Johnny et Real Deal s'occupent de compter les billets en se léchant l'index, et les répartissent en six tas.

Yuma a fini de préparer le biberon. Elle empoigne l'enfant et enfonce la tétine dans sa bouche. Le bébé cesse de crier et se met à téter.

« Savoure bien ton dernier repas, lance Bob 2.

– T'as jamais eu d'enfant ? demande Yuma.

– Ça dépend dans quel sens.

– T'es vraiment tordu.

– Plus tordu, y a pas », réplique Bob 2. Il sort un grand couteau de chasse d'un étui fixé à sa ceinture. « Et si je saignais cette morveuse-là, tout de suite, pour que vous nous regardiez boire ? »

Real Deal dégaine son poignard.

« Et si je te découpais en deux ? » dit-il.

Bob 2 se tourne vers Bob 1 qui, d'un hochement de tête quasi imperceptible, lui fait signe de se calmer. Bob 2 fait tournoyer sa lame comme un héros de western son pistolet, avant de rengainer. Il s'adosse au mur et croise les bras. Real Deal range son couteau, lui aussi.

« Faut qu'on vote, déclare Antonia, soucieuse de faire retomber la tension. On se tire de là demain soir. Tous ceux qui votent pour La Nouvelle-Orléans comme prochaine étape, dites *Oui.* »

Un chœur de *oui* résonne. À l'unanimité, comme Antonia l'avait prévu.

« Va pour La Nouvelle-Orléans, dit-elle. Maintenant, à qui le tour d'être nourri ? »

Ils se sont organisés pour échelonner leurs prélèvements, afin de laisser derrière eux un sillage moins voyant de morts et de disparus.

Pedro lève la main. « C'est mon tour.

– On dirait que ça fait un bail.

– Quarante-cinq jours, mais je tiendrai plus très longtemps. Ça commence à me démanger.

– On trouvera ce qu'il faut en route, histoire de te remettre d'aplomb. »

D'un geste, Johnny désigne les tas de billets sur la table devant lui. « Venez vous servir », dit-il.

Pedro, Antonia et Elijah ramassent leur dû. Real Deal empoche ses billets.

« Prends-moi le mien, chéri », lui lance Yuma. Elle nourrit encore le bébé.

« Vas-y, lui dit Bob 1. Je m'occupe de la mioche. »

Yuma hésite, s'agrippant à l'enfant dans un réflexe primitif, mais se ressaisit aussitôt. Bob 1 cale le bébé au creux de son coude et jette le biberon. Il attrape le sac de toile et remet le nourrisson dedans.

« Allez vous nourrir ailleurs, ordonne Antonia.

– On a l'endroit parfait, répond Bob 2.

– Et enterrez-le bien profond quand vous aurez terminé. »

Les Bob fourre le sac dans l'une des sacoches de Bob 2 et démarrent dans un bruit de tonnerre. Ils s'engagent sur Central South. Les rues illuminées et animées de Downtown laissent place à des entrepôts et des ateliers de carrosserie obscurs, puis à des enfilades de maisons flambant neuves séparées par des palmiers fraîchement plantés. Par-delà ces lotissements, ils roulent dans le désert jusqu'à ce que la route se fasse plus étroite et monte à l'assaut d'une montagne. Peu avant le sommet, ils tournent sur une piste en terre qui mène à une clairière dominant la ville.

Ils sont déjà venus là boire de la bière et se défoncer la tête. Les adolescents du coin y cachent leurs amours mais ce soir, les Bob ont l'endroit pour eux seuls. Ils se garent à l'orée de la clairière et mettent pied à terre. Bob 2 sort le paquet de sa sacoche.

Les ruines d'une vieille cabane en adobe se dressent sur une saillie rocheuse, quinze mètres en contrebas. Les Démons descendent le sentier abrupt et glissant qui y mène, en marchant de côté. Pierres et poussières dérangées dévalent le flanc de la montagne. Bob 2 trébuche et cet à-coup réveille en sursaut le bébé. Lequel laisse échapper un hurlement que l'on entend sûrement, Bob en mettrait sa main au feu, jusqu'en ville.

« Fais-le taire, gronde Bob 1.

– Tu connais une formule magique ? rétorque Bob 2.

– Essaie de chanter, pour voir.

– Je vais surtout essayer de lui broyer la tête sous ma botte s'il la ferme pas », grommelle Bob 2. Il berce le sac dans ses bras, et l'enfant se calme, continuant de s'agiter sans cris.

Les Démons pénètrent dans la cabane en se courbant pour passer sous la porte basse. Les murs qui tiennent encore debout sont couverts de graffitis. Un pentagramme, une tête de mort, un cœur brisé. Bob 2 pose le sac par terre, et les deux *bikers* se glissent dans une large fissure au milieu du mur nord, qui donne sur un ancien jardin de rocaille. Bob 1 sort de sa poche une petite bouteille de gin Seagram's, boit une gorgée et la passe à Bob 2. Les deux hommes reprennent leur souffle en contemplant les lumières de Phoenix.

« Je me souviens de cette ville quand il y avait encore des chevaux plein les rues, dit Bob 1.

– T'es vraiment aussi vieux qu'une crotte de dinosaure, se moque Bob 2.

– Tu crois que je le sais pas ? Quand je me regarde dans le miroir, je vois un type de vingt-deux ans, mais je me sens comme un mec de cent vingt-deux ans.

– C'est dans ta tête, tout ça.

– J'en suis pas si sûr. Les années pèsent.

– Regarde Elijah, né en mille sept cents et quelque, et toujours vaillant !

– C'est peut-être mon rythme de vie, toujours en cavale. »

D'un coup de menton, Bob 2 désigne la cabane, le bébé.

« Attends un peu de téter ça, dit-il. Tu seras d'attaque comme jamais.

– J'ai réfléchi, répond Bob 1.

– Oh oh…

– Je veux le gamin pour moi tout seul. Je veux toute une année où j'aurai pas à chasser, pas juste six mois.

– Pour faire quoi ?

– Je vais aller à Cuba et retrouver la fille qui m'a mué. »

Bob 2 est choqué par ce qu'il vient d'entendre, blessé même. « T'es sérieux ?

– J'ai besoin d'un but.

– T'as besoin de pas trop compliquer les choses.

– Peut-être, mais je veux aller à Cuba.

– Et moi, alors ? proteste Bob 2. Cette salope t'a planté du jour au lendemain, alors que moi, je suis resté loyal pendant vingt-cinq ans. Je t'ai jamais laissé tomber, j'ai toujours été là pour toi.

– T'es un super mec, c'est sûr. Le meilleur.

– Mais je peux quand même aller me faire foutre, c'est ça ? »

Bob 1 détourne le regard, mal à l'aise.

« Eh bien, je vais pas te laisser le gosse en tout cas, reprend Bob 2. J'ai exécuté le contrat et gagné le droit de me nourrir aussi.

– Je sais bien, répond Bob 1, et c'est pour ça que je suis prêt à parier là-dessus à quitte ou double.

– Parier comment ?

– Poker menteur, pierre-papier-ciseaux… On peut même tirer à pile ou face, si tu veux. »

Le bébé se remet à pleurer, rappelant aux deux Bob que chaque minute qui passe multiplie leurs chances qu'un ennui se présente. Une idée traverse l'esprit de Bob 2, idée qui mettra à l'épreuve la détermination de son partenaire. Il sort de sa poche son calibre 38 à canon court.

« On va jouer à la roulette russe, annonce-t-il.

– Bon Dieu, souffle Bob 1.

– C'est ça, ou bien passons à table.

– Tu crois que je suis pas sérieux, hein ?

– Prouve-le. »

Bob 1 reste planté là à mâchouiller sa barbe. Il a déjà joué plusieurs fois à la roulette russe, avec d'autres vagabonds. Il a gagné deux fois et perdu une fois, a pris une balle en plein cerveau. La douleur était atroce, et il s'est toujours demandé s'il n'était pas un peu plus bête depuis. Mais il est bien décidé à revoir Maria et à obtenir des réponses aux questions qui le tourmentent depuis un demi-siècle.

« Alors va pour la roulette russe », dit-il.

Bob 2 est nerveux. Il n'a proposé ce jeu que parce qu'il pensait que son compère allait se défiler. Les mains tremblantes, il débloque le barillet du revolver et fait tomber les balles dans la paume de sa main. Il en prend une et la glisse dans une chambre vide, referme le barillet et le fait tournoyer sur lui-même.

« Qui commence ? » demande-t-il.

Bob 1 lui prend le pistolet des mains. Autant en finir avec cette histoire. Il presse le canon contre sa tempe et appuie sur la détente.

Clic.

Le soulagement fait vaciller ses genoux, mais il garde un visage impassible en faisant tourner le barillet avant de rendre l'arme à Bob 2.

« Putain », grogne Bob 2. Il essuie d'un revers de main la sueur d'effroi qui dégouline le long de son nez. « Putain. » Il porte le pistolet à sa tête. « Putain ! »

Clic.

« Ah ! »

Il fait tourner le cylindre et plante le pistolet dans la main de Bob 1, dont les gestes se font plus lents cette fois, qui inspire longuement et se détend le cou avant de lever l'arme.

Bang !

L'écho de la détonation rebondit puis s'estompe. Bob 1 s'effondre sur le sol, le sang giclant d'un trou dans son crâne. Bob 2 ramasse la bouteille de Seagram's et engloutit le reste. Il a gagné, mais il en veut encore à l'autre Bob d'avoir ruiné leur association. Même s'ils continuent de faire équipe ensemble, rien ne sera plus jamais comme avant. Le bébé a cessé de crier quand le coup est parti, mais se remet à brailler maintenant. Et puis merde – il ne va pas tarder à la boucler à tout jamais.

Le pied de Bob 1 tressaute. Son esprit redémarre par paliers, comme les lumières d'un gratte-ciel s'allumant étage par étage. Il se redresse dans un grognement et touche le cratère à l'endroit où la balle est ressortie du crâne, tandis que sa chair et ses os se régénèrent déjà.

« T'as perdu, enfoiré, tels sont les premiers mots qu'il entend quand ses oreilles cessent de siffler.

– Ouais, ouais », réplique-t-il, soulagé de constater que sa langue fonctionne.

Le bébé pleure toujours, mais tout bas à présent. Bob 2 dégaine son couteau. « Le butin revient au vainqueur », déclare-t-il, et il entre dans la cabane. Une seconde plus tard, il hurle : « Où est la mioche ?

– Comment ça ? répond Bob 1.

– La mioche. Il a… » Bob 2 balaie à nouveau du regard le sol de la cabane. « Elle est passée où, putain ? »

13

Deux motos contournent le point de vue et se rangent au bord du vide. Jesse se faufile à plat ventre pour mieux voir. Les moteurs des Harley s'éteignent dans une dernière quinte de toux et deux hommes barbus – l'un grand, l'autre petit – en descendent. Le cœur de Jesse s'arrête de battre. Des vagabonds. Il y a un écusson au dos de leurs blousons, une tête de mort hilare avec des cornes de bouc. Une bannière au-dessus proclame : *DÉMONS*, une autre en dessous : *ENFER*. Jesse a entendu parler de ces Démons, des vagabonds qui se déplacent en meute, tuant quiconque, mué ou pas, a le malheur de les mettre en colère. Mauvaise nouvelle pour tout le monde.

Johona rampe jusqu'à lui.

« Pourritures de *bikers* », souffle-t-elle.

Le plus petit des deux Démons sort un paquet de la sacoche de sa moto, et, avec son partenaire, s'engage sur un chemin en pente qui aboutit à un squelette de cabane sur un surplomb rocheux, en contrebas du point de vue. Depuis leur planque, Jesse aperçoit à peine la structure branlante de l'édifice.

Edgar, resté sur le rocher où ils étaient assis tout à l'heure, se lève pour voir les motards lui aussi.

« Des vagabonds ! s'écrie-t-il.

– Baisse-toi », murmure Jesse.

Il serait trop risqué d'essayer de regagner en douce l'endroit où ils ont caché la voiture. Mieux vaut rester planqués jusqu'à ce que les Démons s'en aillent. « On va rester là sans bouger… », commence Jesse, avant d'être interrompu par le cri perçant d'un nourrisson en détresse.

Les Démons font halte sur le sentier. Il y a un bébé dans le sac qu'ils transportent. Ils débattent de la meilleure manière de le faire taire, et quand l'un d'eux menace de l'écrabouiller sous sa botte, Johona s'étrangle. Le bébé se calme, et les *bikers* reprennent leur descente.

Johona demande ce qu'ils font avec ce bébé. Jesse répond qu'il ne sait pas, même s'il est à peu près sûr de le savoir.

Les Démons ont atteint la cabane, ils disparaissent à l'intérieur.

« C'est peut-être des satanistes », dit Johona.

Les *bikers* réapparaissent derrière la cabane et se passent une bouteille. Alerté par un bruit, Jesse se retourne et aperçoit Edgar qui s'est remis debout. « Ces fils de pute vont nous zigouiller », bredouille-t-il, puis il fait le geste de courir vers la voiture. Jesse lance un bras autour de son cou et le force à s'agenouiller. Edgar se tortille dans tous les sens pour tenter de se libérer, la peur le rend plus fort encore.

« Doucement, l'amadoue Jesse. Doucement. »

Son frère se débat encore un peu puis s'effondre, le souffle court. Jesse le caresse comme il le ferait avec un cheval affolé.

« On risque rien ici, dit-il. Faut juste que tu fasses pas de bruit.

– Donne-leur la fille, dit Edgar.

– Pas question de leur donner la fille », réplique Jesse. Il repère une petite grotte au pied du rocher, une niche à peine visible derrière un buisson de créosote.

« Regarde, dit-il. Une cachette d'Indien. »

Edgar relève la tête, intrigué.

« Ils te trouveront jamais là-dedans. »

Edgar rampe jusqu'à la grotte et entre à reculons.

« Tu me vois ? demande-t-il.

– Pas même un cheveu, répond Jesse.

– Y a de la place pour toi aussi.

– Je vais faire le guet. Dès que la voie est libre, je viens te chercher. »

Quand Jesse revient à l'endroit où il avait laissé Johona, celle-ci a disparu. Il repère un mouvement en bas, sur le point de vue. La fille s'approche discrètement du sentier menant à la cabane. Les Démons se trouvent toujours sur le rebord rocheux de l'autre côté de cette ruine. L'un d'eux tient un pistolet dans sa main.

Le bébé se remet à pleurer au moment où Jesse se lance dans la pente pour aller chercher Johona. Elle est accroupie au bord de la clairière, cou tendu pour essayer de voir ce qui se passe en contrebas, mais la cabane lui cache les Démons. Elle sursaute, apeurée, quand Jesse surgit de l'obscurité et s'agenouille à côté d'elle. « Viens avec moi », murmure-t-il, mais à cet instant, le *clic* du chien d'un revolver percutant une chambre vide se fait entendre. Johona et lui se tournent vers la cabine en retenant leur souffle. L'un des Démons crie : « Putain ! », et un autre *clic* se répercute parmi les collines environnantes.

Jesse n'est pas rassuré. Johona et lui se trouvent sur le chemin que les Démons emprunteront pour regagner leurs Harley, et ceux-ci les repéreront dès qu'ils ressortiront de la cabane. Il faut qu'il emmène la fille tout de suite, pendant que les *bikers* sont occupés. Il la tire par le bras, mais elle grimace et se dégage.

« Le bébé », dit-elle.

Un coup de feu retentit, les faisant tous deux sursauter. L'enfant s'arrête de brailler au beau milieu d'un cri.

« Oh mon Dieu... », gémit Johona.

Ce que Jesse voit, c'est Claudine. Claudine confuse, Claudine terrifiée. Dans un flash-back, il revoit ses derniers instants, et quand Johona se redresse brusquement et se jette dans le chemin qui descend à la cabane, il la suit sans hésitation, avec une seule idée en tête : elle ne mourra pas sous ses yeux comme Claudine.

Ils sont totalement à découvert sur ce flanc de montagne et avancent à l'aveugle, la cabane les empêchant toujours de voir les Démons. Jesse rattrape Johona. *Moi d'abord*, articule-t-il en passant devant elle.

Atteignant le surplomb rocheux, ils se mettent à couvert derrière le tronc d'un palo verde rachitique. Le bébé se remet à crier, ses lamentations provenant de l'intérieur de la cabane. Jesse aperçoit le plus petit et le plus trapu des Démons à travers une fissure dans le mur – il a le dos tourné. Pas trace du plus grand. Jesse se tord pour jeter un coup d'œil par-dessus son épaule, craignant que ce dernier ne les prenne à revers, mais la seule chose qui bouge est une bâche en plastique coincée dans un rocher.

Se retournant, il trouve Johona en train de ramper à travers l'espace dégagé séparant le palo verde de la cabane. Il commence à la suivre, avant de se raviser – mieux vaut rester caché et garder un œil sur les Démons là-bas, derrière. Arrivée sur le seuil, Johona s'arrête un instant. Jesse lui fait signe de revenir, mais elle secoue la tête et s'aventure dans la cabane. L'instant d'après, dressé dans l'encadrement de la porte, Jesse la voit chercher à tâtons le bébé dans le noir. Il aperçoit l'endroit où l'enfant est allongé, toujours prisonnier du sac, mais n'ose pas prendre le risque de guider Johona à voix haute, alors que le plus petit des Démons est planté à trois mètres de lui, contemplant tout sourire le corps de son partenaire gisant sur le sol à ses pieds.

« T'as perdu, enfoiré », dit le petit trapu tandis que le plus grand se redresse, sonné.

Jesse se demande s'il faut attraper Johona et s'enfuir ou se jeter sur les Démons. Le choix s'impose à lui quand Johona trouve le sac, l'attrape et rampe à reculons vers la porte.

Le petit Démon dégaine un poignard. « Le butin revient au vainqueur. »

Jesse relève Johona et la pousse vers le palo verde. Ils se jettent derrière l'arbre au moment où le Démon entre dans la cabane. Ne trouvant pas le sac, il crie : « Où est la mioche ? » Il va les repérer d'un instant à l'autre. Le mieux que Jesse puisse faire, c'est laisser à Johona une chance de s'en tirer.

« Vas-y », dit-il.

Serrant le sac contre elle, elle remonte en courant le sentier en direction du point de vue. Le petit trapu l'aperçoit et se lance à sa poursuite. Jesse fait claquer la lame de son cran d'arrêt. Il traverse en deux bonds la cour de la cabane, se baisse quand le Démon fend l'air de son poignard, et enfonce la lame de son cran d'arrêt dans l'énorme poitrine du *biker*, la laissant plantée là tandis que l'homme tombe à genoux et bascule sur le dos.

Le grand Démon traverse la cabane en titubant, un couteau à la main. Jesse bloque un coup de haut en bas et abat son poing sur le visage du *biker* qui chancelle. Jesse le cogne à nouveau. Le Démon laisse tomber son poignard, et Jesse plonge dessus. L'homme est trop vif. Il se couche sur la lame, la recouvrant de son corps.

Jesse tente de le retourner, mais le *biker* attrape sa main, la tord et se brise un os du poignet. La douleur donne des vertiges à Jesse. Il se rue vers la porte, enjambant le corps du petit trapu. Johona est à mi-chemin du point de vue quand il la rattrape. Il la prend par le bras et la force à accélérer.

Le grand Démon s'est relevé. Il ramasse son couteau et, sortant de la cabane, aperçoit Jesse et Johona en train d'escalader la montagne. Il se penche sur son compère et retire de son torse le cran d'arrêt de Jesse avant de se lancer à leurs trousses.

Jesse et Johona ont presque atteint le point de vue, et le grand Démon les talonne maintenant. Jesse tend à Johona les clés de la Grand Prix, décidé à vendre chèrement sa peau. Même s'il devait tomber, il arrivera peut-être à retenir les deux motards assez longtemps pour que la fille puisse s'échapper.

« File à la voiture et va-t'en, ordonne-t-il. Ne t'arrête pas, ne regarde pas derrière toi. »

Johona continue de grimper tandis que Jesse ramasse une pierre et fait volte-face pour affronter le grand Démon. Il est plus petit que ce dernier, plus léger et, espère-t-il, plus rapide. Le poignard du *biker* scintille comme une étoile filante quand il le tend devant lui, sans cesser de sprinter.

Jesse fait semblant de vouloir encaisser debout cet assaut, mais se baisse juste avant que le Démon ne le percute et plante une épaule dans son ventre. Souffle coupé, le *biker* est plié en deux. Jesse écrase la pierre sur l'arrière de son crâne, le frappant encore et encore jusqu'à ce qu'il sente l'os céder.

Parvenant Dieu sait comment à rester debout, le *biker* recule en titubant. Se jetant sur lui, Jesse est accueilli par le bruissement d'un large coup de poing qui vient s'écraser sur sa tempe et l'envoie par terre, étourdi, un sifflement dans les oreilles. Le Démon lève son poignard mais tombe à la renverse, les coups de pierre ayant enfin raison de lui.

Jesse se tourne vers la cabane. Le petit trapu a suffisamment récupéré pour pouvoir s'asseoir. Il observe Jesse, se relève tant bien que mal et marche vers le sentier d'un pas incertain. Défiant les vertiges et la douleur, Jesse empoigne la lame du grand Démon. Il bascule la tête de l'homme en arrière pour exposer la gorge, et se met à scier. Le sang gicle, maculant le manche du poignard. Jesse resserre sa poigne et continue de trancher. Bientôt, la tête ne tient plus que par la colonne. Jesse enfonce la lame entre deux vertèbres, appuie de tout son poids, et arrache finalement la tête en la faisant pivoter. Il reste interdit en voyant l'homme se changer en cendres. Il savait que cela allait arriver, mais c'est la première fois qu'il réduit en poussière un vagabond.

Le petit trapu remonte le chemin à grandes enjambées. Jesse parcourt au sprint les cinq derniers mètres qui le séparent de la clairière et se retourne brusquement, en serrant dans sa paume le poignard de l'autre *biker*. Le petit trapu le percute tel un taureau avant qu'il ait eu le temps de se mettre en position. Il vole dans les airs et retombe lourdement, mais se redresse d'un bond, prêt à en découdre. Le Démon crache par terre en s'approchant. Il est vraiment plus petit que celui qui vient de se désintégrer, mais plus costaud, et il a un plus grand couteau. Il le jette en l'air et le rattrape par le manche, faisant le fier. Il a un sourire aux lèvres, mais ses yeux sont des fourneaux alimentés par la fureur.

« Salut, *brother*, dit-il, sarcastique. Depuis quand tu nous suis ?

– C'est la première fois que je vous vois, répond Jesse.

– Arrête tes conneries.

– C'est vrai.

– Tu voulais piquer la mioche pour te nourrir, ou bien t'essayais de la sauver ?

– Ça change quelque chose ?

– Non. Ça change rien. »

Tout, en Jesse, voudrait fuir, mais il se baisse et arme son bras, celui qui tient le couteau. Le Démon charge, cherchant à lui rentrer dedans une nouvelle fois. Jesse se laisse tomber et roule sur le côté. Au moment où le *biker* passe devant lui, Jesse tranche jusqu'à l'os l'un de ses mollets. L'homme trébuche mais parvient à retrouver son équilibre. Il marche de côté, décrivant un cercle autour de Jesse – il veut gagner du temps pendant que la plaie cicatrise. Jesse suit le mouvement, pour le garder en face de lui.

Repérant une ouverture, il se jette en avant, feint d'aller à droite et bascule sur la gauche, poignardant le flanc du Démon. Ce dernier frappe au même moment, enfonçant sa lame dans le haut du dos de Jesse, perforant l'un de ses poumons. Jesse bondit hors de sa portée, crachant du sang. Le Démon s'approche en boitant, mais Jesse n'a pas la force de courir. Chaque geste qu'il fait est comme un nouveau coup de poignard.

Il agite son couteau devant lui. Le Démon l'écarte d'une gifle et lève le sien. Jesse courbe le front, anticipant le coup, mais celui-ci ne vient pas. Le Démon grogne et, redressant la tête, Jesse découvre qu'Edgar – deux fois plus massif que le *biker*, et deux fois plus fort – lui fait une prise d'étranglement.

« Le lâche pas », dit Jesse.

Ramassant son couteau, il se précipite vers eux. Dans sa hâte, il en oublie la prudence. Le Démon décolle ses deux pieds du sol et, soutenu par Edgar, frappe de toutes ses forces. Encaissant le coup en plein ventre, Jesse tombe en arrière.

Le Démon s'attaque à présent à Edgar, donnant des coups de poignard à l'aveugle par-dessus son épaule. Edgar rugit de douleur mais continue de l'étrangler. Le *biker* faiblit peu à peu, incapable de lever son poignard. Le manche lui échappe, et il s'effondre dans les bras d'Edgar.

Jesse se jette de nouveau sur lui. Mais une côte dévie sa lame et, dans un ultime spasme désespéré, le Démon bascule la tête en arrière et assène un grand coup de boule à Edgar. Edgar le lâche et porte les mains à son nez brisé, qui dégouline de sang.

Le Démon se fige – à bout de souffle, réfléchissant – puis lance : « Tu sais que t'es un homme mort, hein ? Où que t'ailles, on te retrouvera. » Il fait demi-tour et se rue vers le précipice. Courant aussi vite qu'il peut, il se jette dans le vide.

Jesse, sur ses talons, s'arrête juste à temps. Le Démon s'envole un instant dans la nuit, ange noir en route vers les étoiles, avant de chuter. Il s'écrase sur le flanc de la montagne soixante mètres plus bas et continue de faire des culbutes sur trente mètres avant de s'arrêter, amas sanglant d'os brisés et d'entrailles déchiquetées.

Faute d'une voie d'accès facile jusqu'à l'endroit où il se trouve, pour pouvoir l'achever, Jesse opte pour la retraite. Edgar s'accroupit devant lui, gémissant.

« Ça va ?

– J'ai du sang plein mon tee-shirt.

– Je t'en achèterai un autre.

– Mickey ?

– Celui que tu voudras. T'as assuré, mon pote. »

Johona les observe, yeux écarquillés, depuis le bosquet où ils ont planqué la Grand Prix. Le bébé, libéré de son sac, suçote un de ses doigts.

« Monte dans la voiture ! » lui crie Jesse, mais elle ne bouge pas.

Il dit à Edgar de le suivre. Les deux frères marchent jusqu'aux motos des Démons. Il en attrape une, Edgar l'autre. Ils les font rouler jusqu'au bord du point de vue et les poussent dans le vide, les envoyant s'écraser en bas dans les rochers. Edgar pousse un cri de joie en se tambourinant le torse comme un gorille. Jesse l'entraîne vers la voiture.

Johona recule à leur approche. Elle vient tout juste de voir Jesse trancher la tête d'un homme, et cet homme s'évaporer. « Ne me fais pas de mal, je t'en prie, dit-elle.

– J'essaie de te sauver la vie, réplique Jesse.

– Je veux m'en aller d'ici.

– Moi aussi. Et je veux emmener le bébé loin d'ici. Alors allons-y. »

Johona recule prudemment vers la Grand Prix, à bonne distance des deux frères. Elle se glisse sur la banquette arrière, et Jesse derrière le volant. Edgar grimpe sur le siège passager. Guettant constamment l'arrivée d'autres Démons, Jesse sort du bosquet en marche arrière, file vers la route dans un crissement de pneus et dévale la montagne.

14

Jesse veut pas que je tienne le bébé. Je lui ai demandé deux fois, jusqu'à ce qu'il me dise de la fermer. Le bébé est sur les genoux de Johona, sur la banquette arrière. Je tends ma main vers lui et il attrape mon doigt. Je demande si c'est un garçon ou une fille et Johona dit que c'est une fille. Elle s'appelle comment ? je demande. Je sais pas, répond Johona.

Elle veut amener le bébé à la police. Pas la police, dit Jesse, on va le déposer dans un hôpital. Johona tremble. Dépose-moi là aussi, elle dit, s'il te plaît. Je te jure que je dirai rien sur ce que j'ai vu. Jesse la regarde dans le rétro et dit, C'est pas de nous que tu dois avoir peur, c'est de ce *biker*. Il fait partie d'un gang qui s'appelle les Démons. Il va revenir à la vie et lui et ses potes vont me courir après pour avoir réduit cet homme en poussière, et après toi pour leur avoir pris le bébé.

La petite laisse échapper un bruit et Johona la pose sur son épaule. Ils me trouveront pas, elle dit, Phoenix est une grande ville. Pas assez grande, dit Jesse. Il connaît l'histoire du type qui a volé une de leurs motos. Ils l'ont pourchassé pendant deux ans et quand ils ont fini par mettre la main sur lui, ils l'ont tué, lui, la femme qui voyageait avec lui et cinq autres personnes dont deux enfants qui étaient dans la maison, pas de chance. Voilà comment ils sont.

On dirait que Johona va se mettre à pleurer. Qu'est-ce qu'ils sont ? elle demande. Et toi, qu'est-ce que tu es ? Jesse lui raconte presque tout. Qu'on peut pas sortir en plein jour. Qu'on se remet quand on est blessés. Qu'on mourra jamais. C'est trop de bla-bla et moi, je sais déjà tout ça. J'ai envie de jouer au flipper. Ils ont Space Time au bowling, Quick Draw aussi, et Fireball. Je suis bon à tous ceux-là.

Johona demande à Jesse s'il tue des gens et boit leur sang, comme les Démons. Il lui répond que non. Il dit que lui et moi, on est un autre genre de vagabonds. Il ment mais je moucharde pas. Lui et moi on a des secrets. Faut faire attention. Faut pas ouvrir sa bouche.

Johona se rassoit au fond de la banquette et caresse une de ses tresses. Mon père saura quoi faire, elle dit, il m'aidera. Qu'est-ce que tu vas lui dire ? répond Jesse. Que des monstres te courent après ? Il croira que t'es devenue folle. Et si les Démons découvrent où habitent les gens de ta famille, ils les tueront aussi. Qu'est-ce que je dois faire, alors ? demande Johona. Quitte la ville pendant deux ou trois mois au moins, répond Jesse, et pour de bon si c'est possible. Tu parlais d'aller en Californie. Vas-y maintenant. J'ai pas d'argent, dit Johona, et ma bagnole est une épave.

On est rentrés en ville. Par la fenêtre, je vois un géant qui tient un pneu géant. Y a un immeuble qui ressemble à un château et un autre avec une antenne qui clignote tout en haut. Y a un pick-up Ford peint comme s'il était en feu. Et toi, qu'est-ce que tu vas faire ? demande Johona à Jesse. On part d'ici ce soir, il dit, on roulera aussi loin qu'on peut avant le lever du soleil.

Le bébé se remet à brailler. Elle est brûlante, fait Johona. Faut qu'on l'emmène chez un docteur. Jesse dit qu'il faut qu'on se nettoie d'abord. On s'arrête dans une station Gulf et il m'emmène dans les toilettes. Il frotte le sang sur son visage et me dit de faire pareil. Johona et le bébé sont plus dans la voiture quand on revient. Elle s'est tirée, je dis. Du calme, répond Jesse. Il attend en secouant des pièces et chuchote OK quand Johona ressort des toilettes pour dames.

Elle lui explique la direction pour aller à l'hôpital. Il se gare loin des lumières. Elle va descendre mais Jesse l'arrête. Vaut mieux que ce soit moi, il dit. Il lui demande son tee-shirt vu que le sien est plein de sang. Johona réfléchit un peu et puis elle lui donne son tee-shirt. Son soutien-gorge est rose et tout brillant. Une fille dont je me suis nourri à Kansas City avait le même. De voir Jesse avec le tee-shirt de Johona, ça me fait rire. Vous êtes drôlement jolie miss Jesse, je lui fais.

Il sort de la voiture prend le bébé des mains de Johona et court à travers le parking. Une ambulance passe sans sirène mais avec ses lumières rouges et bleues allumées. Je demande à Johona si elle veut que je lui chante Neil Young. Elle dit non merci en regardant où va Jesse. Vous en faites pas, je dis, il est drôlement malin.

Jesse revient en courant et enlève le tee-shirt de Johona. On repart de l'hôpital tellement vite que je dois me tenir au tableau de bord. Jesse a donné le bébé à une infirmière. Elle s'est pas posé de questions ? demande Johona. J'imagine que si, dit Jesse, mais je me suis tiré avant qu'elle puisse me les poser à moi.

Tout le monde se tait un moment.

Johona allume une cigarette. Je peux partir avec vous ? elle demande. On va pas à Los Angeles, dit Jesse. N'importe où ça m'ira, dit Johona. Je prendrai un bus de l'endroit où on arrivera.

On peut pas avoir une femme avec nous. Jesse dit toujours qu'elles portent malheur. Il aime même pas Abby. Mais je vois bien qu'il tourne ça dans sa tête. Je le pousse du doigt et je secoue la mienne. Il me dit de le lâcher. Ça porte malheur, je dis tout bas. Il m'écoute pas.

On te déposera à Denver, il dit à Johona, mais faudra faire exactement ce que je dis tout le temps que tu seras avec nous. On peut même pas passer chez toi. On trouvera en route tous les trucs dont tu as besoin. D'accord, fait Johona.

On arrive au motel et on entre dans la chambre. Johona s'assoit sur le lit de Jesse pendant qu'il se douche pour nettoyer le reste du sang. Vous voulez jouer au Trente et un ? je lui demande. Faut trois cartes qui fassent trente et un. On peut jouer pour de l'argent ou des bonbons. Elle fait non de la tête. Y avait pas moyen de la faire taire avant et maintenant elle a plus rien à dire. Abby reste dans son coin à la regarder avec de la haine plein les yeux.

Jesse sort de la salle de bains et dit que c'est mon tour. Avec de l'eau chaude, il dit. Je frotte et je frotte. Le sang ça part pas facilement. L'eau qui coule au fond est rose. Après m'être essuyé je jette un coup d'œil dans la chambre. Jesse est assis avec Johona sur le lit. Il a le bras autour d'elle et il lui parle gentiment. Elle sourit mais elle veut pas rire. Le Petit Diable est pas content. *Ils vont s'en aller ensemble elle et lui et ils vont te laisser tout seul*, il fait. J'ai les bras pleins de chair de poule. Je crie à Jesse de venir m'aider à m'habiller.

Arrête tes bêtises, il fait en entrant dans la salle de bains. Tu sais enfiler tes vêtements. Me laisse pas, je dis. Qu'est-ce que tu racontes ? il fait. T'as Johona maintenant, je dis. On va juste l'emmener à Denver, il répond. Tu sais que je sens les mensonges à cent mètres, je dis. J'irai nulle part sans toi, il répond.

Il prend nos sacs et va les mettre dans le coffre de la Grand Prix. Je donne à Abby un bol de Meow Mix et reste à côté d'elle pendant qu'elle les croque. Elle a quel âge ta chatte ? me demande Johona. Vingt-cinq ans ou pas loin, je réponds. C'est très vieux pour un chat, elle dit. Je l'ai changée, je dis. Quoi ? elle fait. Je l'ai changée en vagabond, je dis. Elle se met à pleurer. Jesse revient et demande ce qui se passe. Vous avez changé le chat ? demande Johona. Jesse me lance un regard genre il veut me tuer et se rassoit pour lui parler gentiment comme tout à l'heure. Je suis content qu'elle pleure. Plus on pleure moins on a besoin de pisser.

On se met en route une fois qu'elle est calmée. Y a bientôt plus d'immeubles plus de voitures plus de ville. Tout est noir sauf le compteur à l'intérieur de la voiture et les phares dehors. Jesse arrête pas de regarder dans le rétro. Johona s'endort allongée sur la banquette arrière. Je chante tout bas. La chanson de Maman. *Je ne veux pas mourir en été, quand la musique flotte dans la brise et que de doux et délicieux murmures tourbillonnent parmi les arbres…*

15

27 juin 1976, 22 heures

Je prends la plume pour la troisième fois aujourd'hui, cette fois pour coucher sur le papier ce qui vient de se passer au cours de la dernière heure, pendant que c'est encore frais dans ma mémoire.

Je suis resté assis dans l'Econoline après t'avoir écrit tout à l'heure, à lire ma Bible et à réfléchir à ce que j'allais faire, j'ai mangé un chili froid pour le dîner. Juste après la tombée de la nuit, alors que j'étais sur le point de me coucher, Czarnecki est sorti de la cabane, ivre à ne plus pouvoir articuler.

« Y a encore autre chose que je voulais vous montrer », a-t-il dit.

Je suis sorti de la camionnette à contrecœur et l'ai suivi jusqu'à son pick-up. Il est monté dans le camping-car, a défait les cadenas de la caisse et l'a ouverte. Le gamin, enchaîné là-dedans depuis hier soir, avait une mine terrible. Il avait des cernes noirs autour des yeux, et ses os auraient percé sa peau si fine s'il avait fait un geste trop brusque. Czarnecki est ressorti à reculons du camping-car et s'est planté à côté de moi.

« Viens, a-t-il lancé d'un ton sec au gamin.
– Il me faut… a commencé le gamin.
– Je sais ce qu'il te faut, putain. »

Le gamin s'est hissé lentement hors de la caisse. Il lui a fallu une seconde pour retrouver son équilibre, puis il a posé le pied sur le pare-chocs et est descendu.

Czarnecki avait son 45 braqué sur lui. « L'abri », a-t-il ordonné.

Le gamin a titubé vers sa prison, y est entré et a tiré sur la ficelle pour allumer l'ampoule. La lumière qu'elle projetait avait la couleur des draps qu'on trouve dans les asiles de nuit. Le gamin s'est assis sur le lit de camp et a fixé à l'anneau dans le sol la chaîne reliée à sa cheville. Czarnecki m'a passé le pistolet.

« S'il tente quoi que ce soit, mettez-lui une balle entre les deux yeux », a-t-il ordonné. J'ai gagné un badge d'adresse au tir quand j'étais dans l'armée, mais c'était il y a vingt ans. J'avais autant de chances de le toucher, lui, que le gamin si j'étais obligé de tirer.

Czarnecki a sorti d'un étui de ceinture son couteau de chasse. Prenant une bouteille d'alcool à 70° sur une étagère, il en a aspergé la lame et a retroussé la manche de son bleu de travail. Une série de petites cicatrices striaient l'intérieur de son avant-bras, une vingtaine au total, certaines anciennes, d'autres fraîchement refermées. Elles suivaient l'artère principale du bas du coude jusqu'au poignet. Il a posé la lame sur un carré de peau encore intact et a tranché la chair. Du sang a coulé de l'entaille. S'approchant du gamin, il a tendu son bras vers lui. Le garçon l'a empoigné et a collé sa bouche à la plaie.

« Il faut lui en donner un peu de temps en temps pour qu'il continue de fonctionner, a expliqué Czarnecki. Il vous dira qu'il en a besoin une fois par mois, mais je le force à tenir deux mois. Je m'en fous qu'il se sente mal. Je préfère qu'il soit faible.

– Ça dure depuis combien de temps ? ai-je demandé.

– Je l'ai attrapé en 1967, donc à peu près neuf ans. Mr Otto et moi en avons eu deux ou trois autres, mais celui-ci a tenu plus longtemps. »

L'image du vieil homme offrant son sang au gamin, le bruit de succion, l'odeur de merde et de sueur qui émanait des murs en parpaings – tout ça, et les autres horreurs de ces derniers jours, m'est tombé dessus d'un coup. J'éprouvais une violente envie de m'enfuir, mais j'étais tellement dans les vapes que j'ai tout juste pu atteindre la porte avant de m'effondrer par terre, pris de stupeur.

« On dirait que vous avez vu un monstre », a dit Czarnecki en éclatant de rire.

C'était imprudent de sa part, ou peut-être courageux, de plaisanter comme ça alors que je tenais le flingue. Peut-être a-t-il pris la mesure de qui j'étais, décrété que je n'étais pas du genre à péter les plombs, même poussé dans mes retranchements. Peut-être m'a-t-il parfaitement cerné depuis qu'il m'a abordé sur ce parking et que j'ai accepté de le suivre jusqu'ici.

En tout cas, je ne lui ai pas tiré dessus. Adossé au montant de la porte, je contemplais la lumière émanant de la cabane, les arbres se détachant sur le fond noir du ciel, les étoiles aussi perçantes que des aiguilles. J'ai inspiré profondément, tentant de vider toute cette saleté de mes poumons, de les remplir d'air pur.

Un bruit de lutte m'a fait me retourner vers l'intérieur de l'abri. Czarnecki se débattait pour dégager son bras, auquel le gamin s'accrochait.

« Lâche-moi, espèce d'enfoiré », grognait-il.

Je me suis levé et j'ai pointé le 45. « Faut que je tire ? ai-je demandé.

– Tu veux qu'il tire ? a hurlé Czarnecki. C'est ça que tu veux ? »

Le gamin a libéré son bras et reculé. Il a passé un doigt sur ses lèvres sanglantes et l'a léché, puis il a dévoilé sa dent en or dans un sourire plein de défi, avant de s'allonger de tout son long sur le lit de camp et de se tourner face au mur.

Czarnecki a éteint l'ampoule et nous sommes ressortis. Il a fermé la porte à clé.

« Il est sans doute temps de dégoter un nouveau chien de chasse, a-t-il déclaré, assez fort pour que le gamin entende. On garde pas une bête qui mord. »

Il a pressé un mouchoir contre l'entaille. Je lui ai tendu le calibre 45. « Apportez-le chez moi, a-t-il dit.

– Je suis essoré, ai-je répondu.

– Cinq minutes, a-t-il insisté. Venez vous asseoir avec moi pendant que je soigne cette coupure. »

J'avais du mal à garder les yeux ouverts, mais je l'ai suivi jusqu'à sa cabane.

Il s'est servi un whisky et a sorti une boîte de cigares qui faisait office de trousse de secours. Après avoir badigeonné l'entaille de teinture d'iode, il m'a demandé de poser un bandage autour. Mes doigts ont effleuré les cicatrices sur son bras – de petits vers roses lustrés disposés à intervalle régulier comme des poteaux de clôture – et j'ai retiré brusquement ma main, dégoûté.

Il a souri et, retroussant la manche de son autre bras, m'a montré la peau zébrée de balafres.

« Mon chapelet, a-t-il déclaré. Chacune est un mystère à contempler.

– Vous êtes croyant ? ai-je demandé.

– Je l'étais puis je l'ai plus été, mais je suis peut-être en train d'y revenir. Et vous ?

– Je crois en Dieu, ai-je répondu. Je crois que Jésus-Christ est mort pour nos péchés.

– Comment les vagabonds trouvent-ils leur place dans votre système ?

– Il y a des démons dans la Bible.

– Des démons, a-t-il répété. Donc les tuer ne vous posera pas problème ? »

C'est une question à laquelle je n'ai pas encore répondu pour moi-même, je m'en suis donc tiré par une pirouette : « Ce n'est pas ce que j'ai dit. »

Czarnecki s'est rassis au fond de sa chaise. « Voici une manière d'envisager la chose : avant Jésus, on se débarrassait du péché en faisant des sacrifices. À chaque offense commise, il suffisait de sacrifier un animal et de l'offrir à Dieu. Mais si un malheureux petit agneau permettait d'effacer de votre casier une mauvaise action, imaginez un peu combien le sacrifice d'un démon permettrait d'en rattraper. Vous seriez dans le vert en un rien de temps. »

Trop épuisé pour répondre, je me suis frotté les yeux.

« Vous êtes sûr que vous voulez rien boire ? a demandé Czarnecki.

– Non, merci. »

Czarnecki a siroté son verre. « Je comprends pas qu'on puisse vouloir vivre éternellement, à vrai dire. Même au paradis. Quand je mourrai, je veux dormir un million d'années. »

J'ai de nouveau été frappé par son apparence fragile lorsqu'il est au repos. Sa haine pour ces monstres qu'il pourchasse depuis si longtemps l'a desséché, ne laissant que des os cassants et une chair jaunâtre et tannée.

Un cliquetis de réfrigérateur m'a fait sursauter, et j'ai profité de cet élan pour me lever. Czarnecki n'a rien dit quand je suis sorti, il n'a même pas levé la tête.

Dans l'état d'épuisement où je me trouve, j'étais persuadé que j'allais m'endormir aussitôt couché sur le lit. Mais mon cerveau n'arrête pas de repasser en boucle ce que j'ai vu dans l'abri, si bien que je l'écris ici noir sur blanc – espérant, tel un criminel rongé de culpabilité, que le fait de mettre à nu mon âme m'apaisera l'esprit. Et maintenant, Seigneur, laisse-moi dormir.

28 juin 1976, Bishop, Californie

Après une longue nuit misérable, j'ai fini par m'assoupir à l'heure où le ciel s'éclaircissait et où les premiers oiseaux s'éveillaient. Quand je me suis redressé sur le lit, cinq heures plus tard, la fatigue s'accrochait encore à moi comme une toile d'araignée, mais j'avais les idées plus claires, l'impression de pouvoir mettre un pied devant l'autre sans tomber.

La banane que je gardais dans le carton qui me sert de cellier était devenue toute noire et gluante. Elle grouillait de fourmis, qui s'étaient faufilées à travers une fissure dans la peau pour s'attaquer à cette bouillie. La pomme juste à côté était intacte, alors je l'ai découpée en quartiers et mangée avec des cuillerées de beurre de cacahuète et une tasse de Nescafé froid.

La journée s'est vite réchauffée, et il a bientôt fait trop chaud pour pouvoir lire la Bible dans le van. J'ai installé ma chaise à l'ombre, dehors, et me suis posé là. Mes yeux n'arrêtaient pas de dériver vers l'abri de jardin, mes pensées vers la créature qui y était enfermée depuis près d'une décennie. J'ai soufflé net un bref élan de compassion en l'imaginant penché sur Benny comme je l'avais vu faire sur le bras de Czarnecki, buvant son sang.

J'ai écouté deux écureuils se disputer. J'ai regardé un nuage d'orage se gonfler au-dessus de l'horizon. J'ai ouvert ma Bible au hasard et posé mon doigt sur le texte, en quête d'un conseil. Le verset en question n'était d'aucune aide : une liste de noms, les fils de Noé, les fils de Japhet, les fils de Gomer... Et pendant tout ce temps, je m'attendais à voir Czarnecki sortir de la cabane, renifler, cracher et souffler sa fumée, mais il n'en a rien fait.

Vers midi, je me suis approché et l'ai appelé. Pas de réponse. La porte de la cabane était ouverte, mais la porte-moustiquaire fermée. J'ai grimpé sur la véranda et de nouveau crié son nom. Toujours pas de réponse. Le drapeau accroché près de la porte a claqué dans le vent, une fois, comme un coup de fouet. Un gros taon noir a tournoyé dans les airs avant de filer vers l'abri.

Posant mes mains en visière, j'ai jeté un coup d'œil à travers la moustiquaire, le nez pressé contre les mailles. Un carré de soleil était déployé sur le lit tel un édredon lumineux. Un autre se déversait de la table sur le plancher. Ces carrés de lumière ne faisaient que rendre plus sombre le reste de la pièce. J'ai dû plisser les yeux pour scruter la pénombre.

La première chose qui s'est peu à peu dessinée, c'était l'une des chaises que j'avais vues autour de la table. Elle gisait sur son dossier à présent, devant la cheminée. Le portant où étaient accrochés les ustensiles de celle-ci avait basculé lui aussi, et tisonnier, pelle et balai étaient éparpillés au fond de l'âtre. J'ai levé les yeux plus haut, l'effroi faisant comme un pétillement sombre dans ma poitrine – Czarnecki était là, à soixante centimètres du sol, pendu à une corde jetée par-dessus un chevron.

Je me suis précipité dans la cabane, mais il était trop tard. Le vieil homme était mort, et depuis un moment. L'une des extrémités de la corde était fixée à un crochet en acier vissé dans le mur, l'autre avait été lovée en un nœud coulant. Ça n'avait pas été une mort facile. Sa langue avait été presque tranchée à coups de dents.

« Espèce de salopard », ai-je lancé. Il m'avait refilé ses fardeaux – les vagabonds, la croisade de Mr Otto, le gamin –, et je n'étais pas sûr d'être assez fort pour les endosser. J'étais à deux doigts de marcher jusqu'au van et de m'en aller, de tourner le dos à tout ce cauchemar et de rentrer à la maison. Mais je ne suis pas ce genre d'homme – je crois que tu le sais, *baby*. Je l'espère, en tout cas.

Prendre du recul sur la situation était au-delà de mes forces à ce moment-là, si bien que je me suis concentré sur ce qui se trouvait devant moi. Il fallait s'occuper du cadavre de Czarnecki, sans faire intervenir ni police, ni médecin légiste, ni pompes funèbres.

Je suis allé chercher un couteau dans la cuisine, j'ai tranché la corde et descendu le corps. Il ne pesait quasiment rien. J'ai récupéré le sac de couchage sur le lit et zippé le cadavre dedans, j'ai trouvé une brouette dans la cour et m'en suis servi pour déplacer ce paquet. Des fleurs sauvages poussaient au pied du pin où j'ai creusé la tombe, dans les aiguilles séchées d'abord avant d'atteindre la terre dense. J'ai continué de creuser jusqu'à ce que le rebord de la fosse m'arrive à la taille, puis j'ai fait rouler le corps dedans et récité ce qui m'est revenu de la prière funéraire – la terre retournera à la terre, les cendres aux cendres, la poussière à la poussière.

Le soleil déclinait rapidement quand j'ai fini de reboucher la fosse et que j'ai étalé des aiguilles de pin pour effacer mes traces. De retour dans l'Econoline, je me suis allongé sur mon lit. J'avais peur de la bataille interne qui, j'en étais sûr, allait éclater à propos de ce qu'il convenait de faire à présent, mais je me suis endormi sans effort et ne me suis réveillé qu'après la tombée de la nuit.

Le gamin s'est retourné vers moi quand j'ai ouvert la porte de l'abri. Je suis entré, j'ai allumé la lumière et lui ai lancé les clés.

« Debout, ai-je ordonné en agitant le pistolet de Czarnecki.

– Où est le vieux ? » a-t-il demandé.

Je n'étais pas d'humeur à donner des explications. J'ai braqué le flingue sur lui, et j'ai dit : « On s'en va. Sors de là et marche jusqu'au camping-car. »

Il a défait sa chaîne de l'anneau, a ramassé son seau à excréments et a gagné le pick-up en traînant des pieds. Au moment où il s'asseyait dans la caisse, je lui ai donné un sandwich au thon.

« Merci, boss, a-t-il dit.

– Allonge-toi », ai-je ordonné, avant de fermer le couvercle.

Une heure plus tard, je filais plein sud dans la nuit, sur la 395, au volant du pick-up. Je ne sais pas encore où je vais, mais être en mouvement me semble une bonne idée. Je ne me projette pas encore trop loin dans l'avenir. Je ne pouvais pas rester chez Czarnecki, alors j'ai mis les bouts. Je ne pouvais pas laisser le gamin sur place, alors j'ai troqué l'Econoline contre le pick-up du vieil homme afin de pouvoir l'emmener. Voilà où en sont les choses, pour l'instant.

Au bout de quelques heures, j'ai quitté l'autoroute pour m'arrêter dans ce relais routier, à Bishop. Je suis garé en face des Sierras, les pics luisent dans la nuit alors que la lune n'est pas encore sortie, des champs de neige blanche qui brillent sur fond de granit bleu et de ciel noir. J'aimerais que tu puisses voir toute cette beauté.

Je vais me reposer ici dans la cabine, car je suis incapable de dormir dans le camping-car à côté du gamin. Il est mon problème suivant, et je vais bientôt devoir m'en occuper.

Bonne nuit, *baby*. Je t'aime.

CITATION DU JOUR : « Ne laissez pas la peur vous empêcher d'accomplir votre destin. Soyez un héros. Enfilez votre armure et chargez. Si vous vous donnez à fond, même l'échec est une victoire. »

Écouter, répondre, gagner : un nouveau chemin vers la réussite, Dr Christine Pellegrino

16

Le seul Bob qui reste reprend ses esprits, couché sur le dos, et le ciel nocturne se matérialise brusquement au-dessus de lui. Une demi-seconde plus tôt, il avait dix ans et nageait dans l'East River avec les gosses parmi lesquels il a grandi, Tommy Boyle pédalait dans l'eau en récitant un limerick.

« À Leeds un jeune homme a mangé
De graines un plein sachet
Des herbes par touffes entières
Ont germé dedans son derrière
Toutes ses couilles elles tapissaient »

Mais il est de nouveau en Arizona à présent et gît au pied d'une montagne, une pierre acérée lui maltraitant le foie. La douleur quand il redresse son bras gauche brisé avec le droit, encore valide, manque lui arracher un cri.

Il savait en sautant que la chute ne le tuerait pas, mais ce qui est certain, c'est qu'il n'a jamais été aussi près de mourir. Si ces connards là-haut venaient le trouver maintenant, tout serait terminé. Il serait incapable de se défendre. Il lève la tête pour scruter les alentours. Rien que des roches lunaires, des cactus rachitiques. Il s'efforce d'accélérer la régénération en se concentrant sur les endroits qui lui font le plus mal.

Une demi-heure plus tard, ses os sont suffisamment ressoudés pour qu'il puisse se lever. Il frappe le sol du pied pour tester ses jambes et se lance dans la descente. Il est à peine plus de minuit. Cinq heures avant l'aube. Il accélère le pas. La ville est encore loin.

Il arrive sur un sentier, le suit jusqu'à ce qu'il croise une piste cabossée, qu'il remonte jusqu'au bitume – la route qui retourne à Phoenix. Il marche sur le bas-côté, se baissant quand des voitures passent. Les distances ici sont trompeuses. Il aperçoit les lumières d'un ranch devant lui, estime qu'il faudra un quart d'heure pour l'atteindre. Une heure plus tard, les lumières sont plus éloignées que jamais. Son plan consistait à rentrer au motel par ses propres moyens, mais il craint d'avoir mal calculé son coup et de se retrouver à découvert au lever du soleil, de sorte qu'arrivé à un croisement, un carrefour au-dessus duquel clignote un feu orange, il se planque dans les taillis et attend.

Un pick-up roulant vers Phoenix approche. Bob s'avance sur la route devant lui, les mains en l'air. Avec son visage maculé de sang séché, c'est un cauchemar ambulant. Pourtant, le pick-up s'arrête.

« Qu'est-ce qui vous est arrivé ? demande le conducteur.

– Je me suis vautré à moto », répond Bob. Il se rapproche de la portière en faisant semblant de boiter. Le conducteur est un gamin avec une coupe en brosse et d'épaisses lunettes. Il porte un pantalon blanc et un tee-shirt blanc à l'effigie de la marque de produits laitiers Danziger.

« Vous êtes blessé ? demande le jeune.

– Je suis amoché, mais je survivrai, répond Bob. Mais ma moto est bousillée. Si tu pouvais me ramener en ville, ça m'aiderait.

– Je vais au travail », dit le gamin.

Bob sort un billet de vingt dollars de sa poche. « Dépose-moi devant le premier téléphone public.

– Gardez votre argent, dit le jeune. Montez derrière. »

Bob grimpe sur la plateforme en enjambant le hayon. Une fois qu'il a le dos calé contre la cabine, le gamin redémarre. Le carrefour rapetisse derrière eux, jusqu'à ce que Bob ne distingue plus que la palpitation indistincte du feu. Pour la première fois depuis le combat, il pense à l'autre Bob. *Repose en paix*, lui lance-t-il. *Tu seras vengé.*

Le gamin s'arrête dans une station-service. Bob saute du pick-up et marche vers sa vitre pour le remercier, mais il est déjà reparti. L'employé de la station dort derrière le guichet, la tête posée sur ses bras croisés. Bob se dirige vers la cabine téléphonique, trouve le numéro de l'Apache Motel dans l'annuaire et glisse une pièce de dix cents dans la fente. Le gardien de nuit le met en relation avec la chambre d'Antonia et Elijah. Antonia décroche.

« Bob a été réduit en poussière, lui annonce Bob.

– Réduit en poussière ? » À son ton, on dirait qu'elle croit qu'il plaisante.

« On est tombé dans une embuscade, et il s'est fait buter.

– Buter par qui ? Et où ?

– C'est pas le moment d'entrer dans les détails.

– Nous aussi, nous sommes en danger ?

– J'en ai aucune idée, putain, mais si c'est le cas, vaut mieux que vous m'ayez avec vous là-bas, alors maniez-vous d'envoyer quelqu'un me récupérer. »

Elijah et Pedro viennent le chercher. Ils regagnent le motel et tous se réunissent dans la chambre d'Antonia et Elijah pour écouter ce qui s'est passé.

« On était à l'endroit où on comptait se nourrir, commence Bob. Un vagabond et une fille pas muée ont essayé de nous piquer le gosse, mais je les ai pris la main dans le sac. »

Il leur raconte comment le type lui a stoppé le cœur avec sa lame – un coup chanceux –, comment Bob l'a ramené à la vie, mais il est quand même arrivé trop tard, ensuite, pour l'empêcher de se faire réduire en poussière. Il leur raconte son combat contre le vagabond qui a tué Bob et l'autre vagabond qui l'accompagnait, qu'il a lui-même failli se faire désintégrer avant de s'échapper en sautant dans le vide du haut de la montagne.

Une fois son récit terminé, il réclame une clope. Johnny Kickapoo lui tend un paquet de Lucky Strike.

« Qu'est-ce qui s'est passé ensuite ? interroge Antonia.

– Je suis resté allongé là jusqu'à ce que je sois remis, puis je suis revenu ici.

– Tu ne les as pas revus en chemin ?

– Ni de près ni de loin.

– Tu les reconnaîtrais si tu devais les recroiser un jour ?

– Les enfoirés qui ont liquidé mon meilleur ami et ont fait tout ce qu'ils ont pu pour me faire subir le même sort ? Ouais, je les reconnaîtrais. »

Les Démons sont survoltés, assoiffés de vengeance, prêts à enfourcher leurs bécanes et à mettre la ville à feu et à sang pour retrouver les racailles qui ont tué leur compatriote, mais il est déjà 4 heures du matin – dans une heure à peine, ce sera l'aube.

« On va élaborer un plan et on se mettra en chasse ce soir dès que le soleil sera couché, annonce Antonia.

– Moi, j'attends pas, déclare Bob. Qui veut bien me prêter sa moto ?

– Prends la mienne, offre Johnny.

– Je vais avec toi, dit Pedro.
– Non, réplique Bob. J'irai seul. »

Il remonte East Van Buren et son enfilade de motels crasseux, ceux qui louent leurs chambres à l'heure et passent des films pornos sur leurs télés. Il n'y a quasiment pas un chat dans la rue. Un énergumène shooté aux amphétamines chassant de la main des insectes imaginaires, deux alcoolos en train de se battre sous un cactus en néons, un flic sortant de sa voiture de patrouille pour faire une pause dans un *diner*. Pas de vagabonds.

Un squelette aux cheveux noirs titubant sur le trottoir lui fait relâcher les gaz. Elle ressemble à la fille de la montagne. Comme il passe au ralenti, elle baisse le col de son tee-shirt pour lui montrer ses seins et il comprend qu'il s'agit juste d'une prostituée lambda, accro à la dope. Il a envie de la tuer quand même, envie de voir mourir quelqu'un. Le problème, c'est que le soleil va se lever avant qu'il ait pu la liquider et se débarrasser du corps.

N'empêche, il se range au bord du trottoir et attend qu'elle le rattrape.

« Salut, Papa, dit-elle.
– Salut, beauté.
– Tu veux t'amuser un peu ?
– Tu veux mourir ? »

La prostituée a un mouvement de recul. « Casse-toi de là, *man*, avant que j'appelle les flics ! » hurle-t-elle.

Bob redémarre en faisant rugir sa bécane, la laissant le couvrir d'injures.

Il est de retour dans sa chambre juste avant le lever du jour. Comme il s'allonge sur son lit, le téléphone sonne.

« Ça donné quelque chose ? demande Elijah.

– Nan.
– On les chopera cette nuit, t'inquiète. »

Elijah raccroche et tire un peu plus les rideaux pour empêcher le soleil levant d'entrer. Antonia est en train de lire sur le lit. Toujours le nez fourré dans un bouquin, ce qui ravit Elijah. Il voit cela comme quelque chose d'unique chez elle, puisqu'il n'a jamais connu personne qui lisait pour le plaisir, de toute sa vie.

Et cette vie a été longue. Il est le plus âgé des Démons, né en 1757 à Madrid sous le nom de Diego Mateo Casal. Son père était un riche marchand et confident du roi, mais le seul souvenir qu'Elijah garde de son enfance, c'est l'apprentissage de la chasse. Sanglier, cerf, mouflon, faisan… Jusqu'à sa mue, traquer le gibier fusil en main a été sa grande passion, et encore aujourd'hui, il trouve amusant qu'un homme qui vivait jadis pour la chasse se retrouve à chasser pour vivre.

Il a fini par travailler pour son père, qui l'a envoyé à La Nouvelle-Orléans et lui a confié la direction du comptoir que l'entreprise familiale y avait établi. Il a commencé à fréquenter une bande d'expatriés débauchés, notamment une Créole un peu dérangée, sauvage, une vagabonde qui l'a initié à l'opium et l'a persuadé de muer. Elle s'est suicidée un an plus tard, sous le coup d'une violente montée de drogue, en se jetant par la fenêtre de leur chambre dans la cour inondée de soleil, en plein midi, et il a fui La Nouvelle-Orléans endeuillé, désavoué et en butte aux soupçons. Il a changé de nom et erré dans les bourgs naissants, les villes en plein essor, les étendues sauvages sans fin de ce pays neuf qu'étaient alors les États-Unis d'Amérique. Il a rencontré Antonia à Boston en 1842. C'était la vagabonde la plus intelligente et la plus belle qu'il avait jamais croisée et, depuis cet instant, ils sont inséparables.

« Bob n'a pas retrouvé les hommes qui l'ont attaqué, lui dit-il.

– Tu pensais qu'il les retrouverait ? réplique-t-elle. Ils ont sans doute quitté la ville aussitôt après.

– Il faut que nous passions au moins une nuit à chercher, si on veut que lui et les autres continuent de filer droit.

– Ils adorent rabâcher leurs histoires de loyauté, pas vrai ? fait remarquer Antonia. Un pour tous et tous pour un, tout ça, qu'ils sont prêts à mourir pour le gang… »

Elijah s'assoit à côté d'elle sur le lit. « C'est ce que tu ressentais aussi, quand on a commencé ce truc, dit-il.

– Et encore aujourd'hui, la plupart du temps, je me sentirais mal si je tournais le dos à l'un d'entre eux.

– Il y a une raison pour laquelle nous devons retrouver les tueurs : si le bruit se répand que nous avons laissé quelqu'un réduire en poussière l'un des nôtres en restant impuni, ça donnera l'impression que nous sommes devenus faibles – suffisamment pour donner envie à d'autres de s'en prendre à nous. Il faut que les gens continuent de nous craindre. C'est ce qui fait notre force.

– Personne n'aurait peur de nous si les gens savaient à quel point les fameux Démons ont été proches de se déchirer, ces derniers jours, combien il en faut peu pour que nous nous sautions à la gorge.

– N'empêche, ce n'est pas le moment de les laisser tomber, dit Elijah. Nous devons régler ce problème, on leur doit au moins ça. Ça fait un bail qu'on roule ensemble. »

Antonia s'esclaffe. « Tu sais ce que c'est, ton problème ? dit-elle. T'es trop sentimental. »

Elijah lui arrache le livre des mains et lui grimpe dessus. Il lui plaque les poignets contre le matelas et l'embrasse fougueusement. « C'est moi que tu traites de sentimental ? »

17

Jesse s'arrête à Flagstaff pour refaire le plein. Il aimerait pousser plus loin, mettre davantage de kilomètres entre les Démons et eux, mais il est déjà 3 heures du matin. Ils pourraient atteindre Tuba City avant l'aurore, mais se retrouveraient en péril s'ils n'y trouvaient pas de chambre libre. Mieux valait jouer la sécurité et rester terrés là jusqu'au lendemain soir.

« Tu connais un motel correct ? demande-t-il au gamin qui nettoie les insectes sur le pare-brise de la Grand Prix.

– Y a le Spur un peu plus loin, articule le gamin autour de sa chique de tabac. Il est pas cher et plutôt propre. »

Edgar et Johona reviennent des toilettes de la station-service. Edgar réclame de la monnaie pour le distributeur de bonbons. Jesse lui dit de monter dans la voiture. Johona s'étire en bâillant. Elle s'est calmée au cours des dernières heures, a eu le temps de bien réfléchir à toute cette histoire.

Jesse lui demande si elle est fatiguée.

« Je n'arrête pas d'être réveillée par de mauvais rêves, répond-elle.

– On va se poser ici. Tu te reposeras mieux dans un lit. »

Ils prennent une chambre au motel et se rendent au *diner* d'à côté. Il a une déco d'inspiration western : lambris de pin noueux aux murs, cornes de vaches fixées au mur derrière la caisse. Le petit déjeuner spécial de la maison a pour nom le « Rassemblement du Troupeau ». Jesse, Edgar et Johona sont les uniques clients.

« Rentrés tard ou levés tôt ? interroge la serveuse en remplissant leurs tasses de café.

– On roule de nuit pour éviter la chaleur, répond Jesse.

– Pas bête. Qu'est-ce que je vous sers ? »

Œufs, pancakes, saucisses, biscuits – ils commandent plus de nourriture qu'ils ne peuvent en manger, et la dévore plus vite qu'ils ne devraient. Quand Jesse n'en peut plus, il se rassoit au fond de sa chaise, contemple le parking vide et l'autoroute déserte. Il hait ces lampadaires orange qui ont peu à peu remplacé les lampes blanches d'autrefois. Leur éclat engloutit la couleur de tout le reste et met le feu à son esprit.

« On est à combien de Denver ? interroge Johona.

– Dix, onze heures, répond Jesse. Il faudra qu'on fasse une autre étape, sans doute à Albuquerque.

– On passera devant la réserve, dit Johona. J'ai de la famille là-bas. Ma grand-mère et mon grand-père, *shimá sání* et *shicheii*. Je devrais te demander de me déposer chez eux. Si des *bikers* se pointent là-bas, mes cousins leur referont le portrait. »

Elle veut paraître dure mais est trop fatiguée pour que cela soit convaincant. Mâchouillant sa lèvre du bas, elle laisse traîner sa fourchette dans une mare de jaune d'œuf. C'est quand elle est comme ça, sans masque, naturelle, qu'elle ressemble le plus à Claudine.

« Tu parles navajo ? demande Jesse.

– *Diné*, corrige-t-elle. La langue, c'est le *diné*. Ma maman a essayé de m'apprendre, mais c'était pas mon truc. J'ai choisi français à la place.

– Alors dis-moi quelque chose en français, répond Jesse, pas sûr d'avoir vraiment envie qu'elle le fasse, pas sûr de pouvoir le supporter.

– *Je t'aime*[1], dit-elle et il voit Claudine lui murmurant ces mots.

– Tu sais ce que ça veut dire ? demande Johona.

– Non, ment Jesse.

– C'est *I love you* en français. »

Edgar ouvre un pot de *jelly* et en gobe bruyamment le contenu.

« Arrête ça, dit Jesse, heureux de cette diversion.

– C'est bon, réplique Edgar en faisant glisser un pot vers lui sur la table. Goûte.

– On a une dame avec nous, dit Jesse. Comporte-toi comme un gentleman.

– Toutes mes excuses, miss Johona », dit Edgar en hochant courtoisement la tête. Il ne tient pas longtemps, se met à glousser. La chanson du film *Le Convoi* passe à la radio derrière le comptoir, et il chante en chœur. « *Breaker, 1-9, Ici Rubber Duck...* »

Dehors, les étoiles disparaissent les unes après les autres. Jesse sent le jour s'approcher en douce.

Edgar et Johona prennent les lits, et Jesse se couche par terre avec une couverture et un oreiller. Cette longue nuit l'a épuisé. À peine a-t-il fermé les yeux qu'il s'endort. En guise de dédommagement pour tout ce qu'il a traversé, il se retrouve une nouvelle fois à marcher sur sa route en plein désert, à rêver son rêve.

Il voit une tornade de poussière tourbillonner, un lézard détaler sur le sable. Cette fois, un faucon décrit des cercles

1. En français dans le texte.

dans le ciel, son ombre croisant et recroisant la route devant lui. *Jesse.* Une voix crie son nom. Il se retourne. *Jesse.*

Le rêve s'estompe, et Johona est accroupie près de lui.

« Je flippe, dit-elle. Viens me parler un peu. »

Il hésite. Son faible pour elle les a déjà conduits à ça, à s'enfuir pour sauver leur peau, et la dernière chose dont il a besoin, c'est qu'il se passe quelque chose qui viendrait encore compliquer la situation. Il a un plan, et il s'y tiendra : la déposer à la gare routière de Denver et l'oublier. Mais alors, elle pose ses lèvres contre son oreille et murmure : « S'il te plaît », et la résolution de Jesse chancelle puis s'effondre.

Il jette un coup d'œil à Edgar, qui ronfle paisiblement, Abby couchée entre ses jambes, va vérifier pour la cinquième fois que la porte est bien verrouillée, puis grimpe sur le lit. Il avait l'intention de maintenir un peu de distance entre eux, mais Johona tire sur son bras pour le passer autour d'elle et pose la tête sur sa poitrine. Le poids de Johona, son odeur, sa chaleur font remonter tant de souvenirs qu'il n'est pas sûr de pouvoir le supporter.

« C'est pas des mensonges, hein, ces histoires de vagabonds ? demande-t-elle.

– Tu as vu cet homme se changer en poussière, répond-il.

– Ç'aurait pu être une sorte de tour. »

Une fine bande de lumière solaire flamboie entre le rideau et le montant de la fenêtre. « Regarde », dit Jesse, et Johona lève la tête tandis qu'il glisse son doigt dans le faisceau. Le corps de Johona se raidit et la puanteur de la chair en train de brûler lui fait plisser le nez. Jesse lui montre le doigt calciné, qu'elle contemple, les yeux écarquillés, tandis qu'il se reconstitue. Une fois qu'il est comme neuf, elle s'en empare et l'étudie de près.

« C'est tellement bizarre, putain, souffle-t-elle en attrapant ses cigarettes. Donc t'as quel âge, en fait ?

– Je suis né le 30 août 1876, répond Jesse. Et Edgar, le 8 décembre 1883.

– T'as vécu tellement de trucs…

– J'étais trop occupé à veiller sur Edgar pour prêter attention au reste.

– Ça fait cent ans. Tout a changé. Il y a des voitures, des avions, la télé…

– Ouais, mais les gens sont restés les mêmes. Ils continuent de mentir, de voler, de s'entre-tuer. »

Johona frotte une allumette et l'approche d'une clope. « Y a un prédicateur qui dit que la fin du monde est pour l'année prochaine.

– Il y en a toujours un pour dire ça, réplique Jesse. Faut pas écouter ces bêtises.

– T'es cynique. C'est parce que t'es Vierge.

– Écoute pas ces conneries non plus. »

Deux hommes passent devant la fenêtre, se demandant tout haut si le magasin d'alcool est déjà ouvert et combien de bières acheter. Edgar se retourne sur le lit et Abby grimpe sur son dos en léchant une de ses pattes.

« Et Claudine, alors ? » demande Johona.

Jesse se tend. « Quoi ?

– C'était une vagabonde, elle aussi ?

– Oui.

– Et la dernière fois que tu l'as vue, c'était il y a combien de temps ?

– Soixante-douze ans. »

Quelqu'un tire la chasse d'eau dans la chambre voisine et se laisse retomber sur son matelas. La tête de lit cogne le mur. Johona croise ses jambes et pose un cendrier en équilibre sur un genou, elle reste assise là à fumer en méditant la chose.

« Tu sais où elle est maintenant ? demande-t-elle.

– Elle est morte », répond Jesse.

Il avait l'intention d'en rester là, mais à présent qu'il s'est mis à parler, plus moyen d'arrêter. Claudine et lui ont pris la route après qu'elle l'a mué, et il a vu plus de pays qu'il n'en avait jamais rêvé. En chemin, elle lui a appris à survivre en tant que vagabond – comment chasser, de qui se nourrir, quand se planquer, quand s'enfuir. Au bout de quatre années ensemble, son amour pour elle était toujours aussi incandescent qu'au premier jour. Pas un seul instant il n'a regretté d'avoir mué, n'a jamais pleuré sa vie d'avant.

Durant l'été 1904, à court d'argent, ils ont rejoint la foire itinérante à laquelle appartenait Claudine quand ils s'étaient rencontrés. La fille de son propriétaire était une vagabonde, et cette foire était un refuge pour Claudine, et pour d'autres comme elle. Claudine gérait son affaire de diseuse de bonne aventure, Jesse travaillait comme manœuvre.

Cela faisait deux mois qu'ils voyageaient avec la caravane quand celle-ci s'est installée à Hot Springs, Arkansas. Claudine avait besoin de se nourrir mais s'efforçait de tenir jusqu'à ce qu'ils atteignent une plus grande ville, où la chasse serait plus facile et moins risquée. Mais lors de leur deuxième nuit à Hot Springs, une proie potentielle a attiré son attention : un ivrogne en salopette et bottes crottées qui avait été expulsé manu militari de la tente de hoochie-coochie pour avoir craché sur une des danseuses.

Claudine a décidé de traquer cet ivrogne et de lui sauter dessus si l'occasion se présentait. Jesse trouvait cela trop dangereux, mais elle a refusé d'écouter. Elle avait sous-estimé sa faim et ne pouvait attendre plus longtemps. Très bien, alors, a concédé Jesse, mais il l'accompagnerait.

Ils se sont glissés en douce hors de la foire et ont retrouvé l'ivrogne en train de pisser sur un tronc d'arbre. Tandis qu'ils le suivaient, l'homme chantait en titubant et se disputait avec lui-même. Sous l'éclat de la lune, tout était d'une blancheur d'ivoire, ou du noir le plus absolu. Cela faisait plus d'un kilomètre qu'ils marchaient quand l'ivrogne s'est écarté de la grand-route pour s'engager sur un chemin étroit envahi par les herbes qui descendait à travers une épaisse forêt dont les cimes entrelacées formaient comme un tunnel au-dessus d'eux. La lumière de la lune perçait à peine cette canopée, juste assez pour moucheter le sol.

Jesse a offert à Claudine de liquider l'homme pour elle, mais elle a sorti son couteau et s'est éloigné au petit trot pour aller le tuer elle-même. Rapidement, sans bruit, elle a rattrapé l'ivrogne au milieu d'une petite clairière inondée de lumière. Tout se déroulait comme prévu jusqu'à ce qu'une branche craque sous son pied au moment où elle brandissait son couteau en arrière – l'homme s'est retourné brusquement et a esquivé le coup.

« Au secours ! a-t-il dit. Au secours ! »

Claudine lui a sauté sur le dos et son cri s'est étouffé en un gargouillis quand elle lui a tranché la gorge. Elle est retombée à cheval sur lui lorsqu'il s'est effondré, a collé sa bouche à la plaie qui giclait. L'homme s'est débattu, mais dans sa soif de sang, la force de Claudine faisait plus qu'égaler la sienne.

Des pas se sont approchés soudain sur le chemin et une voix a hurlé : « Jim ! Fais-toi entendre, mon gars ! » Trois hommes se sont avancés dans la clairière, avec lanternes et fusils.

« Putain, qu'est-ce que… ?

– Elle a zigouillé Jim. »

Claudine s'est relevée d'un bond, et le fracas d'une détonation a retenti. Dans l'éclat de la flamme jaillie du canon, Jesse a entraperçu Claudine qui volait dans les airs. Les plombs de chevrotine l'ont déchiquetée, la cisaillant presque en deux. Elle est retombée dans l'herbe et Jesse s'est précipité vers elle. Les deux autres hommes ont tiré à leur tour. Une décharge lui a broyé le bras gauche, l'autre l'a frappé en pleine poitrine. Après une douleur atroce qui a duré un instant, il a perdu connaissance.

Jesse s'arrête là, ne peut aller plus loin.

« J'ai rien pu faire pour la sauver, dit-il.

– Je suis désolée, souffle Johona. Je te demanderai plus rien sur elle. »

Jesse parvient à se rendormir, cette fois d'un sommeil sans rêve. Il n'a aucune idée du temps qui a pu s'écouler quand un bruit de serrure le fait se redresser, aussi réveillé que s'il n'avait jamais fermé les yeux. Johona est en train de batailler avec la chaîne de la porte. Dehors, le soleil brille encore.

« Je vais chercher un truc à manger, dit-elle.

– Faut qu'on reste planqués, répond Jesse. Les Démons.

– Je croyais que t'avais dit qu'ils pouvaient pas sortir en plein jour ? Je vais juste acheter un paquet de Fritos et du Coca.

– Il y a des bonbons sur la table et un peu de viande séchée.

– J'ai besoin de cigarettes, aussi. »

Jesse hésite, ne sachant s'il doit insister.

« Je reviens dans cinq secondes », dit Johona. Elle ouvre la porte et prend soin de bloquer les rayons du soleil avec son corps en se glissant dans l'entrebâillement.

À peine est-elle partie que Jesse se maudit de l'avoir laissée sortir, craignant de lui avoir trop fait confiance. Il fait les cent pas dans la chambre, songeant à toutes les manières dont elle pourrait le trahir. Son anxiété cède la place au soulagement quand elle toque à la porte dix minutes plus tard en murmurant : « C'est moi. »

« Je t'ai pris ça, dit-elle en lui tendant une paire de lunettes de soleil miroir.

– Qu'est-ce que tu veux que j'en fasse ?

– Certaines personnes les portent la nuit. »

Il enfile les lunettes.

« Non, mais regarde-toi, commente Johona. Joe Cool.

– Joe Cool, répète Jesse. Si c'est comme ça, OK. »

Ils s'allongent sur le lit et Johona lui raconte son enfance à Phoenix, papotant jusqu'à s'endormir au beau milieu d'une anecdote. Il se recroqueville autour d'elle et enfouit le nez dans ses cheveux. Il n'aurait pas dû retourner au bowling, n'aurait pas dû l'emmener en ville après. Sa ressemblance avec Claudine a brouillé son jugement et maintenant, voilà qu'ils se retrouvent dans une situation impossible avec les Démons.

Il repense à la menace proférée par le *biker* avant de sauter dans le vide, à cette histoire de moto volée et aux autres récits effrayants qu'il a entendus, et sait que même s'il met Johona dans un bus pour Los Angeles, elle ne sera jamais totalement en sécurité. Pas plus qu'Edgar et lui. Ils devront à tout jamais surveiller leurs arrières, de peur que les Démons ne les rattrapent. Et une nuit, ils les rattraperont.

Mais peut-être existe-t-il une autre solution – une alternative à cette fuite éperdue de planque en planque, qu'il est trop déboussolé et paniqué pour voir. Ce qu'il faudrait, c'est en parler à quelqu'un qui aurait les idées plus claires, quelqu'un qui serait capable d'analyser le pétrin dans lequel il s'est mis et de l'aider à concevoir un plan pour s'en sortir. Ce qu'il doit faire, c'est appeler Beaumont.

Monsieur Amadu Beaumont est né en Afrique, et c'est aussi là-bas qu'il a mué. Il prétend avoir connu Jésus-Christ, Attila le Hun et William Shakespeare ; vécu dans nombre de pays qui n'existent plus aujourd'hui ; et parler trois langues disparues. Il est également connu pour être le plus ancien vagabond encore en vie, ce qui fait de lui une figure respectée de ceux qui ont mué. Espérant profiter de son expérience et de sa sagesse, les vagabonds viennent le trouver en quête de conseils, le considèrent comme un mentor, un juge et un sage.

Claudine l'a présenté à Jesse à Saint-Louis en 1903, un an avant de mourir. Beaumont et elle avaient voyagé ensemble à travers l'Europe avant qu'elle ne parte vivre aux États-Unis, et après avoir écouté ces deux-là s'extasier de leurs aventures, Jesse les a soupçonnés d'avoir été amants. Il a posé la question à Claudine, mais celle-ci lui a répondu sur le ton de la plaisanterie : « Comment oses-tu ? Ne sais-tu pas que je n'ai connu aucun homme avant toi ? » Ce qui est vrai, en revanche, c'est que lorsque Jesse a revu Beaumont à La Nouvelle-Orléans, aux alentours de 1920, et lui a appris que Claudine avait été réduite en poussière, l'homme a pleuré comme un enfant.

Edgar et Jesse lui ont rendu visite deux ou trois fois depuis, la dernière remontant à vingt ans, lors d'un passage à Las Vegas, où Beaumont vivait depuis un certain temps. Ils s'étaient donné rendez-vous dans un bar, et Beaumont a passé toute la soirée à se remémorer Claudine, éclatant de nouveau en sanglots alors qu'il la décrivait en train de danser sur une plage en Espagne. Ses souvenirs ont brusquement rouvert la porte du passé de Jesse qui, pendant des mois, n'a cessé d'être tourmenté par des images de Claudine. Ne voulant pas risquer de revivre pareille angoisse, il n'a jamais recontacté Beaumont.

Mais maintenant, il a besoin de ses conseils.

Il quitte la chambre au coucher du soleil, marche jusqu'au téléphone à pièces du motel et compose le vieux numéro du vagabond légendaire. Au bout de trois sonneries, une voix grave à l'accent français répond : « Allô ? »

Amadu Beaumont.

« Cela faisait combien de temps ? interroge Beaumont une fois que Jesse s'est identifié.

– Vingt ans, répond Jesse.

– Trop longtemps, bien trop longtemps. Que me vaut le plaisir d'avoir enfin de vos nouvelles ? »

Jesse est mal à l'aise au téléphone, il n'a jamais réussi à s'y faire, et s'efforce donc d'écourter la conversation. Il demande à Beaumont s'il a entendu parler des Démons.

« Le gang de motards ? J'ai eu vent des bruits qui courent, oui. »

Jesse lui raconte ce qui s'est passé à Phoenix et explique qu'il l'appelle dans l'espoir que Beaumont saura l'éclairer sur la meilleure manière de résoudre cette situation.

« C'est une affaire sérieuse, déclare Beaumont. Il va falloir que j'y réfléchisse. D'où m'appelez-vous ?

– Flagstaff, répond Jesse.

– Venez donc ici, à Las Vegas. C'est un bon endroit où se cacher, et nous pourrons nous voir en personne pour discuter de tout cela.

– Je vous appelle dès que nous serons sur place, dit Jesse. Merci de votre aide.

– Remerciez Claudine, réplique Beaumont. Je fais ce qu'elle aurait voulu, rien de plus. »

Jesse raccroche et enfile les lunettes noires que Johona lui a offertes. Il se sent mieux. Pas bien, mais mieux. Vegas n'est qu'à quatre heures de route et au moins, maintenant, ils roulent vers quelque chose au lieu d'en fuir une autre.

18

Jesse a changé de plan. On va plus à Denver mais à Las Vegas voir Monsieur Beaumont. Tu te souviens de Monsieur Beaumont ? m'a demandé Jesse. Monsieur Beaumont, c'est un ami à moi. Il aime bien m'écouter chanter. On est allés le voir à La Nouvelle-Orléans et à Las Vegas. Il avait un perroquet qui disait des trucs en français.

Monsieur Beaumont va aider Jesse à savoir ce qu'il doit faire avec les Démons. C'est ce que Jesse a dit à Johona pendant qu'on mangeait au Denny's. Et moi alors ? fait Johona. Jesse dit que Monsieur Beaumont va essayer de l'aider aussi, donc elle devrait venir avec nous. Quoiqu'il arrive, il dit, ça te fera un voyage en bus plus court jusqu'à L.A. Johona fait semblant de retourner tout ça dans sa tête mais je vois bien qu'elle est contente que Jesse la garde avec lui. Chaque fois que je lève les yeux elle le touche ou bien il la touche et ils s'occupent pas de moi.

Je me mets à singer tout ce qu'ils disent. Je fais ça de plus en plus fort jusqu'à ce que Jesse me dise d'arrêter. Je suis pas ta chérie, je dis, je porte pas malheur. Fais gaffe à ce que tu dis, fait Jesse, et Johona nous demande de nous calmer.

On part pour Las Vegas. Je prends la place du mort avec Abby sur mes genoux et je compte les voitures déglinguées.

Johona demande à Jesse d'allumer la radio et il le fait. Si c'était moi il aurait dit non. Wolfman Jack passe *Duke of Earl* passe *Honeycomb* passe *Maybe Baby* de Buddy Holy.

D'un seul coup Johona fait, Pourquoi tu laisses pas conduire Edgar ? Jesse répond, Pas sûr que ce soit une bonne idée. Johona dit, Y a presque personne sur la route. Elle fait, T'as envie de conduire hein Edgar ? Peut-être qu'elle plaisante alors je dis, De toute façon Jesse voudra pas. Bien sûr que si, dit Johona. Tu feras attention ? dit Jesse. Cinq sur cinq, vieux, je lui fais.

On arrive à Kingman et Jesse s'arrête dans une station-service. Il me fait vérifier l'huile. Il me fait vérifier les pneus. Finalement il dit, À toi de jouer, et il me file les clés. Je m'assois sur le siège conducteur et je démarre le moteur. Phares allumés, je fais et je tire sur le bouton, frein débloqué. J'appuie sur la pédale d'embrayage je pousse le levier sur 1 et j'entre sur l'autoroute. Je mets les gaz et je pousse le levier sur 2 et puis sur 3. Pas plus de cent, dit Jesse. Compris Cap'taine, je fais.

Je conduis jusqu'au Nevada et je traverse le barrage Hoover. Je roule doucement quand il faut et vite quand il faut. Je garde la voiture entre les lignes même quand ça se rétrécit. Jesse me fait tourner sur le parking d'un casino près du lac Mead. Il nous dit de l'attendre pendant qu'il entre à l'intérieur. Johona me demande ce qu'il fabrique. Je lui dis qu'il va se faire des poches. Ça veut dire quoi, ça ? elle demande. Il pique des portefeuilles, je réponds, on a besoin d'argent. Oh, elle fait.

Jesse revient et me dit de m'asseoir sur l'autre siège parce qu'il va conduire maintenant. On fait le tour du lac et on dirait que les étoiles flottent dessus. Et puis c'est Las Vegas. On roule super doucement sur le Strip. Y a des lumières de toutes les couleurs, je connais même pas tous les noms. Elles gambadent comme des souris autour des enseignes et sur le côté des bâtiments. Jesse baisse les vitres et Johona passe la tête dehors et braille comme Wolfman Jack.

Jesse se met à côté de moi au motel et me laisse réserver la chambre. Je fais tout comme il faut. Il a même pas besoin de parler. Une fois qu'on rentre dans la chambre il retourne ses poches et étale sur le lit son butin du casino. T'as vraiment volé tout ça ? demande Johona. Qui t'as raconté ça ? répond Jesse, je l'ai gagné. Johona sait qu'il ment mais elle s'en fiche. Il compte les billets. T'as ramassé combien ? demande Johona. Presque deux cents, dit Jesse. Alors on va pouvoir sortir et s'amuser un peu ? fait Johona. Juste pour manger un bout, dit Jesse, faut qu'on fasse attention. Moi je dis hot dogs, et Johona dit pizzas. Jesse dit qu'on mangera des hot dogs demain soir. C'est elle et lui contre moi.

La pizzéria est pleine de gens bruyants. Jesse me laisse jouer au flipper et regarde le gars faire la pâte. Moi mes parts je les mange en épluchant le fromage et en léchant la sauce sur la croûte. Jesse et Johona parlent de Monsieur Beaumont. Jesse va le voir demain soir. Je lui ai parlé de toi, il dit à Johona. Il veut que je t'emmène.

Un garçon à une autre table nous regarde. Je fais une vilaine grimace mais il continue. Je tire la langue et il me fait un doigt d'honneur. Je peux pas laisser passer ça. Je prends un couteau et je dis, Fais attention à ce que tu fais sinon je coupe ton putain de doigt. Son père veut se bagarrer. Jesse se met entre nous et dit qu'il est désolé dit que je suis simple d'esprit. Le papa du garçon dit que je devrais pas sortir si je sais pas bien me comporter.

Jesse me dit de bouger mon cul et d'aller m'asseoir dans la voiture, il arrête pas de me pousser et de me dire que je suis vraiment stupide. Johona essaie de le calmer. C'est pas si grave, elle dit, l'autre était un sale gosse. J'arrête de marcher et je me mets à pleurer. Je suis pas stupide. Je suis pas simple d'esprit. Bouge de là ou je te colle une raclée, dit Jesse. C'est pas une manière de se parler entre frères, fait Johona. On est debout devant des machines à sous. Elle sort une poignée de pièces de vingt-cinq cents. Tu tentes ta chance ? elle me dit. Arrête de pleurer et t'auras ces pièces.

Elle me laisse choisir la machine. Je prends la Star-Spangled Sevens. Je mets une pièce de vingt-cinq et je tire sur le levier. Un sept rouge sort un sept blanc et rien d'autre. Faut avoir trois sept pour gagner quoi que ce soit. Je mets une autre pièce encore une autre et puis une autre et je perds à chaque fois. J'ai pas de chance. J'ai jamais eu de chance. Je mets ma dernière pièce et je tire. Allez, fait Johona, le gros lot.

Clic clic clic. Un sept rouge un blanc et un bleu. La machine se met à brailler et des tas de pièces de vingt-cinq cents tombent en bas. Je crie de joie et Johona crie de joie et même Jesse fait un sourire. C'est là que le noir tombe comme une cagoule sur ma tête comme quand j'ai vu le Rital dans la mine. Là je vois Jesse en train de marcher sur une route au lever du soleil. En train de marcher sans avoir peur d'être tout brûlé. L'image s'en va aussi vite qu'elle est venue.

Je dis à Jesse, Je t'ai vu dans le désert. De quoi tu parles ? il fait. Tu te souviens du Rital ? je réponds. Je viens juste de te voir marcher en plein jour. Jesse me regarde bizarrement. T'as fait un genre de rêve, il dit.

Je sais qu'il faut être en train de dormir pour rêver mais je laisse tomber. Je mets les pièces dans un gobelet et Johona m'emmène voir la dame de la caisse. Elle vide le gobelet dans une machine à compter et ça fait dix dollars et vingt-cinq cents. Je suis riche, je fais, mais dix dollars c'est pas être riche.

Jesse me dépose au motel avec Johona et il repart. On regarde la télé et on joue aux cartes jusqu'à ce qu'il revienne. Il est retourné se faire des poches. Las Vegas c'est la meilleure ville pour ça. Tout le monde a de l'argent et tout le monde est soûl. Jesse a touché gros et il a ramené une robe verte à Johona et pour moi une épée de pirate en plastique. Johona met la robe. C'est la même couleur que tes yeux, dit Jesse. Elle lui fait un baiser et s'en fiche que je regarde. Je pousse Abby avec l'épée jusqu'à ce qu'elle siffle. Le soleil est levé quand on se met au lit. Jesse et Johona m'empêchent de dormir à force de chuchoter et de ricaner.

L'homme du cirque pendu la tête en bas au-dessus de nous a rattrapé une fille par les mains. Il la lance à un autre homme. Tous ceux qui regardent on se met à applaudir et à siffler et les gens du cirque tombent dans un filet et font la révérence. Un type arrive avec des chiens. Un chien avec un haut-de-forme un autre avec une robe. Ils se mettent à danser sur leurs pattes de derrière à sauter à travers des cerceaux à pousser un landau.

Je me tourne pour dire à Jesse qu'on devrait se trouver un chiot et je le surprends en train d'embrasser Johona. Elle a mis la nouvelle robe. Le Petit Diable me file un coup de pied et il fait, *Je t'avais bien dit que cette salope allait causer des problèmes*. Une fois que les chiens ont terminé le drôle de bonhomme dit, Mesdames et Messieurs les Enfants c'est la fin de notre petit spectacle pour ce soir. Au nom de Circus Circus et de tous nos artistes je vous souhaite une bonne soirée et toute la chance possible.

J'ai supplié Jesse de m'amener ici et il a dit d'accord même s'il a encore peur que les Démons nous voient. Y a des jeux à l'étage. Celui où il faut faire tomber des bouteilles de lait celui où il faut éclater des ballons celui où on lance des anneaux de corde. Ils sont tous truqués mais Jesse a bossé dans une foire alors il connaît les ficelles. Mets un petit effet rétro, il me dit, quand j'essaie de lancer des balles de base-ball dans un panier mais les balles rebondissent quand même dans le mauvais sens. Jesse se lève et – un deux trois – il rentre tous ses tirs. Il dit à la dame de me donner le lézard en caoutchouc que je voulais gagner. Johona veut un ours en peluche. Pour l'avoir, Jesse doit dégommer une étoile en papier avec une mitraillette. Il réussit au deuxième essai. Moi je dis, Plus fort qu'Al Capone.

On roule jusqu'au Caesars Palace. Monsieur Beaumont nous attend dans un bar avec un costume blanc. Il a six balafres sur le front. Une fois je lui ai demandé si c'est un lion qui l'avait eu là-bas en Afrique. Il a dit que les balafres étaient un signe pour montrer de quelle tribu il était. Je lui ai demandé si sa tribu vivait dans des tipis et il a dit qu'ils avaient des maisons.

Il me serre la main et il dit, Ça faisait longtemps Monsieur Edgar. Vous chantez toujours ? Ah ça oui, je réponds, vous voulez entendre quelque chose ? Peut-être plus tard, il dit. Quand il voit Johona ses yeux deviennent tout grands et il joint les mains comme pour faire une prière. Vous aviez raison, il dit à Jesse. C'est incroyable. Le portrait craché de Claudine. Il prend la main de Johona et l'embrasse trois fois. Une joie de faire votre connaissance ma chère, il dit.

Une dame joue du piano. Monsieur Beaumont sert du champagne à Jesse et à Johona et Jesse dit que je peux en avoir un peu aussi. J'ai jamais bu de champagne. Y a des bulles dedans et ça sent comme du lait tourné. Johana demande à Monsieur Beaumont s'il a une idée de ce qu'il faut faire avec les Démons. Je me suis renseigné, répond Monsieur Beaumont, et j'ai peut-être trouvé quelqu'un qui pourrait me mettre en contact avec eux. La première chose à faire, c'est de voir s'ils sont prêts à négocier et à accepter peut-être une forme de compensation au lieu de se venger. Vous feriez ça pour nous ? demande Jesse. Monsieur

Beaumont reprend la main de Johona et dit, Comment pourrais-je dire non à présent que j'ai vu cette magnifique créature ? Il ne doit rien lui arriver. Merci, fait Johona.

La dame du piano chante cet air qui parle de Moon River. Monsieur Beaumont arrête de se pâmer et dit à Jesse, Je ne vous garantis rien bien sûr. Voler le nourrisson, réduire en poussière l'un de leurs camarades… S'il est seulement possible de trouver un arrangement, le prix sera élevé. Nous ferons ce qu'il faut, répond Jesse.

Monsieur Beaumont se tourne vers moi et Johona et dit, Voulez-vous bien nous laisser seuls un instant ? Nous devons nous parler en privé. Johona regarde Jesse. T'inquiète pas, il fait.

Moi et Johona on va au casino. Elle prend deux rouleaux de pièces de vingt-cinq cents et on choisit deux machines à sous. Je mets la moitié de mes pièces et je gagne rien. Puis trois orange sortent et la machine se met à clignoter et à faire du bruit, mais y a pas beaucoup de pièces qui tombent. Johona arrête pas de se tourner vers le bar. Je lui dis, Il faut que tu regardes ce que tu fais si tu veux gagner. Une fille qui montre toutes ses jambes nous demande si on veut des cocktails. Je lui dis d'apporter un Coca-Cola avec une cerise dedans.

Mes pièces sont presque terminées quand Jesse et Monsieur Beaumont viennent nous rejoindre. Monsieur Beaumont embrasse encore Johona et dit, Adieu pour le moment. J'espère vous revoir quand nous aurons le temps de mieux apprendre à nous connaître. Pourquoi vous partez déjà ? je lui demande, vous m'avez même pas entendu chanter. Allez, juste un petit air, il fait. Que diriez-vous de *Meet Me Tonight in Dreamland*. Je me lance directement : *Retrouve-moi ce soir au pays des rêves sous la lune argentée retrouve-moi ce soir au pays des rêves où fleurissent les douces roses de l'amour.* Il applaudit quand j'ai fini et dit, Bravo !

19

29 juin 1976, Las Vegas, Nevada

Le temps a souvent ralenti au point de chanceler au cours de l'année écoulée tandis que je traçais et retraçais les derniers pas de Benny, remontant la piste des cachets de poste figurant sur les cartes qu'il t'avait envoyées. Cinq minutes à Eureka pouvaient paraître une heure, une heure à San Francisco dix heures, une semaine à L.A. une éternité.

Mais ces derniers jours sont passés à toute vitesse, avec assez d'épreuves pour une vie entière. Je me sens comme une météorite fonçant droit vers la Terre, tombant de plus en plus vite, de plus en plus brûlante, sur le point d'exploser.

Hier, je me suis réveillé une heure avant l'aube, j'ai acheté deux hamburgers au restaurant du relais routier et les ai apportés au gamin dans le camping-car. Il a dévoré le premier, a bu de l'eau dans un pichet, roté, puis s'est attaqué au second.

« Comment tu t'appelles, *man* ? » m'a-t-il demandé.

Le café commençait à faire son effet, si bien que j'ai joué le jeu. « Et toi, *man* ?

– Sal, a répondu le gamin. Les gars m'appellent Sally.

– Moi, les gars m'appellent Charles.

– Cool », a dit Sally. Sa dent en or a étincelé quand il a souri. « Charles, je te présente Sally. Sally, je te présente Charles. » Il a fini le hamburger et s'est léché les doigts. « Donc le vieux est mort ? a-t-il demandé d'un ton désinvolte, comme si c'était une ruse pour m'arracher l'information.

– Oui, ai-je répondu.

– Et maintenant, je bosse pour toi.

– Je vais t'utiliser de la même manière que lui.

– Eh bien, t'es déjà un meilleur boss, a commenté Sally. Ça fait dix ans que je trouve des vagabonds, et il m'a jamais dit son nom ni demandé le mien. C'était juste "Sors de la caisse" et "Monte dans le pick-up".

– Mets-moi en colère, et tu regretteras qu'il soit plus là.

– Je sais rester à ma place », a répondu Sally. Il a grimacé et fait rouler sa tête comme s'il avait mal au cou. « Ça te dérange si je me lève pour m'étirer ? »

J'ai sorti de ma poche le 45 de Czarnecki. Fragile comme le gamin était, je n'avais pas vraiment peur qu'il prenne le dessus physiquement, mais d'un autre côté, je ne voulais courir aucun risque. Il s'est mis debout, a levé ses bras menottés aussi haut qu'il a pu et fléchi ses jambes enchaînées.

« J'assurais grave sur le *dancefloor*, a-t-il déclaré. Je crois que je tiendrais même plus un morceau, maintenant. »

C'était ma première conversation avec un vagabond. J'étais curieux. « Quel âge as-tu ? lui ai-je demandé.

– Je suis né en 27 dans un trou paumé de l'Iowa, mais je me suis tiré à New York dès que j'ai pu.

– C'est là-bas que ça s'est passé ? ai-je demandé. Que tu… » Je ne savais pas comment formuler la question.

« Que je suis devenu une créature de la nuit ? a répondu Sally sur le ton de la plaisanterie. Ouais, c'est là-bas.

– Comment ? Pourquoi ?

– Le vieux avait un pot de beurre de cacahuète là-haut dans ce placard, a dit Sally. Passe-le-moi et je te dirai tout ce que tu veux savoir. »

J'ai pris le pot dans le placard et le lui ai tendu, avec une cuillère trouvée au fond d'un tiroir. Il a dévissé le couvercle et a pioché dedans, mangeant et léchant la cuillère tout en parlant.

« J'ai rencontré ce gars à New York, a-t-il raconté. Un gars de couleur, comme toi, un trompettiste. Son nom, c'était Daniel Carson, mais tout le monde l'appelait DC. On s'est mis à traîner ensemble. Au début, c'était juste l'éclate, on passait du bon temps, mais on a fini par être vraiment proches. Je savais que c'était un vagabond, mais ça me dérangeait pas. Je le trouvais sacrément cool, plutôt sexy. Je le laissais même se nourrir de moi – ça m'excitait à mort, pour tout dire.

« Et c'était mon idée à moi, qu'il me mue. On était bien ensemble, je voulais que ça continue. Et ç'a été *vraiment* bien pendant presque huit ans. On passait la nuit dehors, on faisait des concerts, on se créait des ennuis et on s'en tirait toujours, on portait des costards à cinq cents dollars, des pompes à trois cents. On s'est drôlement marré. Mais un jour, il s'est fait réduire en poussière. »

Il s'est interrompu, submergé par l'émotion. Il a tenté de poursuivre, mais n'a pas pu. « C'est bon, j'arrête », a-t-il dit. Il m'a rendu le pot de beurre de cacahuète et s'est rallongé dans la caisse. « Tu vas pas me tenir rigueur d'être gay, hein ?

– Non, ai-je répondu. Je t'en tiendrai pas rigueur. »

J'ai refermé le couvercle et verrouillé les cadenas. Comme je descendais du camping-car dans les premières lueurs du jour, il m'a interpellé.

« On va où comme ça ?

– Je n'ai pas encore décidé, ai-je avoué.

– Vegas. Si tu cherches des vagabonds, c'est là qu'il faut aller. »

Le soleil levant a embrasé les montagnes. Je suis resté planté sur le parking, émerveillé par cette vision et me demandant s'il s'agissait d'un message divin et, si oui, ce qu'il signifiait. Je n'ai rien trouvé, ce qui prouve, je suppose, que je n'ai pas l'imagination qu'il faut pour être un prophète et que c'est donc une bonne chose qu'on m'ait destiné à devenir un tueur.

Suivant le conseil du gamin, je me suis lancé dans le désert. Six heures de sable, de roche et de soleil, de parfaites lignes droites d'asphalte miroitant, de montagnes aussi acérées et menaçantes que les crocs d'un loup. Je me suis arrêté dans la Vallée de la Mort pour remettre de l'eau dans le radiateur et acheter une boisson fraîche. Le thermomètre de la station-service indiquait 47 °C. L'éblouissement du soleil me faisait plisser les yeux et les semelles de mes chaussures restaient collées au goudron.

J'ai apporté un sac de glace et une bouteille d'eau à Sally. Czarnecki aurait dit : « Qu'il aille se faire foutre ! », mais je voulais que le gamin reste suffisamment en forme pour chasser. L'air à l'intérieur du camping-car était tellement surchauffé qu'on pouvait à peine respirer. Sally suffoquait quand j'ai soulevé le couvercle. Il a englouti l'eau et posé la glace sur sa poitrine.

« T'es un homme bon, a-t-il dit.

– Je ferai la même chose pour un chien », ai-je répliqué avant de l'enfermer à nouveau.

Il faisait trop chaud pour dormir dans le pick-up quand nous sommes arrivés à Vegas, si bien que j'ai claqué du fric pour une chambre de motel à deux pas du Strip. J'ai fermé les rideaux, allumé la clim et pris une douche froide. Une fois allongé sur le lit, mon corps n'était pas encore sec que je ronflais déjà.

Je me suis réveillé à la tombée de la nuit. À côté du téléphone, il y avait le menu d'un restaurant chinois qui livrait à domicile. J'ai appelé et commandé la totale, le Festin impérial pour deux. Les plats sont arrivés et, une fois repu, j'ai décidé d'amener Sally dans la chambre pour qu'il mange sa part plutôt que de tout lui apporter.

Le soleil était couché mais il faisait encore une chaleur à crever dans le camping-car. J'ai déverrouillé le couvercle de la caisse et lui ai dit : « Tu peux venir à l'intérieur un moment, mais au premier geste de travers, je te tue.

– T'as ma parole, boss », a répondu Sally.

J'ai braqué le 45 sur lui pendant qu'il sortait de la caisse. J'avais reculé le pick-up juste devant la chambre, de sorte qu'il avait juste à remonter la petite allée. Il s'est assis à table avec ses chaînes et a mangé dans les récipients en carton. Assis sur le lit, je le tenais en joue. Au début, il mangeait avec des baguettes, mais il les a vite troquées contre une fourchette, en disant que ses doigts ne lui obéissaient plus.

Quand il a demandé si je pouvais allumer la télé, je n'ai pas trouvé la moindre raison de refuser. Il a terminé son dîner en regardant une série policière et a voulu prendre une douche. Comme je pouvais sentir son odeur de l'autre bout de la pièce, je lui ai lancé les clés pour qu'il puisse se déshabiller. Même si je l'avais déjà vu sans ses vêtements dans l'abri de Czarnecki, il faisait encore plus pitié maintenant : la peau tirée sur des os saillants, les muscles fondus, des cure-dents à la place des jambes. Le tatouage de papillon sur sa poitrine et la dent en or étaient comme des boucles d'oreilles en diamant et un diadème sur un cadavre. Je l'ai laissé se laver sans ses menottes. Il n'y avait aucun risque qu'il se glisse dehors par la minuscule fenêtre de la salle de bains.

Après, il semblait un peu plus solide sur ses jambes, il se tenait un peu plus droit. Je lui ai donné un tee-shirt et un pantalon récupérés dans mon sac en toile. Ils pendaient sur lui comme les fringues d'un épouvantail, mais au moins ils étaient propres. Puis je lui ai dit de remettre ses chaînes. C'était l'heure de la chasse.

Il s'est attaché à côté de moi dans le pick-up, et nous avons roulé le long du Strip, dans un sens puis dans l'autre. En passant devant le Sands, j'ai repensé à la fois où nous y avions séjourné, toi et moi. C'était un bon moment. Nous avions assisté aux spectacles de Redd Foxx et de Wayne Newton, nous étions prélassés au bord de la piscine, avions dîné de filet de bœuf et de homard deux soirs de suite. J'aurai des souvenirs d'un autre genre après ce séjour, des souvenirs terribles. Il en est ainsi, désormais : tout ce qu'il y a de bon dans mon passé se retrouve submergé par une marée d'horreur.

Après une heure sans la moindre trace d'un vagabond, j'ai changé pour Fremont Street, en plein centre-ville. Tu te souviens de cette rue, les casinos tassés les uns contre les autres, les trottoirs grouillant de touristes ? Tu disais que les lumières et le bruit les hypnotisaient, les forçaient à dilapider leur argent. Sally et moi roulions au ralenti devant cette foule, vitres baissées, et c'étaient comme des abeilles qui bourdonnaient dans une ruche scintillante.

Le gamin n'avait pas dit un mot depuis que nous avions quitté le motel. Czarnecki l'avait accusé de faire le malin, de ne pas montrer les vagabonds quand il les repérait, et je me demandais s'il n'était pas en train de me jouer le même tour. Mais une rue plus loin, il a sifflé et il a dit : « Bingo. »

C'était une femme blanche, grande, fine, une masse de cheveux blonds ramenés sur le dessus du crâne. Elle semblait avoir la trentaine et portait une robe courte et le genre de talons hauts faits pour attirer l'attention. Je me suis calé sur son rythme tandis qu'elle se trémoussait sur le trottoir, mais tout à coup, elle s'est engouffrée dans le Golden Nugget.

« Tu es sûr ? ai-je demandé à Sally.

– Certain. »

J'ai trouvé une place libre au deuxième étage d'un parking et, dès que la voie a été libre, j'ai fait rentrer précipitamment Sally dans sa caisse. Mon cœur battait à tout rompre tandis que je descendais les escaliers en courant, avant de m'introduire par-derrière dans le casino. L'endroit était bondé de parieurs penchés sur des tables de black jack ou avachis devant leurs machines à sous. Des acclamations sont montées d'une table de craps, des applaudissements, des sifflets, des « Bien joué ! », des « Continue comme ça ! », et des serveuses habillées comme des danseuses de saloon du Far West scandaient : « Cocktails ! Cocktails ! »

À travers la fumée des cigarettes, j'ai scruté la salle à la recherche de la blonde et l'ai repérée qui posait au bar. Le serveur lui a tendu un verre et elle a fait le geste de prendre son sac à main, mais le type assis à côté d'elle, un Blanc dégarni et bedonnant dans son costume bon marché, a posé la main sur son bras. « Les jolies femmes boivent à l'œil quand Mark Arcamonte est dans les parages. » La femme s'est mise à flirter avec lui.

Je me suis assis tout près devant une machine à sous et j'ai écouté le type raconter l'histoire de sa vie, ou du moins la version qu'il en donnait aux femmes rencontrées dans les bars : Illinois, assurance, meilleur commercial, il ne voulait que ce qu'il y avait de mieux. Il a sorti son portefeuille pour montrer à la fille des photos de sa voiture et de son bateau. Quand il est passé à la photo suivante, un portrait de ses enfants, il a posé son pouce sur le visage de son ex-femme, qui était également dans le cadre. « Surtout ne la regardez pas, a-t-il dit. Vous seriez transformée en pierre. »

La blonde riait quand elle était censée le faire, offrait sa compassion quand Arcamonte l'exigeait, le remerciait pour les verres offerts à grand renfort de baisers sur les joues et de câlins. Le moment de conclure l'affaire était venu.

« On s'est bien amusé, tout ça, mais vous savez que je suis là pour bosser, n'est-ce pas ?

– Oui, tout à fait, je comprends, a bafouillé Arcamonte.

– Alors, qu'est-ce qu'on fait maintenant ?

– Tirons-nous d'ici. »

Je les ai suivis tandis qu'ils quittaient le casino et s'engageaient sur Fremont Street en direction de l'est. La foule s'est évaporée au bout de quelques rues, les casinos cédant la place aux magasins d'alcool, aux boutiques de prêteurs sur gages et aux motels bon marché. Arcamonte et la blonde ont tourné sur le parking d'un trou à rats miteux baptisé le Sky Harbor Inn. Je les ai rattrapés juste à temps pour les voir entrer dans la chambre 104, au rez-de-chaussée.

J'ai soudain réalisé qu'Arcamonte était peut-être la prochaine victime de la blonde, plutôt qu'un simple client. J'ai traversé la rue, me suis assis au bord du trottoir et l'ai imaginée en train de lui susurrer des cochonneries, lèvres collées à son oreille, puis de sortir un couteau pour lui trancher la gorge. Mais Dieu a eu pitié de cet homme ; une heure après être entré dans la chambre avec la blonde, il est ressorti seul et a filé en douce vers les casinos de Glitter Gulch.

Quinze minutes plus tard, la blonde est réapparue. Elle s'est dirigée deux portes plus loin vers la chambre 106 et a glissé une clé dans la serrure pour y entrer. Il était 2 heures du matin. J'ai fait le guet jusqu'à 5 heures, mais ne l'ai plus revue.

J'étais parfaitement réveillé quand le jour s'est levé, vibrant d'une énergie nerveuse. Sachant que la blonde allait devoir rester planquée, j'ai regagné le pick-up à la hâte et récupéré le sac en toile de Czarnecki, celui qu'il avait apporté dans la chambre du Mexicain à Reno. Il contenait tout ce dont j'allais avoir besoin. Puis je suis retourné au motel.

Fremont Street était déserte à présent hormis un fou alcoolisé qui faisait du shadow-boxing en se regardant dans la baie vitrée d'un casino. Le baratin des salles de machines à sous résonnait dans la rue vide, et la lumière du jour réduisait à presque rien l'éclat des néons.

Au Sky Harbor Inn non plus, personne ne bougeait. J'avais la poitrine serrée en approchant de la chambre 106, mes mains tremblaient quand j'ai sorti du sac le pied-de-biche et l'ai enfoncé entre la porte et son montant, et, le temps de forcer la porte, j'agissais par pur instinct.

La blonde, vêtue d'un simple peignoir, a bondi sur moi depuis le lit. Elle visait mes yeux mais je l'ai repoussée avec le pied-de-biche. Sa peau s'est mise à fumer quand, emportée par son élan, elle a trébuché dans les rayons qui s'engouffraient par la porte grande ouverte. Elle l'a refermée d'un coup de pied et a chargé de plus belle.

Je l'ai frappée en plein visage avec mon outil. Sa perruque blonde toute de travers, elle s'est effondrée sur le lit, le sang s'écoulant d'une entaille sur son cuir chevelu. J'ai empoigné le pic à glace que j'avais fourré dans la poche de mon manteau et j'ai sauté sur elle. Alors que je l'enfourchais, prêt à la poignarder en plein cœur, une voix d'enfant s'est fait entendre.

« Maman ! »

Me retournant, j'ai aperçu une fillette de sept ou huit ans, en pyjama Raggedy Ann, recroquevillée près de la porte de la salle de bains. Cet instant d'hésitation a permis à la blonde de recouvrer tous ses moyens. D'une ruade, elle m'a éjectée et elle a tenté de m'arracher le pic à glace. « Je vous en prie, ne tuez pas ma fille ! » suppliait-elle. C'était une chose que je n'avais pas prévue, ni même imaginée. « Faites-moi ce que vous voulez, mais ne la tuez pas. »

Je me suis retrouvé à califourchon sur elle et j'ai hissé le pic au-dessus de ma tête. L'enfant pleurait maintenant. La blonde a tendu ses mains vers moi, les doigts entrelacés. « Je vous en prie », a-t-elle soufflé, puis elle m'a frappé le nez de ses deux poings. Aveuglé par la douleur, je l'ai poignardée sauvagement.

La fillette a sauté sur le lit et m'a attrapé par le cou, plaquée contre mon dos. Elle m'a mordu l'oreille, enfonçant ses dents dans la chair et secouant la tête jusqu'à ce que je m'effondre sur elle.

« Tue-le ! » a-t-elle hurlé.

La blonde a sorti un couteau, s'est laissé rouler sur le côté et elle a abattu son arme. J'ai bloqué son bras et lui ai enfoncé le pic à glace dans le cou. Le sang a jailli de sa bouche, m'aspergeant le visage. J'ai dégagé le pic et l'ai planté dans sa poitrine. Elle a cessé de tousser et son corps est devenu flasque.

J'ai arraché les doigts de la fillette de mon cou, tirant si fort dessus que l'un d'eux s'est brisé, puis je l'ai attrapée et lancée à travers la pièce. Elle a rebondi contre le mur et est retombée sur le plancher en gémissant. J'ai empoigné le pic à glace.

« Espèce d'enfoiré, a craché l'enfant. Sale merde. »

Je lui ai asséné un coup de pic sur le crâne. Qui l'a fait taire.

Je n'ai même pas pris la peine de porter les corps jusqu'à la salle de bains. Je me suis servi de la scie à métaux pour les réduire en poussière, là où ils se trouvaient, la blonde sur le lit, la fillette par terre.

Après avoir repris mon souffle, j'ai remis le pic à glace et le pied-de-biche dans le sac et rejoint le pick-up en faisant des détours – rues secondaires et allées sombres –, m'arrêtant sans cesse pour m'assurer que je n'étais pas suivi. Ce n'est qu'en entrant sur le parking de mon motel que je me suis rendu compte que j'avais du sang sur les mains.

Bien que j'aie passé moins de cinq minutes dans la chambre de la blonde, j'ai la sensation d'y avoir été transformé, comme si mon ancienne peau avait craqué et que je m'en étais débarrassé. Ce que je crains, c'est d'être désormais plus semblable à l'un de ces monstres qu'à un homme, et plus éloigné que jamais de la maison. Prie pour moi.

30 juin 1976, Las Vegas

J'ai apporté de l'eau à Sally à l'heure la plus chaude de la journée, hier, et l'ai ramené dans la chambre pour qu'il mange les restes des plats chinois une fois le soleil couché. Il avait l'air encore plus solide, plus clairvoyant, et j'ai repensé à la mise en garde de Czarnecki – qu'il fallait le maintenir en état de faiblesse.

« T'as eu la femme ? a-t-il demandé en brisant un biscuit chinois.

– Ça ne te regarde pas, ai-je répliqué.

– Ça n'a pas l'air de te rendre heureux, a-t-il fait remarquer. Le vieux, putain, il fêtait ça après, il se soûlait, se faisait frire un steak, passait sa musique de cow-boy. Toi, on dirait que tu t'es pris un coup de pied dans les couilles.

– Je n'éprouve aucune joie à tuer, même des monstres.

– Alors tu t'es trompé de métier, a déclaré Sally. Tu veux un conseil ? Si t'es pas à l'aise avec ça, ne le fais pas. Va-t'en. Relâche-moi, et va-t'en.

– J'ai un compte à régler. »

Le gamin a attrapé une baguette chinoise et l'a tendue devant son œil comme une queue de billard, pour voir si elle était tordue.

« Un vagabond a pris quelqu'un que tu connaissais ?

– Mon fils », ai-je répondu. Je suis tellement habitué à parler de la mort de Benny avec des étrangers que ces mots m'ont échappé avant que j'aie pu les retenir.

« Combien de vagabonds vas-tu devoir tuer pour être quitte ? » a demandé Sally.

Je n'étais pas d'humeur à avoir une conversation philosophique, encore moins avec une personne prête à dire n'importe quoi pour retrouver sa liberté.

« Ferme-la ou tu retournes dans ta caisse, l'ai-je prévenu.

– Je voulais pas t'énerver.

– Ferme-la, ai-je répété, cette fois en faisant mine d'être à deux doigts de me lever pour lui faire du mal.

– Ça va, a dit Sally. Tout va bien. » Il s'est tourné vers la télévision. C'était le journal, un reportage sur les préparatifs des célébrations du 4 Juillet partout dans le pays.

J'ai fixé l'écran, moi aussi, en réfléchissant à la question de Sally sur ce qu'il faudrait pour être quitte. Je me suis demandé à quel moment la soif de vengeance devenait un péché d'orgueil. Je me suis souvenu de la mise en garde de Dieu contre la volonté d'user de violence contre ceux qui nous ont fait du tort. « À moi la vengeance et la rétribution », disait-Il. Puis je me suis demandé si je n'étais pas juste en train de chercher une excuse pour me défiler, maintenant que j'avais eu un aperçu de ce que serait ma vie si je reprenais à mon compte la croisade de Czarnecki.

Au bout d'un moment, Sally a demandé : « Qu'est-ce qui se passe au Vietnam ?

– Comment ça ?

– J'ai passé dix ans au fond d'un trou, *man*. Je suis au courant de rien.

– La guerre est finie. Il paraît qu'on a perdu.

– Et les Yankees ? Comment ils s'en sortent ?

– Ils se débrouillent pas mal cette année. Ils pourraient aller jusqu'au bout.

– Qui est mort ? Qui est vivant ? Louis Armstrong ?

– Il est mort, ai-je répondu.

– Coltrane ?

– Mort.

– Je parie que ce foutu Sinatra est toujours en pleine forme. Ce foutu Bing Crosby…

– Vivants, tous les deux.

– Évidemment. »

Sally s'est tu à nouveau, puis il a ajouté : « Moi aussi, j'ai un compte à régler.

– Avec qui ? ai-je demandé.

– Mon pote DC ? Tu sais qui l'a réduit en poussière ? Des vagabonds. Trois vagabonds qu'aimaient pas les nègres. » Il était nerveux, tout à coup. « On était à Memphis. Lui et ce jeune rentraient à pied à notre hôtel depuis Beale Street, où il jouait le soir, et ces péquenauds leur sont tombés dessus. Ils ont dit qu'ils n'avaient pas besoin d'un vagabond de plus à Memphis, surtout pas un Noir, ils ont ligoté DC et le jeune, ils les ont mis dans une bagnole pour les emmener en pleine cambrousse.

« Le gamin a réussi à s'échapper mais il est resté planqué pas loin et m'a tout raconté ensuite. Il m'a dit que les ploucs avaient brisé tous les os de DC à force de le tabasser. Il a dit qu'un de ces types avait soufflé dans la trompette de DC pendant que les autres le poignardaient à tour de rôle. Après ça, ils lui ont passé un nœud coulant autour du cou et l'ont jeté du haut d'un pont. Bêtes comme ils étaient, ils n'ont même pas pensé à la force de la chute. Quand la corde s'est tendue, en bas, elle a arraché net la tête de DC. Il a été réduit en poussière avant même que ses pompes ne touchent l'eau de la rivière. »

Sally s'est plié en deux sur sa chaise et est resté silencieux un moment, puis brusquement, il s'est redressé. « Je l'aimais, cet homme. Encore maintenant, chaque fois que je pense à ce qui lui est arrivé, j'ai envie de mourir, moi aussi.

– J'aimais mon fils, ai-je dit.

– Donc tu comprends. Tu comprends que même si c'était l'enfer d'être enfermé dans cet abri en parpaings, je me dis qu'au moins j'ai un peu vengé DC en aidant le vieux à repérer des vagabonds. »

J'en avais assez de l'écouter, assez de devoir envisager les choses de son point de vue. Ce dont j'avais besoin, c'était de la clarté, pas que quelqu'un rende l'eau encore plus trouble. Il a empilé les boîtes des plats à emporter.

« Et si je te donnais quelqu'un de spécial ? a-t-il repris.

– Qu'est-ce c'est censé vouloir dire ?

– Un vagabond spécial, plus important que les autres, quelqu'un qui est une sorte de roi pour eux. Qui pourrait te conduire à cent autres vagabonds. Si je te donnais quelqu'un comme ça, on pourrait faire un deal ?

– Un deal ?

– Je te conduis jusqu'à ce mec, et tu me laisses partir.

– Hors de question.

– J'ai pas tué ton fils.

– T'as tué celui d'un autre. »

Sally a pianoté sur la table. « Qu'est-ce que tu dis de ça, alors : t'attrapes ce mec, tu le mets dans la caisse et moi, tu me réduis en poussière ? »

20

Aucun des Démons ne dort bien après que Bob 1 a été réduit en poussière. Pedro et Johnny se tournent et se retournent sur leurs lits, sursautant au moindre bruit. Yuma et Real Deal se disputent pour un rien. Bob 2 fume un joint, boit une bouteille de whisky et contemple l'écran de sa télé, s'efforçant d'ignorer le lit vide à côté du sien tandis que ce jour s'éternise.

Quand la nuit vient enfin étouffer le soleil et permet à ces bâtards d'évoluer sans risque dans le monde, les membres du gang sortent de leurs chambres et se réunissent au bord de la piscine. Antonia et Elijah apportent à tous des gobelets en polystyrène rempli d'un café de motel, et Pedro fait passer une pinte de vieux whisky pour l'adoucir. Ils portent un toast au défunt Bob et se mettent au boulot.

Antonia a apporté une carte de Phoenix. Elle l'a divisée en trois zones. Elijah et elle en couvriront une, Real Deal et Yuma une autre, Bob, Johnny et Pedro la troisième. Ils quadrilleront la ville à la recherche des deux individus qui ont désintégré Bob et volé le bébé. Il s'agissait d'un jeune homme et d'un autre plus âgé, mais Antonia leur ordonne d'attraper tous les mués qu'ils trouveront et de leur mettre la pression.

Bob n'est pas content de la section que Pedro, Johnny et lui se sont vus attribuer. Principalement des zones résidentielles endormies et des terres agricoles qui ne tarderont pas à devenir des zones résidentielles endormies. Pas de bars miteux, pas de prostituées sur le trottoir, pas de clubs de strip-tease ni de librairies pornos – aucun endroit où ils auraient des chances de trouver un vagabond en train de chasser.

Défoncé au speed artisanal, il joue les sacs de sable à l'arrière de la moto de Pedro. Ils s'arrêtent pour faire le tour d'un minigolf, explorent un supermarché et se plantent devant un cinéma à la sortie du film. Rien que des ringards propres sur eux avec femmes et enfants tout aussi propres sur eux.

Finalement, ils tombent sur une discothèque brillant de tous ses feux roses et violets aux confins de la civilisation. Juste à côté se trouve un verger fraîchement déplanté avec, dressé devant, une pancarte où l'on peut lire : FUTUR SITE DU LOTISSEMENT SUNSET ESTATES. LE LUXE À LA PORTÉE DE TOUS. La boîte de nuit n'est pas un salon de massage ni une cantina avec des strip-teaseuses à la petite semaine, mais le parking est plein, si bien qu'ils décident d'aller jeter un coup d'œil.

Deux hommes gardent l'entrée. L'un porte un costume en jean et une chemise blanche en polyester déboutonnée pour exhiber ses chaînes en or. L'autre est un grand malabar indien en débardeur et jean moulant.

« Ho », lance Johnny à l'Indien. C'est le seul mot en kickapoo qu'il connaît. L'Indien ne bronche même pas.

Chaînes-en-or annonce que le droit d'entrée s'élève à cinq dollars.

« Et on a quoi pour ce prix ? demande Johnny. Un show de strip-teaseuses ? »

Le clignotement des néons donne l'impression que la moustache du type aux chaînes rebondit sur sa lèvre supérieure. « C'est pas ce genre d'endroit, si c'est ce genre d'endroit que vous cherchez.

– Nan, nan, réplique Johnny. Ici, c'est le genre d'endroit qu'on veut.

– Vous êtes sûrs ?

– Y a des nénettes là-dedans, pas vrai ? De la musique ? De la bière ?

– Vous venez pour danser, les mecs ?

– Ouais, carrément, dit Johnny. On est des dingos du *dancefloor.* »

La musique frappe les Démons en pleine poitrine lorsqu'ils pénètrent à l'intérieur, une ligne de basse aussi entêtée qu'un bon *jab*. Les spots pivotants, synchronisés avec le rythme, les désorientent, et l'air du club est aussi chaud et humide qu'un marécage de Floride. Ils se fraient sans ménagement un chemin à travers la foule, jusqu'au bar, telle une goélette noire fendant une mer en furie.

Johnny commande pour eux, trois bières. La fille du bar fait la moue devant le billet de cinq crasseux qu'il lui jette en guise de paiement. Elle lisse le billet avec délicatesse, de ses longs ongles rouges, le range dans la caisse et s'éloigne.

Les Démons trouvent un coin de mur auquel s'adosser. Ils sirotent leurs bières en observant l'action sur la piste de danse. Tout le monde tournoie et frappe dans ses mains à l'unisson, les hommes ondulant des fesses tout autant que les femmes.

« J'ai connu un maquereau qu'était fringué comme ça, dans le temps ! » hurle Johnny à l'oreille de Pedro en montrant du doigt l'un des danseurs.

Au bout d'une demi-heure, la musique et les lumières ont filé la migraine à Bob. Il a l'impression d'être pris au piège dans un manège de fête foraine. Il s'apprête à dire à Johnny et Pedro : « Allez, on se tire de là ! », quand un grand type maigre ceint d'une aura noire entre dans le club, une nana non muée au bras. Ce n'est pas l'un des vagabonds qui ont réduit Bob 1 en poussière, mais c'est déjà mieux que rien.

Les Démons se planquent dans le couloir menant aux toilettes pour ne pas se faire repérer. Jetant un coup d'œil dans la salle, Bob voit le vagabond et la fille gagner le bar en dansant. Les trois Démons passent à l'action pendant que le type fait signe à un serveur, et l'encerclent. Il commence par râler de ne pas avoir d'espace mais se fige en voyant que ce sont des vagabonds.

« Tu t'appelles comment, *brother* ? demande Bob.

– Darren », répond le vagabond. Il porte un pantalon blanc et une chemise vert citron.

« Il faut qu'on parle, Darren. »

Les yeux du vagabond glissent de Bob à Johnny puis à Pedro, envisageant la fuite. Bob passe le bras autour de lui. « Commande-moi un whisky soda, souffle Darren à la fille, une petite blonde dans une robe à paillettes qui lui recouvre à peine les fesses. Je reviens tout de suite. »

Les Démons le poussent vers la sortie et l'escortent jusqu'au futur site du lotissement Sunset Estates. Bob le relâche une fois qu'ils sont hors de portée des lumières de la boîte. Darren lisse ses vêtements puis ses cheveux, décide de la jouer sûr de lui.

« Les Démons, hein ? dit-il. J'ai entendu parler de vous.

– Ben, nous, on n'a pas entendu parler de toi, réplique Bob.

– Je suis un rat des villes. New York, Philadelphie, Boston. Et je reste dans mon coin.

– Qu'est-ce que tu fais par ici, rat des villes ?

– Je descends vers San Diego pour aller voir un pote.

– Et la nénette ?

– Juste une traînée du coin. »

Darren sort des chewing-gums à la menthe de sa poche, en dégage un pour lui et tend le paquet aux Démons. Johnny en attrape un entre pouce et index.

« Y a combien de temps que t'es en ville ? » interroge Bob.

Darren défait l'emballage du chewing-gum et l'enfourne dans sa bouche. « C'est ma troisième nuit.

– T'as croisé d'autres vagabonds ?

– Nan.

– T'es sûr ? Personne voyage avec toi ?

– Je vous l'ai dit : je reste dans mon coin. »

Les Démons échangent des regards lourds.

« T'as dit que t'avais entendu parler de nous, reprend Bob.

– Deux, trois trucs, répond Darren.

– Comme quoi ?

– Comme pas s'approcher de vous.

– Conseil avisé. »

Pedro s'est glissé dans le dos de Darren. Il colle une main sur sa bouche et Bob le poignarde en plein cœur. Dix secondes après avoir touché le sol, ils l'ont réduit en poussière. Johnny plonge la main dans le tas de cendres, en retire le portefeuille du type et un collier de coquillages hawaïen.

« On retourne à l'intérieur ?

– Laisse tomber, putain, grogne Bob. Y a sûrement d'autres endroits pourris à visiter dans les parages. »

Antonia et Elijah voyagent par Phoenix deux ou trois fois par an depuis l'époque où l'Arizona n'était même pas encore un État. La première fois qu'ils sont venus là, c'était à cheval. Ils ont vu la ville grandir, passant d'une grappe de saloons, de salles de bal et de laboratoires d'analyse des minerais à une enfilade de banlieues qui ont rempli la vallée de centres commerciaux, de terrains de golf et de lotissements pavillonnaires.

Et maintenant, les autorités en place s'acharnent à démolir le Phoenix d'autrefois. Chaque fois qu'Antonia et Elijah reviennent par ici, de nouveaux édifices emblématiques du centre historique ont été détruits et remplacés par des gratte-ciel aux façades de béton et de verre fumé. Le Fox Theater est devenu une gare routière, et leur restaurant de chop suey préféré s'est retrouvé enterré sous un nouveau palais des congrès.

Ces parages formaient jadis un fabuleux terrain de chasse : les prostituées travaillant dans les bordels de Paris Alley, les poivrots s'arsouillant dans les bars sordides qui pullulaient dans le quartier du Deuce, et le vaste assortiment d'âmes en peine qui zonaient dans les tripots, les boîtes topless, les cinémas ouverts la nuit. Des épaves, hommes et femmes, boivent, se bagarrent et baisent encore dans ces rues, mais à présent cela se fait en plein air, et quand ils finissent par s'effondrer, ce n'est pas dans des chambres à trois sous ou sur les lits de fortune de la mission, mais à même le trottoir, recroquevillés dans des cartons à l'ombre des immeubles flambant neufs.

Elijah regrette ces changements, mais Antonia, elle, s'en fiche complètement. De son point de vue, la nostalgie est un signe de faiblesse. Quand un truc disparaît, il disparaît. On oublie, et on passe à autre chose. Elle en a perdu tellement depuis deux cents ans qu'elle est sur cette terre qu'elle se noierait dans ses larmes si elle devait tous les pleurer.

Ils arpentent les mêmes rues pour la troisième fois. Presque minuit, et pas un chat. Elijah appuie sur son Klaxon pour attirer l'attention d'Antonia et désigne d'un geste le Torch, un bar qu'ils connaissent. Ils font le tour du pâté de maisons et se garent devant l'entrée.

« Juste un petit verre, dit Elijah. C'est peut-être notre dernière occasion. »

Antonia est réticente. Trois ans plus tôt, elle s'est nourrie d'un vieux qu'elle avait ramassé là. « Je connais personne qui en ait quelque chose à foutre de moi, lui avait dit le vieux. Tous les gens que je connais sont morts. » Elle l'a attiré dans un entrepôt de produits frais désaffecté en lui promettant une branlette, l'a vidé de son sang et s'est débarrassé du cadavre en plein désert.

« Personne se rappellera de toi, la rassure Elijah. Ils se rappellent même pas de lui. »

Pour entrer dans le bar, ils enjambent un ado dans les vapes sur le trottoir. Sa petite copine aussi fait peine à voir ; assise au bord du trottoir, elle crie : « Greg ! Greg ! Greg ! » À l'intérieur du bar, il fait clair comme en plein soleil. Quatre gargouilles sont courbées au-dessus du comptoir, quelques autres dans les boxes. Un morceau des Doors s'élève du juke-box essoufflé.

Le bar est tenu par une rousse parcheminée coiffée d'un haut-de-forme en carton rouge, blanc et bleu. D'autres babioles étoilées sont accrochées aux murs en prévision du 4 Juillet. La femme prend la commande d'Elijah – deux A-1 pression – et demande : « Les junkies sont toujours devant ?

– J'en ai bien peur, confirme Elijah.

– Appelle les putains de flics, Sarah, tu veux bien ? croasse l'une des gargouilles.

– J'ai pas besoin que la police de Phoenix vienne fouiner par ici, réplique la serveuse.

– Je devrais sortir et les flinguer moi-même.

– Tu vas flinguer personne, rétorque la serveuse en roulant de gros yeux à l'intention d'Antonia et d'Elijah. Il est même pas armé », ajoute-t-elle du coin de la bouche.

Les junkies sont toujours sur le trottoir quand les Démons ressortent. Elijah n'est pas d'humeur à remonter tout de suite sur sa moto. Il y a un cinéma porno à côté du bar. *TROIS FILMS XXX.*

« Ça te dit ? lance-t-il à Antonia.

– Si t'as envie de tirer un coup, autant rentrer au motel.

– Allez. Jusqu'à la fermeture des bars. »

Ils achètent leurs billets à l'ado boutonneux assis derrière le comptoir à bonbons. Les seuls en-cas à vendre sont des sodas tièdes et des pop-corn rassis. Elijah pince les fesses d'Antonia tandis qu'ils attendent que leurs yeux s'accommodent à l'obscurité, assis au fond de la salle. « Me touche pas », prévient-elle. Sur l'écran, quelqu'un est en train de baiser quelqu'un. Les gémissements ne sont pas synchronisés avec l'action, et la qualité de l'image est si mauvaise que c'est comme regarder un poisson-chat agiter ses ouïes à travers un aquarium sale – des à-coups cadencés dans une pénombre verdâtre. Ils se sont installés aussi loin que possible des autres clients, ce qui n'empêche pas l'un de ces rats d'égout de se redresser brusquement pour reluquer Antonia. Un regard dur d'Elijah le renvoie au fond de son trou.

Elijah s'efforce de suivre le film, mais il n'y a pas vraiment d'intrigue. Plissant les yeux devant l'écran, il se demande si c'est comme ça d'être un fantôme, si après la mort, on est condamné à scruter la lumière depuis les ténèbres, le monde des vivants apparaissant légèrement flou, amas indistinct de corps qui se tortillent, de voitures à tombeau ouvert et de téléphones qui sonnent. Il se penche vers Antonia pour lui glisser cette réflexion, mais elle dort à poings fermés.

Les Démons se réunissent à nouveau autour de la piscine, juste avant l'aube.

« Rien ? interroge Antonia.

– On a quadrillé cinq fois notre section, répond Real Deal.

– On en a trouvé un, dit Bob, avant de leur raconter l'épisode Darren. Peut-être que le prochain saura quelque chose sur ceux qui ont liquidé Bob.

– Peut-être que non, réplique Real Deal. Peut-être qu'ils ont déjà repris la route. On devrait peut-être faire pareil. »

Bob se hérisse. « Pas question d'abandonner, grogne-t-il. Pas au bout d'une seule putain de nuit.

– Je parle pas d'abandonner, rétorque Real Deal. Je parle d'aller les chercher ailleurs. »

Antonia a juste envie d'aller se coucher. « Nous sortirons à nouveau demain, dit-elle. On échangera nos sections, histoire d'avoir un regard neuf.

– Comme tu voudras, répond Bob, mais en tout cas on laisse pas tomber. »

Johnny lui tend une cannette de bière. Il la presse sur sa nuque pour tenter de se rafraîchir.

Après une nouvelle journée tourmentée, les Démons se lancent dans une deuxième nuit de traque. Bob fait de nouveau équipe avec Pedro et Johnny. Cette fois, ils couvrent le centre-ville. Beaucoup plus de gens dans la rue, beaucoup plus d'endroits où l'on pourrait trouver un vagabond.

Ils font une pause en face d'un stand de hamburgers. Un vieil alcoolo qui tente de passer sa commande devant l'Hygiaphone n'arrive pas à garder son pantalon en place. Il est trop grand pour lui – sans doute récupéré dans une poubelle – mais le vieux n'arrête pas de l'oublier, il lâche les passants de ceinture et le pantalon lui tombe sur les chevilles, dévoilant ses jambes rachitiques et ses fesses nues jusqu'à ce qu'il s'accroupisse pour le relever d'un coup sec.

« Sois un gentil garçon, file ta ceinture à ton papa, lance Bob à Johnny.

– On dirait un diable à ressort, pas vrai ? » répond Johnny. Il donne un coup de pied à Pedro, accroupi devant sa moto. « Qu'est-ce t'en penses, toi ? C'est juste un exhibitionniste qui fait son numéro ? »

Pedro ne répond pas. Il a le front courbé et le souffle court. Johnny s'agenouille à côté de lui.

« Qu'est-ce que t'as ? »

Pedro essuie d'un revers de main un filament de bave et avale péniblement. « Aide-moi à me relever », dit-il.

Johnny et Bob marchent avec lui autour du parking jusqu'à ce qu'il respire normalement et soit capable de se tenir debout tout seul.

« Ça fait trop longtemps que je me suis pas nourri, dit-il. Ça m'est tombé dessus sans prévenir.

– T'es vraiment mal ? demande Johnny.

– Va falloir que je chasse cette nuit.

– Donc on arrête les recherches ? réplique Bob, d'une voix lourde de colère.

– Je vais me débrouiller tout seul, ça va, répond Pedro. Vous deux, continuez les recherches. » Il enfourche sa moto et démarre. « On se retrouve au motel, lance-t-il avant de s'éloigner.

– *Cuidado !* » crie Johnny derrière lui.

Real Deal et Yuma commencent par remonter deux fois toutes les rues de leur secteur. Le problème, c'est que personne ne se déplace à pied dans cette ville, si bien que leur seul espoir de repérer un vagabond sans descendre de leurs putains de bécanes et pousser toutes les portes serait d'en croiser un au moment où il entre ou sort d'un bar ou d'une épicerie de nuit. Et quelles sont les probabilités que cela arrive ?

Yuma fait signe à Real Deal de s'engager sur le parking d'une galerie commerciale abritant un lavomatique ouvert vingt-quatre heures sur vingt-quatre. L'endroit est désert, et tous les autres commerces sont fermés pour la nuit.

« T'as vu un truc ? demande Real Deal.

– Je m'ennuie », répond Yuma.

Elle descend de sa Harley et sort un tournevis d'une de ses sacoches. Entrant dans la laverie, elle se dirige vers le distributeur de lessive, fait sauter la serrure du monnayeur avec son tournevis et empoche les pièces qu'elle y trouve.

« Tu te sens mieux ? demande Real Deal quand elle ressort et remonte sur sa moto.

– Je m'ennuie encore », répond-elle.

Cela fait neuf ans qu'ils sont ensemble. Ils se sont rencontrés à Dallas et sont tombés amoureux, vite et fort. Elle est folle par intermittence, lui aussi, et chacun accepte ça chez l'autre. Jusqu'à présent, chaque fois qu'elle a perdu la tête, il est resté suffisamment censé pour l'empêcher de s'attirer trop d'ennuis, et elle a fait la même chose pour lui. La discipline imposée par Antonia leur permet de rester dans les clous la plupart du temps.

Real Deal ne comprend pas au juste ce qui a actionné l'interrupteur de Yuma ce soir – le fait que Bob ait été réduit en poussière, l'autre Bob qui se comporte comme un abruti, ou ce bébé qui lui est passé sous le nez ? –, mais il sait que ça ne va pas être une partie de plaisir. L'arrêt suivant de Yuma est une station-service fermée. Il l'attend pendant qu'elle force le distributeur de Coca. Quelques minutes plus tard, elle essaie de faire sauter un parcmètre à coups de marteau.

« Si t'as besoin d'argent, tu n'as qu'à demander, plaisante Real Deal.

– J'ai pas besoin de ton putain de fric ! » cingle-t-elle.

Elle remonte sur sa bécane et roule jusqu'à ce qu'elle repère un magasin d'alcool dans un quartier mexicain. Real Deal la suit sur le parking et éteint comme elle son moteur. Trois hommes sortant d'un bar à côté du magasin s'arrêtent pour admirer la Harley de Yuma.

« T'as payé ça combien ? lui demande l'un d'eux.

– Un million de dollars, répond-elle. Deux millions. »

Le type fait une drôle de tête et répète ce qu'elle a dit à ses potes, en espagnol. Eux aussi font la moue. « Pas deux millions de dollars, rétorque le type à Yuma. Deux millions de *pesos.* » Ses potes éclatent de rire, les trois hommes grimpent dans un pick-up chargé d'outils de jardinage étincelants et s'en vont.

Real Deal passe la main sur son afro coupée bien court. Elle en ressort luisante de sueur.

« Tu comptes faire quoi, maintenant ? » demande-t-il.

Sans répondre, Yuma entre dans le magasin. Il lui emboîte le pas. Un couple de vieux Mexicains se tient derrière le comptoir. Assise sur une caisse à lait, la femme regarde une série sur une télé minuscule ; le mari tient la caisse, un mégot de cigare calé au coin des lèvres.

Les étagères croulent sous les marchandises. L'endroit vend de la nourriture en plus de l'alcool – haricots en boîte, gruau de maïs et *menudo*, sacs de riz, légumes flétris – ainsi que des articles divers et variés allant de la ventouse pour déboucher les toilettes aux cuit-vapeur pour préparer les *tamales.* Une musique grandiloquente jaillit de la télé tandis que Yuma se dirige vers le frigo à bières sans même un hochement de tête pour le vieil homme. Real Deal s'efforce de se montrer amical, saluant d'un « *buenas noches* » et faisant semblant d'être intéressé par une sélection de désodorisants pour voiture – sapin, lapins Playboy, drapeaux mexicains. Le vieux ne fait pas attention à lui. Il surveille Yuma dans le miroir rond fixé au plafond.

Yuma prend un pack de Coors, six grandes bouteilles, et laisse la porte du frigo se refermer en claquant. Elle demande une petite bouteille de tequila Cuervo au vieil homme. Quand il se retourne pour l'attraper sur les étagères derrière lui, elle fourre dans la poche de son blouson une pleine poignée de snacks Slim Jim. Le vieux pose la bouteille sur le comptoir et saisit la référence. Son épouse est debout aussi, maintenant, le regard fixé sur Yuma.

Yuma empoigne les bières, la tequila et sort sans payer.

« Hé ! » hurle le vieil homme, tenant tout à coup un pistolet. La vieille, elle, brandit une machette.

« Tranquille, intervient Real Deal. C'est pour moi. »

Il pose un billet de vingt sur le comptoir et sort à reculons.

Yuma ouvre une bière sur le parking et en vide la moitié d'un coup. Real Deal la finit pendant qu'elle fourre le reste dans l'une de ses sacoches. Elle jette sa jambe par-dessus la selle et actionne le kick. Real Deal pose sa main sur la sienne pour l'empêcher de faire rugir le moteur. Elle l'enveloppe d'un regard noir, quelque chose de sauvage palpitant au fond de ses yeux.

« Tu me vois, hein ? dit-il. Je suis avec toi.

– Mais t'as pas toujours été là », réplique-t-elle. Elle enclenche la vitesse et démarre.

Pedro prend soin de laisser une série de wagons de marchandises entre lui et la jungle des clodos à l'orée de la gare de triage. La voie est assez surélevée pour qu'en se baissant, il puisse observer le camp à travers les roues des wagons. Il s'en approche furtivement, évitant les éclats de pierre bruyants du ballast qui recouvre le remblai.

La jungle est nichée dans un bosquet de saules. Un petit feu danse là-bas, et Pedro entend une voix parler en espagnol. Il grimpe sur un wagon et s'allonge à plat ventre, s'offrant une vue dégagée sur un groupe de quatre hommes rassemblés autour de bouts de bois de récupération qui flambent, encerclés par des pierres. Ce sont des *Indios*, comme ceux qui faisaient tous les boulots de merde à Huamantla, la ville mexicaine où il a grandi. Petits, trapus, la peau sombre.

Deux d'entre eux jouent aux cartes sur une caisse à pommes. Les deux autres, allongés par terre, contemplent les flammes. Un gallon de Gallo passe de main en main. Les hommes qui vivent dans ces camps sont des clochards et des marginaux, des fugueurs et des fugitifs. Le genre d'hommes qui disparaissent. Le genre d'hommes qui ne manquent à personne. Les genoux de Pedro se mettent à trembler. Il va se nourrir ce soir, il en est certain.

« Une fois je jouais à Salinas, un type a misé son pick-up.

– Moi, un jour je jouais et un mec a parié sa maison. Et je l'ai gagnée.

– T'as jamais rien gagné de ta vie.

– Une femme portant un enfant monte dans un bus…

– Pas de blagues ! Pas de blagues !

– Passe-moi la bouteille de vin.

– Elle est vide. »

Les *Indios* sont ivres. Pedro l'entend dans leurs voix. Il plonge la main dans sa poche pour attraper son couteau. Un train siffle derrière lui.

« Va en chercher une autre.

– Le magasin est fermé.

– Il ouvre jusqu'à minuit.

– *Pendejos.* »

L'un des joueurs de cartes s'engage en titubant sur le chemin qui va de la jungle à la gare de triage. Pedro saute au bas du wagon. La seule lumière est celle des rares ampoules faiblardes montées sur les poteaux très espacés qui encerclent la gare.

L'*Indio* traverse deux voies ferrées et s'approche du train derrière lequel Pedro se planque. À trois wagons du sien, l'homme se glisse en rampant sous le train, ressortant du côté de Pedro. Celui-ci se couche à plat ventre sur le sol, mais l'*Indio* est concentré sur sa mission. Il entreprend de traverser la gare en direction d'une route qui mène à un petit magasin.

Pedro le suit, réduisant l'écart entre eux. Une autre série de wagons leur bloque le passage. Quand l'*Indio* se baisse pour passer dessous, Pedro s'engage juste après lui. Il empoigne le bras de l'homme, le retourne sur le dos et plaque une main sur sa bouche. Couché sur lui, il perce un trou dans sa jugulaire avec la pointe de son couteau.

L'*Indio* se débat, mais il n'a aucune chance de s'échapper, cloué par la masse de Pedro. Ce dernier colle ses lèvres au cou de l'*Indio*. Il sent l'odeur du vin bon marché. L'homme finit par se calmer, et Pedro le change de position pour que le sang coule encore. Une fois le puits à sec, il continue de téter, savourant la chaleur qui s'immisce dans tout son corps et le calme qui prend possession de son cerveau après des jours à se sentir fébrile.

Le gorille de la police ferroviaire fait glisser le faisceau de sa torche sur des wagons à deux voies de là. Pedro attend qu'il soit parti avant de traîner le corps de l'*Indio* pour le sortir de sous le wagon, et le hisser sur son épaule. Il le porte à l'autre bout de la gare, d'où part le chemin qui mène à une retenue d'eau entourée de peupliers.

Arrivé à la retenue, il pose le corps au bord de l'eau et le débarrasse de ses vêtements. À la lumière d'une lune fine comme un ongle, il ouvre le ventre du cadavre et en sort les entrailles, qu'il jette dans les herbes hautes. Les coyotes les auront dévorées avant l'aube. Le vrombissement d'un million de cigales résonnant à ses oreilles, il ramasse les plus grosses pierres qu'il peut trouver et en remplit la panse évidée de l'*Indio*.

L'eau est chaude quand il s'avance dans la retenue, traînant le cadavre derrière lui. Le fond vaseux s'incline rapidement vers le bas, et il soutient le corps pour l'empêcher de couler, le porte dans ses bras. Quand l'eau lui arrive au menton, il pousse sur le fond et poursuit à la nage, battant fort des pieds tout en soutenant le mort.

Au milieu de la retenue d'eau, il laisse le corps l'entraîner vers le fond. Quand ses orteils touchent la vase, il lève les yeux vers l'éclat d'argent terni de la surface. L'eau atteint trois mètres de profondeur à cet endroit, suffisamment pour que personne ne retrouve jamais l'*Indio*. Il lâche le corps, qui coule tout au fond, et il file vers la surface avant de regagner le bord à la nage.

De retour sur la berge, Pedro se rhabille et se retourne pour jeter un dernier coup d'œil à la retenue. L'eau est calme à nouveau, reflétant légèrement la lune, les étoiles, et les arbres courbés au-dessus. Ce n'est pas si mal. L'*Indio* aurait pu finir sa course dans de pires endroits.

La rampe de lancement de feux d'artifice, une remorque garée sur un terrain vague, est fermée à clé pour la nuit. Yuma et Real Deal se garent de l'autre côté de la rue. Yuma attrape son tournevis et Real Deal ne prend même pas la peine de lui dire combien cette idée est stupide. Elle est soûle maintenant, ce qui la rend encore plus têtue. Real Deal descend de sa moto et la suit jusqu'à la remorque.

Elle fait le tour pour s'attaquer à la porte, derrière. Incapable de trouver l'angle qu'il faudrait pour faire sauter le cadenas avec son tournevis, elle arrache à la place la languette métallique du montant. Une fois la porte ouverte, elle grimpe dans la remorque.

Real Dead pointe la tête à l'intérieur tandis que Yuma actionne son briquet d'un coup de pouce. Aube rouge, Or du diable, Roi tonnerre, Big Mama, Titan : l'éclat de la flamme révèle des étagères chargées de caisses de fusées, pétards à mèche et autres chandelles romaines, du sol au plafond. Une forte odeur de poudre épice l'air, et des panonceaux mettent en garde : DÉFENSE DE FUMER.

« Fais gaffe, bon Dieu », souffle Real Deal.

Yuma farfouille en quête d'une caisse remplie de cash mais ressort bredouille. Des phares qui approchent incitent Real Deal à la rejoindre à bord de la remorque. Il ferme la porte et siffle à Yuma d'éteindre son briquet. Ils restent plantés en silence dans l'obscurité, si proches qu'ils sentent la chaleur émanant du corps de l'autre.

Le brusque enchaînement de tension et de soulagement, une fois la voiture passée, a un drôle d'effet sur Yuma. Elle ressent soudain des picotements à tous les bons endroits, et une idée lui vient de ce qui pourrait calmer le tourbillon qui a fait rage toute la nuit à l'intérieur de son crâne. Elle empoigne la main de Real Deal et la pose sur sa chatte. Real Deal proteste, bredouille quelque chose à propos des risques. « Tais-toi », gronde Yuma et elle s'attaque à sa ceinture tandis qu'il s'occupe de la sienne. Ils font ça debout, elle penchée sur le plan de travail, lui derrière. Elle jouit au bout de deux minutes à peine, et lui dans la foulée.

Real Deal se rend à nouveau présentable et sort de la remorque. La rue est déserte des deux côtés, les ateliers de carrosserie, les vendeurs de pneus rechapés et les concessionnaires de véhicules d'occasion disséminés de part et d'autre plongés dans un profond sommeil. Real Deal remet sa bite en place et sourit dans sa barbe. Quel trip… Il sent une odeur âcre, et Yuma bondit hors de la remorque. Une fusillade de sifflements à briser les tympans, de bruits perçants et de détonations fait voler en éclats le silence, et une boule de feu jaillit de la porte de la remorque avant de se déployer en une nuée d'étincelles crachotantes.

Plantée à l'orée du terrain vague, Yuma rit en voyant l'effroi sur les traits de Real Deal tandis qu'il court la rejoindre.

« Joyeux bicentenaire », dit-elle.

Le vacarme s'amplifie encore, boum après boum, chuintement après chuintement, et le geyser d'étincelles craché par la porte est si intense qu'on dirait la queue d'une comète capturée. Une énorme explosion fait tressaillir les Démons, et une partie de la remorque s'envole sur un champignon de paillettes vertes et argentées, tournoyant sur elle-même avant de s'écraser par terre à six ou sept mètres d'eux.

Ils traversent la rue au sprint, sautent sur leurs motos et démarrent sur les chapeaux de roue. Yuma est plus calme à présent, grâce à la baise ou au feu d'artifice. Real Deal voudrait être en colère après elle, mais il se souvient de la fois, quelques années plus tôt, où il a enchaîné les excès trois nuits durant et pendant tout ce temps, elle est restée à ses côtés, parvenant Dieu sait comment à le sortir de tous les pétrins dans lesquels il s'était fourré. Il lui a demandé pourquoi, après. « J'ai tout misé sur toi », a-t-elle répondu, et c'est resté leur devise depuis.

Antonia et Elijah sont garés devant un bar qui est en train de fermer. Les buveurs expulsés de l'établissement restent figés sur le trottoir, hébétés, comme des gens dont la maison aurait été emportée par une tornade, mais il n'y a pas un seul vagabond parmi eux.

L'arrêt suivant des Démons est un café, le Helsing's. Ils avaient l'intention d'entrer brièvement dans la salle pour jeter un coup d'œil aux clients, mais se retrouvent assis au comptoir avec des menus devant eux.

« Il est temps de bouger, déclare Antonia.

– La Nouvelle-Orléans ? demande Elijah.

– On va y aller doucement, en fouillant toutes les villes qu'on traversera sur la route.

– Tu crois que les autres seront partants ?

– Ils savent que c'est idiot de continuer à traîner par ici nuit après nuit alors que les enculés qui ont désintégré Bob ont sans doute mis les voiles depuis longtemps. Bob sera pas content, mais soit il accepte, soit il continue en solo.

– J'imagine que tu ne serais pas trop triste qu'il s'en aille. »

Antonia hausse les épaules en guise de réponse, sirote son café. « Au Japon, les gens mangent du poisson cru, dit-elle. C'est censé être bon pour la santé. » Elle lit avec soin le menu. « Et nous, on a des crêpes. Putain, j'en ai marre des crêpes.

– J'ai rencontré un homme, un jour, qui ne jurait que par les pommes de terre au vinaigre, dit Elijah. Il ne mangeait que ça, et prétendait ne pas avoir été une seule fois malade de toute sa vie. Il disait même qu'il avait survécu à une épidémie de peste à Istanbul.

– Tu te souviens de cette fille, à Seattle ? répond Antonia. Celle que Charlie le Hollandais avait muée ?

– Charlie le Hollandais… répète Elijah. Ça faisait une éternité que j'avais plus pensé à lui.

– Il avait cette fille avec lui qui prenait de l'arsenic pour rester fine, une goutte dans son thé tous les soirs.

– Ta mémoire est une merveille », commente Elijah.

Antonia apprécie le compliment mais garde cela pour elle, elle a cette timidité-là. Au lieu de quoi, elle reprend ses jérémiades à l'encontre des crêpes.

Elijah et elle continuent d'écumer les rues après leur repas, sans plus de réussite. À trois heures et demie du matin, ils rentrent au motel, où ils sont les premiers arrivés. La lumière rouge du téléphone clignote quand ils regagnent leur chambre. Antonia appelle la réception, et le gardien de nuit décroche.

« Un certain Monsieur Beaumont a appelé, annonce-t-il. Il m'a dit de vous dire que c'était urgent. »

21

« Qu'est-ce qu'il faudrait pour faire la paix avec les Démons, d'après Beaumont ? »

La question de Johona surgit de nulle part. Jesse pensait qu'elle dormait à côté de lui, pensait être le seul à ne pas avoir trouvé le sommeil, l'esprit en surchauffe. Elle est sous le drap, en tee-shirt et petite culotte, lui au-dessus, tout habillé. Pour la première fois, il remarque les taches de rousseur qui saupoudrent son nez, une chose que Claudine n'avait pas. Elles lui plaisent.

Leur apporteriez-vous un autre bébé pour remplacer celui que vous avez volé ?

Oui, a répondu Jesse. Je leur en apporterais deux.

Leur céderiez-vous la fille ?

Non.

Votre frère ?

« Il pense qu'ils accepteront peut-être de l'argent, dit Jesse à Johona.

– Combien d'argent ?

– Il ne sait pas. Mais quelle que soit la somme, je me débrouillerai pour la trouver.

– Comment ? Pas en jouant les pickpockets…

– Tu m'as pas dit que tu rêvais de sortir avec un braqueur de banques ? »

Edgar allume la télévision. Donc lui non plus ne dort pas. Il fait défiler les chaînes jusqu'à trouver un dessin animé. Deux heures de l'après-midi à peine, le crépuscule est encore loin. L'estomac de Johona se met à gronder. Jesse pose l'oreille dessus. « T'as un ours là-dedans ? demande-t-il.

– Un ours affamé, réplique Johona.

– Il y a du beurre de cacahuète, du pain, un reste de pâté de jambon. Tu veux que je te fasse un sandwich ?

– Le beurre de cacahuète, j'aime seulement ça avec du lait.

– Moi aussi, intervient Edgar. Seulement avec du lait.

– Depuis quand ? dit Jesse.

– Je vais aller en acheter », annonce Johona. Elle ramasse son jean sur le plancher et l'enfile sous le drap.

Jesse sent un pincement d'inquiétude quand elle se glisse hors de la chambre. C'est le plein jour et seul Beaumont sait qu'ils sont là, mais il préférerait quand même qu'elle n'aille pas traîner dehors. Il s'assoit à la table et prépare les sandwichs.

« Je me sens chanceux, déclare Edgar. Je parie que je vais pas tarder à gagner un super jackpot.

– OK, Flambeur, dit Jesse. Tu feras quoi de tout cet argent ?

– Je me trouverai une chérie, moi aussi.

– Johona n'est pas ma chérie. Elle voyage juste avec nous pour le moment. On veille sur elle.

– T'es un menteur. Je t'ai vu l'embrasser. Et tu lui touches sans doute aussi les seins et la foufoune.

– Que penserait Maman si elle t'entendait parler comme ça ?

– Maman est morte, réplique Edgar. Elle peut plus rien entendre. »

Jesse est pris au dépourvu. Normalement, Edgar se calme tout de suite dès qu'on évoque leur mère. Jesse craint de lui avoir laissé trop de liberté ces derniers temps. Le meilleur moyen d'assurer sa sécurité a toujours été de le contrôler de près.

Johona revient, et ils mangent tous les trois devant Bugs Bunny. Edgar met Johona au parfum des programmes pour enfants sur les télés locales.

« Ça, c'est la 8, explique-t-il. Avant, ils passaient la série avec le commandant Lee et *Bostwick's Western Corral*, et après ils ont eu Miss Cendrillon. »

Le téléphone sonne. Edgar se lève d'un bond et dit : « Je vais répondre », mais Jesse attrape le combiné avant qu'il ait pu décrocher.

« J'essaie toujours d'entrer en contact avec les Démons, annonce Beaumont. Ils ne sont pas faciles à localiser.

– Encore merci, dit Jesse. Prévenez-moi dès que vous aurez des nouvelles.

– Évidemment, répond Beaumont. En attendant, j'aimerais vous inviter à dîner. Vous, Edgar et Johona.

– Vous n'êtes pas obligé.

– Cela fait vingt ans que nous ne nous sommes pas vus. C'est beaucoup trop pour de vieux amis comme nous. Nous avons plein de choses à nous raconter. »

Jesse n'est pas d'humeur à socialiser, mais il tient à rester dans les bonnes grâces de Beaumont.

« D'accord, mais ne vous donnez pas trop de peine.

– Magnifique, se réjouit Beaumont. J'ai hâte de vous revoir. Cela fait une éternité que je ne reçois plus. Je vous attends demain à minuit. Notez l'adresse. »

Edgar est excité par cette invitation. « Il a toujours ce piano qui joue tout seul ? demande-t-il, se souvenant de la fois où ils avaient rendu visite à Beaumont lorsqu'il vivait à La Nouvelle-Orléans. Il a toujours son perroquet ? »

Cette nuit-là, sur l'insistance de Johona, ils assistent à un spectacle de magie au Desert Inn. C'est une grosse production. Des danseuses de music-hall traversent la scène en levant haut la jambe, un tigre sort de nulle part et Buddy Hackett, l'humoriste, vient filer un coup de main pour un tour de cartes.

Jesse passe un bon moment jusqu'à ce que le magicien sorte une corde et ligote son assistante à un poteau, en rappelant à l'assistance que, jadis, on brûlait les sorcières sur le bûcher. *Sorcière.* C'est comme ça que ces hommes, à Hot Springs, avaient appelé Claudine. Le magicien asperge son assistante de gaz liquide, frotte une allumette et la jette à ses pieds.

Des flammes jaillissent autour de la fille, et Jesse se retrouve soudain projeté dans cette clairière de l'Arkansas, reprenant conscience dans d'atroces douleurs mais se régénérant rapidement après avoir été taillé en pièces par les amis de l'ivrogne dont Claudine s'est nourrie. Les hommes sont penchés au-dessus du soûlard.

« Pauvre Jim.

– C'est fini pour lui, hein ?

– Fini. »

Jesse fait le mort quand les hommes s'approchent de Claudine et de lui.

« C'est qui, ces deux-là ?

– Cette salope était en train de boire le sang de Jim.

– Une espèce de sorcière, alors. Et lui, c'est le diable qui traîne avec elle. »

L'un des hommes approche une lanterne de Claudine. « Non mais, regardez ça… », s'étrangle-t-il.

Les os de Claudine sont en train de se ressouder, ses chairs se reconstituent.

« Voilà qu'elle se rafistole, commente l'homme à la lanterne.

– Faut qu'on les brûle, déclare un autre. Faut les brûler tous les deux. » Il part en courant vers une cabane, plus loin sur le sentier.

Jesse essaie de rouler sur le côté, mais il est encore trop amoché. L'un des hommes le voit se démener et le sonne en lui abattant la crosse de son fusil sur le crâne. L'homme qui est allé à la cabane revient avec un bidon de pétrole de vingt litres. Il en asperge Claudine et Jesse, qui hurlent quand le pétrole s'immisce dans leurs plaies. L'homme veut frotter une allumette mais s'emmêle les pinceaux.

« Arrêtez ! crie Jesse. Arrêtez ! »

Un autre homme prend une allumette et l'enflamme. Il la jette sur Claudine, qui, aussitôt enveloppée d'un cocon de feu, se tord et hurle de douleur. Les arbres palpitent d'un éclat rougeoyant. La fumée s'élève à gros bouillons vers le ciel. Les hommes se tournent vers Jesse, mais avant qu'ils aient eu le temps de l'embraser, lui aussi, Claudine se relève d'un bond et se ruent sur eux, torche humaine hurlante. L'un d'eux prend la fuite, mais un autre braque son fusil et appuie sur la gâchette. La déflagration cloue de nouveau Claudine au sol, où elle gît en flammes, muette et plus immobile que jamais.

Jesse se rend compte qu'il peut bouger ses jambes et, mobilisant la moindre once de force qui lui reste, il se redresse tant bien que mal et se lance au sprint dans la forêt obscure. Une décharge de fusil claque et des plombs de chevrotine viennent se ficher dans son dos, mais l'énergie du désespoir le maintient en mouvement. Il se jette dans les fourrés. Des orties le brûlent, les ronces menacent de le garroter. Les hommes s'arrêtent à l'orée de cet enchevêtrement végétal, discutant de qui va l'y suivre.

Il fracasse tous les obstacles jusqu'à ce que le sol se dérobe sous ses pieds et il dégringole dans les ténèbres avant de retomber dans une rivière sombre et froide. Une décharge électrique le traverse de part en part lorsqu'il heurte le fond. Ses deux jambes sont brisées. Le courant s'empare de lui et l'emporte.

Il est parvenu à gagner la rive, à trouver une grotte au bord de la rivière où s'abriter toute la journée. Dès que le soleil s'est couché, il est retourné à la clairière. Il ne restait plus de Claudine qu'un petit tas de cendres, un carré d'herbe calcinée. Entendant du bruit sur le sentier menant à la cabane des hommes, il a pris la fuite, acte de lâcheté qu'il regretterait à tout jamais. Il aurait mieux valu se faire réduire en poussière en essayant de la venger, cette nuit-là, plutôt que de continuer péniblement à vivre comme il le fait depuis toutes ces années, écrasé sous des tonnes de culpabilité et de chagrin.

Il ne tenait plus du tout à la vie et avait manqué mourir plus d'une fois par la suite – avait essayé de mourir, à vrai dire. Ce n'est que lorsqu'il a commencé à s'occuper d'Edgar à la mort de leur mère qu'il s'est enfin détourné de la tombe.

Les flammes retombent, et le public a le souffle coupé. La fille a disparu. Le magicien feint de n'y rien comprendre. Des coups retentissent à l'intérieur d'une caisse en bois posée sur la scène. Le magicien s'en approche en trottinant, l'ouvre et la fille sort de la caisse, indemne.

Ils vont manger des glaces après le spectacle et Jesse laisse Edgar jouer à une machine à sous. Edgar la gave d'un plein rouleau de pièces sans rien obtenir en retour et, persuadé que la machine est détraquée, tente d'enfoncer sa main à l'intérieur en passant par le bac à pièces.

De retour au motel, Jesse fait en sorte que son frère s'intéresse à un film sur Frankenstein à la télé, afin que Johona et lui puissent aller s'asseoir ensemble sur la galerie devant leur chambre. Deux enfants s'éclaboussent dans la piscine. Johona allume une cigarette et attrape le cendrier.

« Emporter ce truc, c'est voler ? demande-t-elle.

– On dirait qu'ils font tout pour, répond Jesse. Il y a le nom de l'endroit dessus, le numéro de téléphone, tout ça.

– *Holiday Motel*, lit Johona.

– Ta famille va s'inquiéter pour toi ? interroge Jesse.

– Ils vivent à Santa Fe. Ils ne sauront même pas que j'ai disparu jusqu'à ce que tu me demandes de partir et que je les appelle pour qu'ils m'envoient de l'argent pour rentrer en Californie.

– Tu devrais être contente de pouvoir passer à autre chose.

– Et toi, tu seras content d'être débarrassé de moi ? »

Non, voudrait-il dire, mais il n'en fait rien. « Tu ne voudrais pas vivre la vie qu'Edgar et moi menons. Crois-moi.

– Peut-être que si j'étais dans les parages, ça rendrait les choses plus faciles, dit-elle. Je pourrais faire des courses pendant la journée, te tenir compagnie la nuit, t'aider avec Edgar. »

De plus en plus, c'est elle que Jesse voit quand il la regarde, pas Claudine. De plus en plus, c'est elle qui le fait sourire, pas ses souvenirs. Mais ne serait-ce que flirter avec l'idée de la garder avec lui est cruel.

Que feras-tu quand tu découvriras la vérité ? songe-t-il. *La première fois que je ramènerai une fille et lui trancherai la gorge pour qu'Edgar cesse ses jérémiades à propos de son*

Petit Diable ? À moins que ton idée, ce soit que je te mue, que je fasse de toi un monstre, aussi.

« Dès que Beaumont aura tâté le terrain avec les Démons et connaîtra leur position, tu t'en iras, dit-il. Même si cette situation finit par se régler, tu partiras. C'est beaucoup mieux comme ça. »

Johona tire sur sa cigarette, regarde les enfants dans la piscine. « C'est toi le boss », dit-elle.

Il sort à nouveau pour aller jouer les pickpockets. Johona a raison, il ne réunira jamais assez d'argent pour dédommager les Démons en faisant les poches des badauds, mais il faut bien commencer quelque part. Et il ne plaisantait pas en parlant de braquer des banques. Il l'a déjà envisagé par le passé, s'est toujours dit que c'était trop risqué. Maintenant, si c'est ce qu'il faut faire pour sauver Johona et Edgar, il en braquera dix. Encore une chose dont il faudra s'entretenir avec Beaumont.

Il n'y a plus qu'à espérer que ces cambriolages marcheront aussi bien que son travail de pickpocket. Il ratisse deux casinos, et les gens lui offrent pratiquement leurs portefeuilles. Il récolte mille dollars en à peine trois heures.

Il revient au motel juste avant l'aube. Edgar dort comme une souche, mais Johona s'assoit sur le lit quand il pousse la porte. Ils mangent des Pop-Tarts, et Jesse lui raconte sa bonne fortune. Ils s'endorment l'un contre l'autre, mais en se réveillant plus tard, il la trouve allongée sur lui. Elle serre son corps contre le sien et l'embrasse fougueusement.

Ils se déshabillent sans un mot, et avant d'avoir pu s'arrêter, le voilà en elle. Cela faisait longtemps. Il y a eu quelques accouplements bestiaux au cours des années qui se sont écoulées entre la mort de Claudine et le moment où il a pris en charge Edgar, mais ils l'ont laissé si plein de regrets, l'âme tellement brisée, qu'il n'a même jamais été tenté depuis.

Cette fois, avec Johona, c'est comme un baume, un remède apaisant qui lui fait penser que son chagrin ne sera peut-être pas éternel, après tout.

Allongés sur le dos, ils contemplent le plafond. Un rayon de soleil s'engouffre par un trou dans le rideau occultant, et de la musique résonne dehors, quelque part.

« Merci, souffle Jesse.

– J'aurais pas dû faire ça, répond Johona. J'ai pas réfléchi.

– C'était un cadeau », dit Jesse.

Johona roule sur le côté, se détournant de lui. « Arrête, soupire-t-elle. S'il te plaît. »

N'importe quoi pour la sauver. N'importe quoi.

Il se tourne dans l'autre sens, vers le lit d'Edgar, et les yeux de son frère sont grands ouverts, l'enveloppant d'un regard furieux.

Il laisse Edgar faire l'idiot dans la piscine pendant une demi-heure, après le coucher du soleil. Il a essayé cent fois de lui apprendre à nager, mais Edgar n'arrive pas à coordonner bras et jambes et ne veut pas mettre sa tête sous l'eau. Ce qui l'amuse, c'est s'avancer vers la partie la plus profonde jusqu'à ce qu'on ne voie plus que sa tête, puis revenir en sautillant vers là où il a vraiment pied.

« Amène-moi mes voitures, crie-t-il à Jesse. Je vais les nettoyer.

– Il est temps de sortir », réplique Jesse.

Il se lève et s'étire pendant qu'Edgar se dirige en traînant des pieds vers l'échelle. Quelque chose de pointu se fiche dans son talon. Il retire avec son ongle un éclat de verre enfoncé dans la chair et essuie la goutte de sang qui se forme avant que le trou se referme.

Johona est de bonne humeur tandis qu'ils se préparent pour aller dîner chez Beaumont. Jesse est heureux de la voir ainsi. Elle allume la radio et danse en se brossant les cheveux. Tournoyant dans la robe verte que Jesse lui a achetée, elle demande avec un accent français surjoué : « Est-elle assez chic pour *Monsieur Beaumont* ?

– Elle est assez chic pour n'importe qui, si c'est toi qui la portes », répond Jesse.

Edgar s'est enfermé dans la salle de bains. Jesse frappe à la porte.

« On se calme, gronde Edgar.

– Laisse-moi entrer. »

La porte s'ouvre, et Edgar est planté là avec le rasoir de Jesse dans sa main et un grand sourire aux lèvres.

« Qu'est-ce que t'as fait, bon sang ? s'inquiète Jesse.

– Je me suis rasé, répond Edgar. Qu'est-ce tu crois ? »

Depuis qu'il s'occupe de lui, c'est toujours Jesse qui a rasé son frère, Edgar a peur de le faire lui-même après avoir essayé et s'être retrouvé avec des coupures des joues au menton. Il s'est tailladé à deux ou trois endroits, cette fois encore, mais ça ne l'a pas dissuadé. Jesse l'empoigne par la mâchoire et fait pivoter sa tête dans un sens puis dans l'autre.

« Lisse comme une tasse en porcelaine », apprécie-t-il.

Encouragé par son succès, Edgar exige de conduire jusqu'à chez Beaumont lorsqu'ils arrivent devant la Grand Prix, et s'énerve quand Jesse refuse. Johona fait diversion avec un jeu.

« Je repère, avec mon petit œil, quelque chose de jaune, dit-elle.

– Une banane ?

– Où t'as vu une banane, *man* ? »

Beaumont vit au-delà des limites de la ville. Sa maison, qui ressemble à un bunker en béton barricadé contre le soleil accablant et les vents décapants du désert, est perchée sur une éminence avec vue sur le Strip, et un jardin aménagé avec des cactus et de gros blocs rocheux éclairés par en dessous. Jesse se gare dans l'allée, à côté d'une Cadillac blanche.

Beaumont vient leur ouvrir, dans un costume disco d'un rouge étincelant. Il serre les mains de Jesse et d'Edgar, baise celle de Johona. « Vous êtes ravissante », dit-il.

Le mobilier de la maison est moderne, tout en chromes et cuir noir, la moquette à poils longs d'un blanc immaculé. Rien – ni les peintures abstraites aux murs, ni l'immense téléviseur, ni le système hi-fi – ne laisse deviner que l'homme qui vit ici est âgé de deux mille ans.

Beaumont les conduit jusqu'au séjour enfoncé dans le sol, où ils se partagent un long canapé tandis que Beaumont prend ses aises dans un fauteuil pivotant de l'autre côté de la table basse en verre.

« Champagne, Tommy, ordonne-t-il, et un jeune homme accoutré d'une livrée à l'ancienne apporte un plateau avec quatre verre posés dessus.

– Quel endroit incroyable, commente Jesse.

– Je l'ai dessiné moi-même », répond Beaumont. Jesse a demandé un jour à Claudine d'où cet homme tenait sa fortune. Il a fait un bon mariage, a-t-elle expliqué. Plusieurs, même.

« Vous n'avez plus votre perroquet ? demande Edgar.

– Gigi ? répond Beaumont.

– Celui qui parlait français. »

L'homme en tenue de domestique revient, offrant cette fois des crevettes et de petites boulettes de viande plantées sur des cure-dents.

« Gigi est morte il y a longtemps déjà à l'âge canonique de quatre-vingts ans, dit Beaumont. J'étais effondré. »

Edgar lèche une boulette de viande et la fourre dans sa bouche. « Vous devriez en prendre un autre, dit-il. Lui apprendre le chinois.

– J'ai bien peur de ne pas savoir parler cette langue.

– Moi si, déclare Edgar. Ching chong ching chong ching chong.

– J'ai là quelque chose qui vous plaira encore davantage que Gigi », reprend Beaumont.

Il conduit Edgar jusqu'à la chaîne hi-fi et lui tend un micro. « Chantez quelque chose. »

Edgar se met à brailler *Take Me Home, Country Roads* et Beaumont appuie sur un bouton une fois qu'il a terminé, diffusant un enregistrement de sa performance. Edgar est fou de joie.

« Je pourrais passer à la radio !

– Vous pourriez en chanter une autre après le dîner, une vieille chanson, pour moi », suggère Beaumont.

Dans toutes les pièces de la maison, des portes en verre coulissantes ouvrent sur une cour intérieure. Le dîner y est servi sur une table garnie d'une nappe blanche, d'assiettes noires et de candélabres pareils à des serpents d'argent qui s'étranglent les uns les autres. Tommy sert du vin. Il y a du homard dans la soupe.

« C'est tellement chic, apprécie Johona.

– Je n'ai pas souvent des invités, alors quand j'en accueille, je me surpasse, répond Beaumont.

– Vous vivez seul ici ?

– Tommy est installé dans l'aile des invités et il fait tout dans la maison, mais cela reste une existence solitaire. À vrai dire, Johona, votre visite est la chose la plus excitante qui me soit arrivée depuis fort longtemps. »

Johona rougit et bredouille : « J'en doute.

– Vous êtes de Phoenix. Comment trouvez-vous Las Vegas ?

– Ça va, mais je suis en route pour L.A.

– Los Angeles est une ville merveilleuse. J'ai vécu un temps à Hollywood. Vous espérez percer dans le cinéma ?

– Oh, maintenant vous dites des bêtises…

– Vous avez la beauté pour cela, en tout cas, réplique Beaumont. N'est-ce pas, Jesse ?

– Oui, c'est vrai, acquiesce Jesse.

– Je disais toujours à Claudine qu'en d'autres circonstances, elle aurait pu être une star de la scène, et vous êtes aussi jolie qu'elle.

– Elle avait l'air d'être une personne extraordinaire, fait remarquer Johona. Jesse en parle avec admiration.

– Il l'a à peine connue, rétorque Beaumont, le soudain mépris dans sa voix rendant Jesse très mal à l'aise. Claudine et moi avons voyagé ensemble vingt années durant, les meilleures de ma vie. C'était un joyau, un joyau rare, trop précieux pour être confié à un individu tel que Jesse. Il était beaucoup trop stupide pour l'apprécier vraiment.

– Je vous ai raconté ce qui s'était passé, proteste Jesse. Je n'ai rien pu faire.

– Je la pleure encore aujourd'hui, confie Beaumont à Johona. Mais maintenant, vous voilà. Et bien que vous ne soyez pas l'original, une copie presque parfaite n'est pas dénuée de valeur. »

Les portes entourant le patio s'ouvrent toutes d'un coup, des hommes imposants et des dures à cuire, blousons noirs et jeans de rigueur, s'y engouffrent. Les Démons. Jesse se lève, au bord de la panique. Le vagabond avec lequel il s'est battu, celui qui a sauté du haut de la falaise, se faufile derrière Johona et pose une lame contre sa gorge.

« Assis, connard ! » ordonne-t-il à Jesse.

Jesse s'effondre plus qu'il ne s'assoit, les jambes flageolantes, et une femme aux cheveux blonds et courts colle un pistolet sur sa tempe. Les Démons, sept en tout, les tiennent en respect, Edgar et lui. Ils les fouillent pour vérifier qu'ils n'ont pas d'armes, faisant courir leurs mains sur les poitrines, les tailles et les jambes des deux frères.

« Jesse ? souffle Johona, les yeux exorbités de peur.

– Ça va aller », la rassure Jesse. Il se tourne vers Beaumont. « Vous m'avez tendu un piège ?

– J'ai remis les choses en ordre, rectifie Beaumont. Chaque fois que je vous ai vu, depuis la mort de Claudine, j'ai songé à la venger, mais soit le courage m'a manqué, soit les circonstances ne le permettaient pas. Mais j'ai vécu assez longtemps pour connaître les vertus de la patience, et je savais qu'une occasion finirait par se présenter de vous punir pour votre négligence. Quand vous m'avez téléphoné l'autre jour, tout s'est mis en place naturellement. »

Le vagabond sans âge boit une gorgée de vin et, de son verre, désigne Johona. « La fille est quelque chose que je n'avais pas anticipé, mais qui me remplit de joie, poursuit-il. Une compensation partielle de ces années passées à porter le deuil de Claudine. » Il se dresse et tend sa main vers Johona. « Venez avec moi maintenant, et aucun mal ne vous sera fait. Vous mènerez une vie qui dépassera vos rêves les plus fous.

– Je... je... je... bafouille Johona.

– Va avec lui, intervient Jesse.

– Pourquoi être si pressé, Beaumont ? gronde soudain le petit Démon trapu dont le couteau est plaqué contre la gorge de Johona.

– Nous étions d'accord pour...

– Asseyez-vous. »

Beaumont s'affale sur sa chaise.

Jesse s'adresse aux Démons, tout en sachant que cela ne servira à rien. « Je peux vous trouver de l'argent, dit-il. Je peux vous trouver un autre bébé. Tout ce que vous voulez que je fasse pour compenser ce qui s'est passé, je le ferai. »

Le Démon qui menace Johona rétorque : « L'argent ne suffira pas pour être quittes. Un autre bébé non plus.

– Très bien, dit Jesse. Mais laissez partir mon frère et la fille. C'est un simple d'esprit, et elle, elle s'est retrouvée embarquée là-dedans sans le vouloir. »

Le Démon au couteau s'approche d'Edgar et se penche pour le fixer droit dans les yeux.

« C'est vrai ? T'es un simple d'esprit ? »

Edgar fond en larmes.

22

J'ai un sachet de caramels mous de Virginia Beach. J'ai un tee-shirt Mickey et un tee-shirt Superman. J'ai une médaille du catéchisme, parce que j'ai bien appris les versets. Je passai près de toi, je t'aperçus baignée dans ton sang, et je te dis : Vis dans ton sang ! Oui, je te dis : Vis dans ton sang !

Je savais ce que Jesse et Johona trafiquaient sous les draps au motel. Il avait mis son zizi dedans elle. Et pendant tout ce temps le Petit Diable sifflait que je devais m'occuper de son cas. Il croyait qu'elle était pas prête de se tirer. Il disait que Jesse et elle se payaient ma tête. Dans la piscine j'ai joué que j'étais un géant dans l'océan. J'ai ramassé dans ma main un papillon de nuit noyé. Ils sont pareils que ceux du jour sauf qu'ils sortent la nuit. Leurs ailes sont faites en poudre et si on les touche elles tombent en poussière.

Je me suis rasé. Si on arrive à pas faire couler de sang on a droit à un bonus extra. Vers le bas sur les joues vers le haut dans le cou mollo sous le nez. Monsieur Beaumont vivait dans une grande maison blanche à La Nouvelle-Orléans. Maintenant il vit dans le désert. Jesse m'a dit de me peigner les cheveux avant de frapper à la porte. On s'est assis à table pour dîner. Le soldat a apporté du vin et j'ai trinqué. À la santé de Monsieur Beaumont et à la santé de miss Johona et à la santé de Jesse et à ma santé à moi.

Le Démon de la montagne a collé son visage contre le mien et sa manière de me regarder m'a fait pleurer. Tiens-le, il a dit, et il s'est mis à me tailler l'oreille avec son couteau. Laissez-le, a crié Jesse mais ça l'a pas fait arrêter. Mais bon personne me fera un truc pareil à moi. Je me suis levé et j'ai secoué les épaules pour faire lâcher les connards qui me tenaient sur la chaise. Ils se sont mis à me taillader mais moi je cognais dans tous les sens. Jesse s'est dégagé aussi et ç'a été la bagarre jusqu'à ce que le Démon de la montagne crie, Hé !

Il était derrière Johona et il tirait sur ses cheveux pour basculer la tête et il avait remis sa lame sur la gorge de Johona. Ses hommes m'ont rebalancé sur ma chaise et Jesse sur la sienne. J'étais tellement coupé de partout que j'arrivais plus à respirer. Le Démon de la montagne a fait, Mon partenaire, son nom c'était Bob, et il valait dix putes comme celle-là. Non ! a crié Beaumont mais le Démon a pas écouté et il a tranché la gorge de Johona, comme ça. Son cœur a fait jaillir le sang par sa coupure battement après battement et ç'a éclaboussé toute la nappe. Elle essayait de respirer mais pas moyen et elle avait le même air effrayé qu'ils ont tous quand ils savent qu'ils vont mourir. Résiste pas, a crié Jesse, laisse-toi aller. Elle a cligné des yeux comme quand on essaie de rester réveillé. Elle s'est mise à trembler. Et puis elle est partie.

Maman fait des biscuits. Farine levure bicarbonate sel lard lait. Elle replie la pâte et l'aplatit et me laisse découper des ronds avec une boîte de soupe vide. Faut appuyer bien droit sans tourner et faire attention quand tu les sors du four. Si t'en laisses tomber un t'auras une visite surprise.

Quand le sang a plus été que quelques gouttes le Démon a mis son doigt dans la coupure a montré le sang à Jesse et puis l'a léché. Il a laissé tomber la tête de Johona et s'en est encore pris à moi. Et toi le costaud, il a dit, voyons voir à quoi tu ressembles quand t'as plus de nez. J'ai dégagé une main et je l'ai attrapé par le cou. Un truc a craqué et il s'est mis à s'étouffer. Les autres me sont tombés dessus comme des chiens sauvages en me donnant des coups de poing de pied de couteau. Chaque fois que j'en balançais un deux autres me sautaient dessus. Jesse aussi s'était relevé. Il a éclaté la tête d'une blonde sur la table a sorti son flingue et descendu un homme.

Monsieur Beaumont était contre un mur avec l'air qu'il allait vomir. Tout ça c'était de sa faute et je voulais le tuer mais j'avais du mal à marcher. Quelqu'un m'a poignardé dans le dos. La lame était froide comme un stalactite en rentrant chaude comme un clou tout juste forgé en ressortant. Une rouquine a pointé un pistolet sur moi et m'a tiré dans la poitrine. Je suis tombé d'un coup dans le noir.

Le Petit Diable rit et montre ses dents. Je suis mort, je lui fais, laisse-moi tranquille. *J'en ai pas encore fini avec toi*, il dit. Popeye mange des épinards pour être fort. Sinbad le marin serre bien sa ceinture. Underdog, lui, il avale une pilule. J'ai mâché un M&M's rouge et j'ai levé une chaise au-dessus de ma tête jusqu'à ce que Jesse me dise d'arrêter. T'es où Jesse ? Je suis plus fâché après toi. Viens me chercher. Apporte une lumière et je te promets de filer droit.

23

30 juin 1976, Las Vegas (suite)

« Tu veux que je te tue ? ai-je demandé, n'étant pas sûr d'avoir bien entendu Sally.

– Si tu me laisses pas partir, ouais, a-t-il dit. Je te conduis jusqu'à Beaumont, tu l'attrapes, tu le mets dans ta caisse, et ensuite tu me réduis en poussière. »

J'étais planté debout dans une chambre de motel sans âme dans une grande ville sans âme, le pistolet d'un mort à la main, en train d'écouter un monstre qui tentait de me convaincre de mettre fin à sa vie. Le grotesque de la situation m'a paralysé un instant.

« T'en dis quoi ? », a demandé Sally.

Impossible de lui donner une réponse sur-le-champ, de sorte que je l'ai escorté jusqu'au camping-car et enfermé dans sa caisse. De retour dans la chambre, la télévision braillait. J'ai éteint le poste, mais le silence était pire encore. J'ai enfilé une chemise propre et parcouru à pied les deux rues qui me séparaient du Strip.

Un groupe jouait ta chanson préférée, *Misty*, dans le bar du premier casino sur lequel je suis tombé. C'était de la confiture pour les cochons. Trois filles blanches en minijupe avec des coiffures bouffantes gloussaient en buvant des Mai Tai, une tablée de cow-boys parlait base-ball à tue-tête, et les blagues ringardes du barman couvraient la voix de la chanteuse.

Un homme assis au coin du comptoir m'a paru étrange, tandis que je sirotais ma bière. Ses cheveux blonds étaient soigneusement peignés avec une raie au milieu, et il portait une belle chemise sport et un pantalon repassé, mais son sourire avait quelque chose de moqueur, et de sinistre. Il a tourné vers moi son regard sans couleur et a porté une longue cigarette fine à ses lèvres trop rouges.

Un vagabond, ai-je songé.

Il s'est levé précipitamment et a quitté le bar, et je me suis demandé si de la même façon qu'ils se reconnaissent entre eux, les monstres sont capables de flairer une personne qui a tué leurs semblables. Quelque chose dans le sang de la femme et de son enfant, hier soir, me collait-il encore à la peau, me désignant comme un chasseur ? Ou cet homme n'était-il qu'un touriste lambda, et c'est mon imagination qui m'a joué des tours ?

Je crains que cette partie de mon destin ne consiste à vivre étranglé par ce genre d'angoisse et de paranoïa. C'était ce qu'Adam a ressenti, j'imagine, après avoir mangé le fruit de l'arbre de la connaissance, quand tout le mal dont il ignorait jusqu'alors l'existence lui a soudain été révélé. A-t-il, comme moi, pleuré cette perte de l'innocence ? S'est-il, comme moi, demandé si le savoir en valait la peine ?

CITATION DU JOUR : « Ayez pitié, ayez pitié de moi, vous, mes amis ! Car la main de Dieu m'a frappé. »

Job, 19:21

1er juillet 1976, Las Vegas

Je me sens mieux ce matin, après la crise de nerfs de la nuit passée. Le sommeil a rechargé mes batteries, et j'ai passé une heure avec les Saintes Écritures pour me fortifier l'âme. J'ai décidé que Beaumont, ce roi des vagabonds, était une personne à laquelle je devais m'intéresser, et quand le soleil s'est couché, j'ai amené Sally dans la chambre et lui ai demandé où je pouvais trouver cet homme.

« Il vit ici, à Vegas, a répondu Sally. Du moins, il vivait ici la dernière fois que je l'ai vu, il y a quinze ans. Je me rappelle où est sa maison. On peut y aller tout de suite. »

Faute d'une meilleure idée, je l'ai escorté jusqu'au pick-up, attaché à l'œillet de l'habitacle, et nous nous sommes mis en route.

Il m'a guidé en dehors de la ville, en plein désert, jusqu'à un lotissement où les maisons étaient très espacées les unes des autres, à l'écart de la route. Nous avons tourné en rond pendant une heure dans les rues sinueuses, enchaînant les demi-tours et repassant sans cesse aux mêmes endroits. Quand nous sommes arrivés au fond de notre dixième impasse, l'asphalte cédant la place au sable, où roulaient des *tumbleweeds* desséchés, j'en ai eu assez.

« Tu ne sais pas du tout où tu vas, pas vrai ? ai-je demandé.

– On est tout près, je le sens, a répondu Sally.

– Et moi, je sens que tu me fais gaspiller mon essence et mon temps.

– Fais demi-tour et retourne au dernier croisement. »

Nous sommes arrivés devant un panneau de rue qui nous avait échappé : *RED ROCK ROAD*. J'ai tourné là, Sally a baissé sa vitre et glissé la tête dehors pour mieux voir. Nous avions parcouru sept ou huit cents mètres et passé cinq ou six allées quand il a désigné une maison.

« Comment peux-tu être si sûr ? ai-je demandé. Elles se ressemblent toutes dans le noir.

– Je te l'ai dit, *man* : je me souviens. »

Je me suis garé assez loin sur la route pour qu'un conducteur s'engageant sur l'allée de la maison ne remarque pas le pick-up. Après avoir détaché Sally, j'ai attrapé des jumelles dans la boîte à gants et nous avons marché un peu dans le désert, les chaînes du gamin cliquetant à chaque pas, avant d'obliquer vers la maison. Nous nous sommes arrêtés au sommet d'une petite butte couronnée d'un arbre chétif, camouflage bienvenu. Accroupis là, nous avions une vue dégagée sur l'allée et la porte d'entrée, à une cinquantaine de mètres.

La maison était un cube de béton organisé autour d'un patio, avec un cottage pour les invités à l'arrière. Ses rares fenêtres étaient étroites et disposées très en hauteur. Il n'y avait pas de voiture dans l'allée, et les seules lumières visibles étaient des spots colorés disséminés dans le jardin.

« On dirait qu'il n'y a personne, ai-je déclaré. À moins qu'il ne soit allé se coucher.

– Avant le lever du soleil ? a répondu Sally. Pas le genre de Beaumont.

– Allons voir de plus près. »

Nous avons fini par marcher jusqu'à la maison et en avons fait le tour. Il y avait une porte à l'arrière, avec une vitre. J'ai jeté un coup d'œil à travers, dans une réserve qui donnait sur la cuisine obscure. Au-delà se trouvait le patio, de l'autre côté d'une porte en verre coulissante. Aucun signe de vie.

Nous sommes retournés au sommet de notre butte, et j'ai annoncé à Sally que j'allais attendre une heure encore, au cas où quelqu'un arriverait.

« Moi, ça me va, a répliqué Sally. Je profite du grand air. » Il s'est allongé dans le sable.

La nuit était chaude, sans un souffle de vent, et l'éclat des étoiles écrasait celui du Strip, au loin. Sally montrait du doigt les avions qui passaient au-dessus de nous, suivait la trajectoire des satellites. Un coyote a jappé, un autre lui a répondu, et toute une chorale s'est bientôt mise à hurler. Sally scrutait les ténèbres.

« T'as pris le flingue ? », a-t-il interrogé, me transmettant son malaise.

Il a parlé de son enfance. Cela ne m'intéressait pas, je n'écoutais que d'une oreille en surveillant la maison.

« Mon paternel s'était mis en tête d'élever des lapins pour arrondir les fins de mois, racontait-il. Comme c'était l'été et qu'il n'y avait pas école, c'était moi qui étais chargé de m'en occuper. Je voulais pas de ce boulot, mais ça n'y changeait rien. Quand le vieux disait quelque chose, on lui obéissait.

« C'étaient trois femelles et un mâle. Il n'y avait pas grand-chose à faire pour s'en occuper, à part leur donner à boire et à manger. Ces lapins vivaient mieux que nous. Quand il faisait chaud, je mouillais des sacs en toile de jute et je les posais sur leurs cages pour les rafraîchir, pendant que nous autres, on souffrait avec notre malheureux refroidisseur d'air. J'avais dix ans à peine, mais je savais déjà que je voulais pas vivre comme ça. »

Je me suis jeté à plat ventre en voyant une voiture approcher sur la route et j'ai sifflé à Sally de faire de même. La Cadillac blanche a tourné dans l'allée de la maison, la porte du garage s'est levée et une lumière s'est allumée. Pendant que le chauffeur, un jeune homme blanc, attendait de pouvoir entrer dans le garage, un grand Noir chauve est descendu à l'arrière et s'est dirigé vers la porte de la maison. Il avait des cicatrices sur le front, de celles qu'on voit parfois chez nos frères africains. J'ai tendu les jumelles à Sally.

« C'est lui », a-t-il confirmé.

Beaumont est entré dans la maison, et la porte du garage est redescendue en cliquetant derrière la voiture.

J'en avais appris suffisamment pour cette nuit-là, ne voulais pas forcer ma chance. Sally et moi avons regagné discrètement le pick-up et sommes rentrés au motel. Il ne m'a pas lâché de tout le trajet, me demandant quand j'allais m'attaquer à Beaumont. Je lui ai dit que je n'avais pas encore décidé si cela en valait la peine. Ce n'était pas ce qu'il avait envie d'entendre, et il m'a fallu l'enfermer dans sa caisse pour avoir la paix.

C'était il y a une heure. Je vais m'agenouiller dans cette chambre avant de me coucher et demander conseil à Dieu, en espérant que mes prières ne seront pas interceptées dans les airs par je ne sais quels démons œuvrant à ma perte.

> CITATION DU JOUR : « S'*attendre* au pire, c'est se condamner soi-même à l'échec. *Préparez*-vous au pire. L'attente est passive. La préparation est active. Soyez toujours actif. »
>
> *Écouter, répondre, gagner : un nouveau chemin vers la réussite*, Dr Christine Pellegrino

2 juillet 1976, Las Vegas

Je n'ai pas été guidé hier soir, n'ai reçu ni révélation ni commandement. Mais que je m'en prenne ou non à Beaumont, mon arsenal avait besoin de se muscler un peu. Donc après une banane et une tasse de café en poudre, je suis allé dans un magasin d'activités de plein air et j'ai acheté un fusil de chasse calibre 12 et des cartouches ; des munitions, un chargeur supplémentaire et un étui d'épaule pour le 45 ; et un couteau de chasse avec un fourreau de cheville.

De retour au motel, j'ai rempli les chargeurs et en ai engagé un dans le 45. L'étui du pistolet était invisible sous mon blouson, et après l'avoir dégainé plusieurs fois, mon geste était assez fluide. Je ne me laisserai plus jamais déborder comme cela a été le cas avec la femme et son enfant. Chaque fois que j'irai chasser, à compter de maintenant, je serai armé jusqu'aux dents et prêt à tout.

J'ai ramené Sally dans la chambre à la tombée de la nuit et lui ai donné à manger un *bucket* de Kentucky Fried Chicken. Les Dodgers jouaient contre les Padres, et je l'ai laissé regarder le match. Quand celui-ci a été terminé, j'étais résolu à me rendre à nouveau chez Beaumont. J'ai cadenassé Sally dans la caisse, cette fois, fatigué de ses jacasseries incessantes, et voulant voir si j'étais capable de retrouver seul le chemin. Je m'en souvenais plutôt bien, ne me suis trompé qu'une fois ou deux. Après m'être garé au même endroit qu'hier, j'ai escaladé seul la colline. Ce soir, il y avait de la lumière dans la maison, et une musique à peine audible, du classique.

J'ai commencé à me dire qu'il fallait tout de suite m'occuper de Beaumont. Le 45 était calé sous mon aisselle, le poignard fixé au bas de ma jambe, et le sac de Czarnecki, dans le camping-car, contenait tous les autres accessoires dont je pouvais avoir besoin. Je me suis aussitôt raisonné. Je ne connaissais pas l'organisation de la maison, et n'allais pas bénéficier de l'avantage du jour. Et s'il y avait quelqu'un d'autre avec lui ?

J'ai espionné encore un peu les lieux, sans rien apprendre de nouveau. Je ne dirai pas que ce voyage fut une perte de temps, mais je n'éprouve pas le besoin de mener d'autres repérages. Si je dois le faire, autant le faire tout de suite. Demain sera le jour. Je prendrai d'assaut la maison et, si je ne parviens pas à capturer Beaumont, je le tuerai. Sally sera déçu si les choses se déroulent ainsi, mais qu'ai-je à faire des larmes d'un monstre ?

4 juillet 1976, Las Vegas

Une bêtise, une bataille, un pacte avec le diable. Je profite d'un moment de répit pour noter ce qui s'est passé au cours des dernières vingt-quatre heures, et ces mots seront peut-être les derniers que j'écrirai jamais.

Comme prévu, je me suis garé sur la route à une certaine distance de la maison de Beaumont hier, à midi, armes chargées, poignard fixé, pied-de-biche à la main. J'ai laissé Sally enchaîné dans sa caisse, et me suis faufilé jusqu'au sommet de la butte. Couché au pied du petit arbre, j'ai scruté la maison avec les jumelles. Les rideaux étaient tirés, mais j'étais certain que Beaumont se trouvait à l'intérieur.

J'ai récité une prière pour me donner du courage. « Ô Seigneur, Tu es mon refuge et ma forteresse, Tu es mon épée et mon bouclier. Emplis-moi de bravoure et de force à l'heure où je m'apprête à affronter le mal. »

Puis… rien. Je suis resté allongé à plat ventre dans la poussière. Le feu que j'avais alimenté tout au long de la matinée s'était éteint. Cinq minutes ont passé, dix, tandis que ma volonté s'efforçait de pousser mon corps à se lever et à marcher vers la maison. Je me suis imploré moi-même, me suis raisonné, me suis giflé le visage jusqu'à ce que mes joues palpitent de douleur, en vain.

J'ai passé tout le trajet retour jusqu'au motel à m'inventer des excuses : j'avais besoin de plus de temps pour élaborer mon plan en détail. Je n'avais pas bien dormi la nuit dernière. Mon dos me faisait souffrir. La vérité, c'est que je m'étais tout simplement dégonflé. Beaumont n'était pas ivre comme le Mexicain de Reno. Il n'était pas une femme ni une enfant. À en croire Sally, c'était un personnage puissant, le roi des vagabonds, et cogiter tout cela m'avait désarçonné.

L'énergie nerveuse et la chance pure et simple m'avaient permis de m'en tirer lors de mes premières rencontres avec les monstres, mais cela ne suffirait pas à long terme. J'ai passé le reste de la journée à me demander si j'étais vraiment taillé pour marcher sur les traces de Czarnecki. Je ne possédais manifestement pas le courage nécessaire pour affronter le mal en face à face, ni la sauvagerie qu'il fallait pour l'éliminer sans états d'âme ; or, sans une détermination de fer et le cœur froid d'un assassin, j'étais condamné.

Quand la nuit est venue, j'étais épuisé. Ce fut un soulagement de faire venir Sally pour le dîner et de l'écouter raconter l'histoire de ce voleur qui s'est fait prendre parce qu'il n'avait pas pu rester à l'écart de son bar sordide préféré, à Times Square. Sally a demandé une bière. J'ai refusé mais lui ai préparé un second sandwich au jambon. C'est à ce moment-là que j'ai décrété qu'il valait mieux passer la nuit à surveiller le domicile de Beaumont que me torturer dans cette chambre. Cela me permettrait peut-être de découvrir le point faible qui m'offrirait un avantage.

J'ai repris la route du désert et me suis rangé sur le bas-côté. Sally m'a supplié de le laisser m'accompagner quand je suis revenu chercher le 45 dans le camping-car, en répétant que deux paires d'yeux vaudraient mieux qu'une. J'ai fini par céder et l'ai fait sortir de la caisse, espérant que ses bavardages noieraient le grabuge sous mon crâne.

La première chose que j'ai remarquée quand nous sommes arrivés au sommet de la butte, c'était une deuxième voiture dans l'allée, une Grand Prix. Une voix m'est parvenue, qui chantait dans la maison, suivie de rires et d'applaudissements. Puis le silence est retombé. Mes yeux étaient pressés contre les lentilles des jumelles, mais il n'y avait rien à voir. J'envisageais de m'approcher furtivement pour aller jeter un coup d'œil par la porte vitrée de derrière quand Sally s'est mis à gémir.

« Qu'est-ce qu'il y a ? ai-je demandé.

– Les menottes me serrent trop. »

Je me suis accroupi près de lui. « Montre-moi. »

J'ai entraperçu la pierre dans sa main juste avant qu'il ne me l'écrase sur la tête. Le premier coup m'a sonné, le second m'a projeté à terre.

Je suis revenu à moi dans un océan de douleur. Mon cerveau s'est mis à tournoyer quand je me suis assis sur le sol, et j'ai dû essuyer le sang qui coulait dans mes yeux. Je ne sais combien de temps j'étais resté inconscient, mais Sally avait déjà presque atteint la maison, progressant aussi vite que ses chaînes le lui permettaient. J'ai dégainé le 45 et me suis lancé à ses trousses.

Un vacarme – des cris et des détonations – a éclaté à l'intérieur de la maison. Il n'a pas ralenti Sally. Lequel a frappé à la porte d'entrée, hurlant le nom de Beaumont et criant : « Je suis Sally Spiotto ! J'ai besoin d'aide ! » Moi non plus, je n'ai pas ralenti. Fou furieux, je traversais l'allée quand Beaumont a franchi la porte en courant. Il a bousculé Sally pour passer mais s'est arrêté net en me voyant. Sans réfléchir, je lui ai tiré dessus en pleine poitrine et il s'est effondré.

Sally s'est rué à l'intérieur et a tenté de me claquer la porte au nez. J'ai calé mon épaule dessus pour l'ouvrir de force, et me suis retrouvé au beau milieu d'un abattoir – du sang partout. Sally s'est enfui en courant, mais un corps gisant sur le plancher me bloquait le passage, et un *biker* noir avec une coupe afro très courte et un bouc, était penché sur lui, un couteau à la main. Une fille rousse a braqué un flingue sur moi. Mes mains tremblent en me remémorant la scène, mais dans l'instant, j'ai tiré sans la moindre hésitation et l'ai touchée à la tête. Puis le *brother* a chargé, et je l'ai abattu à son tour.

Un autre motard, un grand Mexicain baraqué, m'a sauté dessus depuis un recoin sombre et j'ai tiré encore, le frappant au bras. Il a lâché son couteau mais a continué d'avancer. J'ai perdu le pistolet quand il m'a plaqué au sol. Il a verrouillé son bras valide autour de mon cou mais je l'ai saisi par les cheveux, et, en faisant basculer le poids de mon corps, j'ai réussi à le retourner, de sorte que nous étions tous les deux allongés sur le dos, moi sur lui. Je l'ai roué de coups de coude, puis j'ai tendu la main vers le couteau glissé dans mon étui de cheville. Le *biker* l'a attrapé avant moi et s'est dégagé. S'asseyant sur ma poitrine, il m'a frappé au visage, encore et encore, et a levé le couteau.

Avant qu'il ait pu m'achever, une détonation a retenti et un geyser de sang a jailli de son front. Il m'est tombé dessus comme un poids mort, et quand j'ai réussi à le repousser, je me suis retrouvé nez à nez avec le canon d'un pistolet tenu par un jeune Blanc, vingt-deux ou vingt-trois ans peut-être, les cheveux et les yeux sombres.

« Qui êtes-vous ? a-t-il demandé.

– Je suis venu pour Beaumont, ai-je répondu.

– Où est-il ?

– Dehors, devant la maison. Je l'ai abattu.

– Si vous voulez ressortir d'ici vivant, il faut qu'on bosse ensemble.

– Je veux ressortir d'ici vivant », ai-je répondu.

Le jeune homme – il s'appelait Jesse, je l'ai appris ensuite – a ramassé mon couteau et il a dit : « Plantez-le dans le cœur de Beaumont et ramenez le corps à l'intérieur. »

Encore tout secoué d'avoir tué deux personnes et sonné par les coups reçus, j'étais content que quelqu'un d'autre ait un plan, et disposé à faire tout ce qu'on me dirait. J'ai empoigné aussi le 45 et me suis dirigé vers la porte d'entrée. Beaumont était déjà en train de s'enfuir en rampant.

« Attendez », a-t-il soufflé en levant la main devant moi.

Je l'ai repoussé sur le dos d'un coup de pied et lui ai enfoncé le couteau en pleine poitrine. Laissant la lame à l'intérieur, je l'ai traîné dans la maison.

Jesse était agenouillé auprès de l'homme sur lequel j'avais failli trébucher en entrant pour la première fois. C'était son frère, Edgar. Jesse l'a aidé à se redresser, en disant : « Doucement. Tu seras bientôt comme neuf. »

La rousse sur laquelle j'avais tiré a grogné, revenant à la vie. Jesse a trouvé un couteau par terre et l'a poignardée avec, puis lui a cisaillé le cou jusqu'à ce que sa tête se décroche et qu'elle se désintègre.

« Des vagabonds ? ai-je demandé. Tous autant qu'ils sont ?

– Vous ne le saviez pas ? » s'est étonné Jesse.

Mon soulagement – j'avais tué des monstres, pas des êtres humains ! – fut de courte durée. Je savais que j'étais encore en danger.

« Faut qu'on les réduise en poussière, a dit Jesse. Occupez-vous de ces deux-là » – il a désigné les deux *bikers* gisant sur le sol, le Mexicain et le Noir – « moi je me charge de ceux qui sont dans le patio. »

Je me suis baissé pour récupérer le poignard que le Mexicain avait laissé tomber et me suis mis au travail sur lui. La plaie sur son front se refermait déjà. Il a ouvert les yeux et poussé un cri muet, mais j'ai continué de couper jusqu'à ce qu'il se décompose.

J'allais faire subir le même sort au *brother* quand une porte en verre a volé en éclats et Jesse est rentré à reculons dans la maison, tirant avec son pistolet. Il est passé en courant devant moi et a traîné Edgar derrière un canapé. Me précipitant vers une porte ouverte, je me suis retrouvé dans un couloir. Une blonde éclaboussée de sang et un *biker* qui boitait bas sont apparus, venant du patio, et ont poursuivi leur chemin vers une porte à l'autre extrémité du séjour. Un troisième *biker*, un Blanc de petite taille, les suivait, agitant un pistolet.

« Tous ceux qui peuvent encore marcher, venez, on se tire de là ! » a hurlé la blonde.

Jesse s'est redressé brusquement derrière le canapé et a appuyé sur la gâchette. Le petit motard a répliqué avec son flingue. Soudain, le *biker* noir s'est relevé et a titubé vers les autres. Je lui ai tiré dessus et l'ai raté, mais Jesse l'a touché à la jambe. Il avançait toujours, le petit motard le soutenait tout en nous clouant au sol, Jesse et moi, en tirant à tout-va.

Les membres du gang ont franchi la porte tant bien que mal et l'ont claquée derrière eux. À travers les sifflements de mes oreilles, j'ai entendu des motos démarrer. Jesse s'est rué dehors au moment où trois Harley explosaient hors du garage. Quand le bruit des moteurs a fini par s'estomper, il est revenu à l'intérieur et est allé trouver son frère, recroquevillé au pied du canapé.

J'ai trouvé Sally planqué dans le placard d'une des chambres. Il n'a pas résisté quand je l'ai fait sortir de force et l'ai jeté sur le lit.

« Il fallait bien que j'essaie, s'est-il justifié.

– Oui, j'imagine », ai-je répondu.

J'ai fait glisser le couteau du *biker* entre ses côtes. Il a grimacé, gémi et il est devenu tout flasque. Je lui ai tranché la tête, j'ai dégagé les menottes de ses cendres et les ai emportées dans le séjour.

Edgar était allongé sur le canapé. Il s'est assis en me voyant entrer. Il était grand et costaud, plus costaud que Jesse, et semblait assez âgé pour être son père. Il m'a demandé qui j'étais.

« Ça ne te regarde pas, ai-je répliqué.

– Il est simple d'esprit, est intervenu Jesse. Faites pas attention à lui.

– Vous aussi, vous êtes des vagabonds ? ai-je interrogé.

– Je suis l'homme qui vous a sauvé la vie, a rétorqué Jesse. Et lui, c'est mon frère. »

Il s'est courbé au-dessus de Beaumont pour dégager mon couteau. J'ai demandé ce qu'il comptait faire, maintenant.

« Il m'a fait un coup dans le dos, a expliqué Jesse. Je veux qu'il voie mon visage avant de le réduire en poussière.

– Je ne peux pas te laisser le tuer.

– Essayez donc de m'en empêcher. »

J'ai pointé le 45 sur lui.

« Je l'emmène avec moi, ai-je dit.

– Pour quoi faire ?

– Pour qu'il m'aide à chasser.

– Chasser ?

– Les vagabonds. »

Jesse a eu un sourire narquois. « Et je suis censé vous laisser faire ?

– Tu me dois une fière chandelle, ai-je répliqué. Ton frère serait mort si je n'avais pas abattu ces deux hommes en entrant. »

Jesse a médité la chose, puis lâché mon couteau. « Je vous écoute », a-t-il dit.

Je lui ai expliqué que j'avais besoin d'aide pour porter l'homme jusqu'à mon pick-up.

« Faut que vous m'aidiez à me relever, a-t-il déclaré. J'ai pris une balle dans le ventre et je n'ai pas encore tout à fait récupéré. »

Il a empoigné le bras que je lui tendais, m'a déséquilibré en tirant brusquement dessus et m'a arraché le 45. Le pointant sur moi, il s'est relevé tout seul et m'a ordonné : « Si t'as d'autres armes, pose-les par terre aussi.

– Je n'ai rien d'autre, ai-je répondu, honteux de m'être ainsi laissé surprendre.

– Je te propose un deal, a-t-il repris. J'ai l'intention de réduire en poussière le reste de ces salopards. Je pourrais le faire moi-même, mais ce sera plus rapide et plus facile à deux. Combats-les avec moi, et tu pourras avoir Beaumont une fois qu'ils seront liquidés.

– Tu crois vraiment que je te serai d'une grande aide ? ai-je rétorqué. Il t'a fallu à peine deux secondes pour me piquer mon flingue.

– Tu t'en étais plutôt bien sorti jusque-là.

– Et si je refuse ?

– Je vous tuerai tout de suite, Beaumont et toi. »

J'avais perdu beaucoup de sang à cause de l'entaille sur ma tête, et l'adrénaline était en train de retomber, de sorte qu'à cet instant-là, pour être honnête, je n'en avais plus grand-chose à faire de Beaumont. Je ne pensais qu'à ressortir vivant de cette maison.

« Qu'est-ce que tu attends de moi ? » ai-je demandé.

Jesse a montré les chaînes de Sally. « Passe-les à Beaumont avant qu'il ne revienne à lui. »

Le temps que Beaumont batte des paupières, quelques minutes plus tard, je l'avais ligoté.

« Qu'est-ce qui s'est passé ici ? a-t-il interrogé.

– Pas ce que vous aviez prévu, a cinglé Jesse.

– Ce n'est pas ce que tu crois. »

Jesse l'a frappé au visage avec le pistolet et m'a ordonné de le bâillonner avec le bandana d'un des motards. Puis Jesse et moi avons remonté la route à pied pour aller chercher le pick-up. Je me suis garé dans l'allée, nous avons porté Beaumont jusqu'au camping-car et l'avons enfermé dans la caisse.

De retour à la maison, Jesse a récupéré une couverture dans l'une des chambres et l'a apportée dans le patio. Il a enveloppé le corps d'une fille dont la gorge avait été tranchée et nous a dit, à Edgar et à moi, de l'emporter dehors. Il me tenait en respect avec le 45 de Czarnecki, mais sa main tremblait quand nous avons déposé la fille dans le camping-car, à côté de la caisse.

« On va où ? ai-je demandé une fois que nous avons tous été à bord du pick-up.

– Démarre, c'est tout », a-t-il répliqué

Je vais en rester là pour l'instant, *baby*, en espérant pouvoir te raconter le reste plus tard. Il est 14 heures. Beaumont est dans le camping-car et les frères et moi dans ma chambre. Jesse me surveille depuis la table avec le pistolet, Edgar dort sur un des lits et, allongé sur l'autre, je me sens comme Daniel dans la fosse aux lions.

Si je meurs en aidant ce gamin à régler leur compte aux *bikers*, tu ne liras jamais ce que je m'apprête à écrire maintenant, mais je tiens quand même à le coucher sur le papier, à l'exprimer en pensée et à le diffuser dans l'univers : je t'aime, *baby*. Tu as toujours été une meilleure personne que moi, plus forte et plus intelligente que moi. Souviens-toi des bons moments, c'est tout ce que je demande. Parce que c'est ce que je vais faire, moi, et à l'heure de mon dernier souffle, c'est ton doux sourire que j'aurai sous les yeux.

24

Antonia retourne l'appel de Beaumont, pensant qu'il a une nouvelle mission à leur confier. Les gens viennent trouver Beaumont pour lui demander de l'aide, et lorsqu'il s'agit d'un problème que les Démons sont susceptibles de régler, il fait office d'intermédiaire contre dix pour cent des sommes qu'ils empochent en retour. Mais cet appel-là n'a rien à voir avec un meurtre ou un braquage. C'est quelque chose de beaucoup mieux.

Ignorant les liens existant entre Beaumont et les Démons, le vagabond qui a liquidé Bob lui a demandé de les contacter pour voir s'il n'y aurait pas moyen de se faire pardonner. Ce que cet abruti ne sait pas, c'est que cela fait des années que Beaumont nourrit sa propre rancune à son encontre – une histoire de femme qu'ils ont tous deux connue par le passé. Il va venir à Vegas pour rencontrer Beaumont, et ce dernier suggère que les Démons fassent eux aussi le déplacement, ce qui leur permettra, à lui comme à eux, de régler deux comptes d'un coup.

Antonia accepte de faire le voyage, et en apprenant la nouvelle, les membres du gang explosent de joie, poussant des acclamations et se prenant dans les bras entre deux coups de poing. Ils se mettront en route vers Las Vegas le soir même et prévoient de descendre au motel de Bull, en périphérie de la ville, un établissement en bordure d'autoroute si délabré qu'il n'a même plus d'enseigne, juste une flèche rouge en néon. Bull n'est pas un vagabond, mais ça ne le gêne pas de les accueillir, du moment qu'ils ne tuent personne ni ne se nourrissent sur place. Il est même d'accord pour faire leurs courses pendant la journée, contre rémunération.

Ce gros costaud chauve, qui prétend avoir été gangster à New York, sort de son bungalow pieds et torse nus, en bermuda.

« T'as des chambres pour nous ? demande Antonia.

– Suffisamment pour tes potes, répond Bull. Mais toi, va falloir que tu dormes avec moi.

– Merde, réplique Antonia. Tu vois même plus ta bite sous cette bedaine. »

Bull sourit autour d'un joint calé entre ses dents. « Ça tombe bien, dit-il. Tu pourras me dire si elle est encore là.

– Il nous faut trois bungalows. On va rester deux jours, peut-être trois. »

Pas de registre ici, Bull se contente de leur lancer les clés. Un seul bungalow est occupé, par un professeur venu d'Allemagne étudier les scorpions du désert.

« Je suis pas sûr qu'il soit très sérieux, dit Bull. En général, quand midi arrive, il est déjà bourré au schnaps. »

Antonia emprunte le téléphone de Bull pour appeler Beaumont. Celui-ci lui annonce que les vagabonds qu'ils cherchent, un certain Jesse et son retardé de frère, sont arrivés en ville, avec la fille qui a volé le bébé. Il les a invités à dîner chez lui le lendemain, et le plan qu'il a imaginé, c'est que les Démons se pointent avant et se planquent pour les attendre. Il laissera le gang exercer sa vengeance à sa place, n'exigeant qu'une chose en échange : qu'on le laisse garder la fille.

Antonia sonde le reste des Démons. Ils sont d'accord pour lui donner la fille, mais Bob pique sa crise de devoir ainsi retarder sa vengeance, fût-ce de quelques heures, il veut qu'Antonia rappelle Beaumont pour savoir où crèchent ces vagabonds. Un comprimé de Quaalude et quelques bières le détendent un peu, et tous ne tardent pas à fêter leur bonne fortune, rassemblés autour d'une table de pique-nique sous les ramures d'un tamaris, en bordure du parking. Bull boit avec eux, et l'Allemand aussi. Johnny n'arrête pas de lui faire des saluts nazis et d'aboyer « *Heil Hitler* », et à chaque fois, l'Allemand répond « *Fuck Hitler* ».

« Ce lupanar est toujours ouvert, celui qu'est pas loin du lac ? demande Bob à Bull.

– Aux dernières nouvelles, ouais, répond Bull.

– Comment s'appelait la fille que t'aimais bien, là-bas ? demande Bob à Pedro. Une blonde, avec un gros cul…

– Jenny ? répond Pedro.

– Allons lui rendre visite.

– J'en suis, annonce Johnny.

– Et vous, colonel Klink ? lance Bob à l'Allemand. Fous zaimez les chatteuh ?

– Vous y allez en Harley Davidson ? demande l'Allemand.

– À votre avis ?

– Merveilleux ! »

Ils se mettent en route quelques minutes plus tard, Pedro et Bob sur une moto, Johnny et l'Allemand sur l'autre. Bull va se coucher et Antonia, Elijah, Real Deal et Yuma jouent au Stud à cinq cartes. Ils parlent d'aller à La Nouvelle-Orléans quand cette affaire sera réglée, et Elijah raconte les aventures qui lui sont arrivées là-bas, du temps où la Louisiane appartenait encore à l'Espagne.

« C'était exactement comme maintenant : quel que soit ce qu'on voulait, quelqu'un pouvait vous le fournir, dit-il. Toutes les manières imaginables de se suicider. »

Bob et les autres arrivent au bordel, qui est en fait un parc de caravanes avec des illuminations de Noël accrochées de-ci de-là, un grand mobile home faisant office de salon et de bar. Cela fait belle lurette que Jenny n'est plus là, mais Pedro trouve une fille à son goût et ses acolytes font leur choix parmi les autres.

Les hommes se retrouvent ensuite dans le salon pour boire, jouer au billard et flirter avec les prostituées. L'Allemand leur apprend une chanson à boire : « *Ein Prosit, ein Prosit, der Gemütlichkeit, Ticky Tocky Ticky Tocky, Oi oi oi !* », et ils la chantent si fort et tant de fois que le videur leur dit de dégager.

Chez Bull, la partie de cartes s'essouffle. Antonia et Elijah regagnent leur bungalow, et Antonia se met au lit pour bouquiner.

« C'est quoi, ça, *De l'autre côté de minuit* ? demande Elijah en désignant le livre de poche dans ses mains.

– Un truc pourri, répond Antonia. Des gens riches qui se font des crasses. Elle l'aime, il ne l'aime pas, il l'aime, elle ne l'aime pas, ils épousent les mauvaises personnes. Et ça dure comme ça sur des pages et des pages. L'auteur était sûrement payé au mot.

– On a eu de la veine, hein ? fait remarquer Elijah. La manière dont ça s'est goupillé avec Beaumont ?

– Au moins, on ne perdra plus de temps à chercher, dit Antonia.

– Ni à gérer les crises de Bob. »

Bob et les autres reviennent, Antonia éteint la lumière et ferme les rideaux.

« Je suis pas d'humeur à m'occuper d'une bande d'ivrognes, dit-elle.

– Moi non plus », acquiesce Elijah.

Il s'allonge à ses côtés et s'assoupit bercé par le murmure des pages qui se tournent.

Après une longue journée fébrile, les Démons se ruent hors de leurs cabanons aussitôt le soleil couché. Bull fait griller des steaks hachés qu'il vend vingt-cinq cents pièce – cinquante avec sauce pimentée et fromage – et Bob fait circuler une bouteille de tequila.

« Où est le Boche ? demande Johnny.

– Il s'est barré ce matin, répond Bull. Il tirait une tronche pas possible. »

Repus et surexcités, les Démons sautent sur leurs bécanes et filent vers la maison de Beaumont, où ils planquent leurs engins dans le garage. Beaumont les invite à entrer. Ils parlent de tout et de rien dans le patio qui occupe le centre de la maison en attendant Jesse.

Antonia sent combien Beaumont est mal à l'aise. Négocier par téléphone avec le gang est une chose, devoir parler en face à face avec ses membres en est une autre. Il se trémousse dans ce patio avec un sourire faux, agitant les mains comme s'il avait peur qu'ils laissent des traces de boue sur sa moquette, tandis qu'un domestique costumé nommé Tommy distribue des verres.

« Tu lui cires les pompes aussi ? demande Bob à Tommy.

– Je suis le chauffeur et l'intendant de Monsieur, répond Tommy en débarrassant un verre vide.

– Oh là là, s'exclame Bob en se tournant vers Pedro. T'as besoin que Tommy ici présent t'apporte quelque chose ?

– Y a encore de la bière ? demande Pedro.

– Allez, magne-toi un peu, ordonne Bob. Ramène-lui une bière. »

À 23 heures, une heure avant l'arrivée prévue de Jesse et des autres, les Démons retournent dans le garage, où ils attendront de faire leur entrée. Yuma s'assoit par terre à côté de Real Deal. Elle sort son revolver, déboîte le barillet et le fait tourner.

« Il était un petit homme qui avait un petit fusil, et ses balles étaient en plomb, plomb, plomb, chantonne-t-elle. Il descendit vers le ruisseau et il vit un petit canard, et il l'envoya par le fond, fond, fond...

– Qu'est-ce que c'est que ce truc ? grogne Real Deal.

– Une comptine que ma maman me chantait toujours. »

Johnny pète.

« Ça, c'est ce que la maman de Johnny chantait toujours, commente Bob.

– Chut ! » ordonne Antonia.

Elle est assise sur sa Harley, les vapeurs d'essence du garage lui donnent la nausée. Elijah est à cheval sur sa moto, lui aussi, bras croisés. Les chiffres sur sa montre sont fluorescents et, au bout d'un moment, tous les fixent du regard, comme hypnotisés.

Le bruit d'une voiture à l'approche les arrache brusquement à leurs rêveries. Ils se jettent par terre tandis que des phares illuminent la petite vitre de la porte du garage et balaient le plafond. Des portières claquent, quelqu'un dit à quelqu'un de se recoiffer, et une fille éclate de rire. Les nouveaux arrivants se dirigent vers la véranda et sonnent à la porte. Beaumont les fait entrer.

Une autre demi-heure passe, durant laquelle les Démons entendent une voix chanter, une conversation étouffée et Beaumont qui demande du champagne. Leurs pistolets sont dégainés, leurs couteaux à portée de main. L'un d'eux fait tomber un balai, et le claquement du manche sur le sol en ciment est aussi sonore qu'une détonation, mais la fête continue à l'intérieur de la maison.

L'ampoule au-dessus de leurs têtes clignote enfin trois fois, le signal qu'il est temps pour eux de se montrer. Antonia ouvre la porte qui donne sur le séjour, où ils se faufilent un par un.

Beaumont, Jesse, son frère et la fille sont assis autour de la table du patio. Les Démons glissent comme une fumée noire vers leurs positions respectives derrière les grandes baies coulissantes, croisant au passage Tommy qui file vers la porte d'entrée. Sur un signe de Beaumont, ils s'engouffrent comme un seul homme dans le patio.

Une heure plus tard, les survivants sont de retour chez Bull, autour de la même table de pique-nique, et font tourner la tequila en tentant de reconstituer ce qui vient de se passer.

« Pourquoi t'as buté la fille ? demande Antonia à Bob.

– J'ai vu que Jesse l'aimait bien.

– Sauf qu'on avait promis de la laisser à Beaumont.

– Je voulais qu'il souffre comme j'ai souffert.

– OK, mais notre parole, alors ?

– Je m'en tape complètement. Juste pour le regard qu'il a fait, ça valait le coup. C'est pas ma faute si vous avez pas été foutus de les tenir, lui et son retardé de frère.

– Qu'est-ce qui s'est passé après qu'ils vous ont échappé ? demande Elijah. Après que le grand balèze t'a attrapé par le cou, et que Jesse nous est tombé dessus ? »

Ce qui s'est passé, c'est que Bob est tombé par terre en crachant du sang, la trachée défoncée, et qu'Edgar s'est rué vers la salle de séjour. Jesse a assené un coup de boule à Elijah puis s'en est pris à Antonia, lui écrasant la tête contre la table, lui arrachant son pistolet avant de tirer sur Elijah, qu'il a touché entre les deux yeux. C'est à ce moment-là que Johnny s'est jeté dans la mêlée pour tenter de lui reprendre le pistolet.

Real Deal poursuit le récit des événements. « Pedro, Yuma et moi, on a pourchassé le débile jusqu'au séjour, et Yuma lui a flanqué une balle dans le corps. J'allais le liquider quand on a frappé à la porte. Beaumont est sorti de la maison en courant, et un vagabond couvert de chaînes s'est rué à l'intérieur avec un type noir, l'enculé qui nous a descendus, Yuma et moi. »

Pendant ce temps, dans le patio, Johnny était en train de prendre le dessus sur Jesse, le plaquant à plat dos sur la table, quand Jesse lui a planté son pouce dans l'œil, poussant jusqu'à ce que quelque chose craque. Tous deux ont dérapé sur le ciment couvert de sang et basculé ensemble. Jesse a attrapé un couteau et réduit Johnny en poussière, puis il a récupéré le flingue d'Antonia et filé vers le séjour.

« Et Pedro ? » interroge Elijah.

Real Deal lève le bras pour se gratter le crâne. Quand il retire ses doigts, ils sont trempés de sang. « J'étais encore à moitié dans les vapes, mais je l'ai vu faucher le *brother* qui m'a dégommé, raconte-t-il. Il allait le finir quand Jesse a déboulé et lui a éteint la lumière. Juste à ce moment-là, Yuma a repris connaissance et Jesse l'a entendue. J'ai fait tout ce que j'ai pu pour me lever, putain, mais… » Il écrase son poing sur la table de pique-nique, faisant sauter la bouteille de tequila, puis grommelle encore quelques mots : « Jesse l'a liquidée, et le *brother* a liquidé Pedro.

– Après ça, Jesse s'en est pris à nous, poursuit Antonia. Bob, Elijah et moi, on était encore dans le patio. On avait récupéré et on était prêts à s'enfuir quand il s'est pointé. Bob l'a fait reculer en lui tirant dessus deux ou trois fois, et on est sortis de la maison. »

Real Deal a réussi à leur emboîter le pas alors qu'ils traversaient le séjour, et ils ont foncé jusqu'au garage. Antonia a calé Elijah derrière elle sur sa Harley, Real Deal a enfourché sa bécane, et Bob a démarré celle d'Elijah. Ils ont pris la fuite tous les quatre, jaillissant hors du garage et dévalant l'allée pleins gaz. Une fois sur la route, ils ont roulé à fond sans un regard en arrière.

Après avoir parcouru plusieurs kilomètres et s'être assurés que personne ne les poursuivait, ils se sont arrêtés derrière une station-service aux portes et fenêtres condamnées, histoire de faire le point. On aurait dit qu'ils venaient de nager dans un lac de sang. Real Deal tremblait sur sa selle, la tête entre les mains.

« Tu vas pouvoir continuer ? lui a demandé Antonia. On devrait pas rester dehors, avec l'allure qu'on a.

– On devrait retourner là-bas brûler cette putain de maison, a grondé Bob.

– On est trop esquintés pour penser droit. Rentrons chez Bull le temps de nous remettre les idées en place.

– Moi, j'ai pas de problème, a protesté Bob. Je suis cent pour cent prêt à me bagarrer.

– Va te bagarrer tout seul, alors, a répliqué Antonia. Je vais certainement pas me laisser entraîner dans un plan aussi stupide.

– Toi tu viens, Elijah, pas vrai ? Pour Johnny et Pedro, pour Yuma…

– Antonia a raison, a répondu Elijah.

– Évidemment, a grogné Bob.

– Non, elle a raison, a renchéri Real Deal. Il reste combien de temps avant le lever du jour ? Si on se lance sans réfléchir, on se fera tous surprendre par le soleil et on aura même pas l'occasion de leur rendre la monnaie de leur pièce. »

Il a démarré sa moto et il est reparti. Antonia et Elijah l'ont suivi. Bob les a bientôt imités, jurant entre ses dents.

Assise à la table du pique-nique, le déroulé des faits finalement éclairci, Antonia boit une gorgée de tequila.

« Et maintenant, nous voilà ici.

– Je vais monter la garde jusqu'à l'aube, annonce Bob.

– T'attends qui ?

– Le gamin et le nègre qui lui a filé un coup de main.

– Tu crois qu'ils vont se pointer ?

– Ce putain de Français est au courant qu'on crèche ici. Il va nous balancer vite fait.

– Peut-être qu'ils ont leur compte.

– Après ce que j'ai fait à la fille ? Ce Jesse va pas me laisser tranquille.

– Dans ce cas, on devrait se casser d'ici, trouver un autre motel et demain soir, on les traquera.

– Comme on les a traqués à Phoenix ? rétorque Bob. Non. Pas question de me barrer, ni de jouer ce genre de jeu. Je parie que le gamin va venir me trouver ici, et je l'attendrai.

– Moi non plus, je partirai pas, dit Real Deal. Si tu penses qu'ils vont débarquer, je reste avec toi. »

Antonia s'enfile un coup de tequila. Rien de ce qu'elle pourra raconter ne les fera changer d'avis, elle doit seulement se soucier d'Elijah et d'elle-même. Il leur reste une heure avant que le soleil se lève – suffisamment de temps pour se tirer vite fait. Sa fierté la retient, cependant.

Cela fait sept ans qu'Elijah et elle sont à la tête des Démons. Et bien qu'elle en ait sa claque d'argumenter sans arrêt avec des tarés, et qu'elle rêve depuis longtemps de quitter ce gang, s'en aller maintenant, après la mort de Yuma et des autres, et laisser Bob et Real Deal affronter seuls ce qui va suivre, lui semble indéfendable. Elle serait une ordure de les abandonner.

« Va te laver dans ta chambre, ordonne-t-elle à Bob. Je reste ici. » Elle se tourne vers Real Deal : « Toi aussi. Dors si tu peux. »

Real Deal s'enferme à clé dans son bungalow. Les dix ans qu'il a passés avec Yuma ont été les meilleurs de sa vie. Il lui a avoué qu'il avait mué parce qu'il avait toujours su qu'il fallait un sacré bout de temps pour trouver la femme idéale, et qu'une fois qu'il l'aurait trouvée, il voulait rester avec elle pour l'éternité. « Et c'était toi que j'attendais », a-t-il conclu. Il n'a pas pleuré depuis cent ans, pas même quand son frère s'est fait assassiner, mais, maintenant, il a peur de ne plus jamais pouvoir s'arrêter.

Assise à la table du pique-nique, Antonia étudie l'ampleur des dégâts. L'entaille sur son crâne, à l'endroit où il a percuté la table, a disparu, et son nez ne lui fait plus mal quand elle le tord.

« T'as pas fait beaucoup d'efforts pour les convaincre, remarque Elijah.

– Ils meurent d'envie de se battre, réplique Antonia.

– Et on va leur prêter main-forte ?

– Ça fait longtemps qu'on traîne ensemble. Faut qu'on aille jusqu'au bout de ce truc. »

Elijah arrache une écharde de la table. « On va envoyer Bull nous chercher d'autres munitions. Et un fusil de chasse. Tu pourras prendre mon autre pistolet.

– T'es fâché ?

– Si ça dépendait que de moi, je m'en irais. On est des cibles faciles, ici. Et j'aime pas te mettre en danger.

– Comme c'est mignon, se moque Antonia.

– C'est purement égoïste, réplique Elijah. S'il t'arrivait quelque chose, ce serait pire pour moi que d'être réduit en poussière. »

Antonia plaque son front contre le sien et le fixe droit dans les yeux.

« Toutes les choses ont une fin, vieil homme.

– Pas moi, pas toi, rétorque Elijah. Pas avant qu'on soit allés en Italie. Pas avant que tu voies… comment ça s'appelle, déjà… *La Naissance de Vénus* ? »

Ils surveillent la route jusqu'à ce que la dernière étoile s'éteigne dans un ultime clignotement. Deux voitures et le camion d'une compagnie d'électricité passent devant le motel. Se réfugiant dans la sécurité de leur bungalow juste avant que le soleil ne sorte, ils sombrent aussitôt dans le sommeil mais sont réveillés un peu plus tard par des sanglots – ceux de Real Deal, qui montent et retombent comme le chant triste d'un étrange oiseau, insoutenable à écouter.

25

Jesse cesse de creuser et s'assoit. La tombe de Johona est à peine profonde de soixante centimètres, mais il n'a plus aucune force dans les bras, n'arrive plus à tenir la pelle. Edgar prend sa place dans le trou et poursuit le travail avec l'homme noir qui a débarqué de nulle part chez Beaumont, Charles Sanders, et le tas de terre continue de monter. Sanders n'a pas râlé quand Jesse lui a ordonné de s'arrêter en plein désert pour enterrer Johona. « Je suis chrétien, a-t-il dit. Je comprends. » Il a même attrapé une pelle pour prêter main-forte.

Le corps de Johona gît à côté de Jesse, la couverture dans laquelle il l'a enveloppée tout imbibée de sang. Il pose la main dessus, constate que son cadavre est froid maintenant, et une nausée le prend à la pensée que douze heures plus tôt, il la serrait dans ses bras. C'était comme une petite chose délicate qui s'était fait déchiqueter par deux chiens. Il aurait dû mieux la protéger.

« Mon frère est le meilleur creuseur de tombe au monde, déclare Edgar, s'adressant à Sanders. Et moi, le deuxième.

– Vraiment ? » réagit Sanders.

Jesse se force à se relever. « Faites une pause, tous les deux, dit-il. Je vais terminer. »

Quand le trou est assez profond, ils y descendent Johona. Sanders demande à Jesse s'il veut dire quelque chose. Non, il n'a pas les mots.

« Je vais le faire, moi, propose Edgar.

– Laisse tomber », lâche sèchement Jesse. Il en a assez des jacasseries de son frère pour ce soir, pour toute une vie d'ailleurs.

Sanders et lui rebouchent la fosse pendant qu'Edgar fait la tête.

Sanders reprend le volant du pick-up et les ramène en ville. Jesse garde braqué sur son ventre le 45 qu'il lui a dérobé. Fini les erreurs, maintenant.

« Tu crèches où ? demande-t-il à Sanders.

– Un motel près du Strip.

– Edgar et moi, on va se planquer dans ta piaule jusqu'à ce soir. »

Sanders plisse le front mais ne proteste pas. Au bout d'un moment, il demande : « Comment comptes-tu t'y prendre pour retrouver ces *bikers* ?

– Les Démons, corrige Jesse. Ils se font appeler les Démons.

– Tu as des infos sur eux ?

– J'ai Beaumont. Il sait où ils se trouvent.

– Et alors, quoi ? Toi, ton frère et moi, on leur tombe dessus ?

– Il ne serait pas d'une grande aide.

– Je me bats aussi bien que toi, dit Edgar.

– La ferme.

– Donc on sera à deux contre quatre, dit Sanders.

– On s'en est pas mal tiré à deux contre sept.

– Un pur coup de chance », réplique Sanders. Son visage est tout boursouflé du tabassage qu'il a encaissé chez

Beaumont, et il a une entaille au front. Il la tamponne avec un chiffon. « Si je reçois une balle, moi, je meurs.

– Je peux te muer, si tu veux, rétorque Jesse. Comme ça ils pourront te tirer dessus dix fois, ça t'empêchera pas d'y retourner.

– J'imagine que tu te crois drôle », grommelle Sanders.

Jesse ne répond rien. Il dit à l'homme de s'arrêter à quelques rues du motel où Edgar, Johona et lui sont descendus.

« File-moi les clés et ton portefeuille », ordonne-t-il.

Sanders s'exécute. Ouvrant le portefeuille, Jesse découvre la photographie d'une femme tenant un enfant dans ses bras. « C'est ta famille ?

– Ma femme, et mon fils », répond Sanders.

Jesse montre du doigt l'adresse sur le permis de conduire. « C'est là qu'ils habitent ? »

Sanders se change en pierre, ne répond pas.

« Si t'es pas là quand je reviens, j'irai à cette adresse et je tuerai tous ceux que j'y trouverai, menace Jesse. Compris ?

– Je serai là.

– Où tu vas ? s'inquiète Edgar.

– Reste avec Mr Sanders. Il t'arrivera rien. »

Il est plus de 4 heures du matin. La rue est déserte. Jesse se hâte, mais pas au point d'attirer l'attention. Arrivé devant le motel, il scrute les lieux, guettant d'éventuelles traces des Démons. Ne repérant aucun guetteur, Jesse gagne la chambre au petit trot, tourne la clé dans la serrure et pousse la porte. Dégainant le 45, il entre dans la chambre et jette un coup d'œil dans la salle de bains. RAS.

Il ramasse ses affaires et celles d'Edgar, les fourre dans leurs sacs de voyage. Il en a un et Edgar deux, le second pour ses jouets et autres babioles. Ne pouvant porter que deux sacs, Jesse laisse la plupart des jouets dans la chambre, tassant tout ce qu'il peut – petites voitures, quelques livres d'images, un jeu de cartes – dans le sac d'habits de son frère. Reste à s'occuper d'Abby.

La chatte siffle et se hérisse quand il tend le bras vers elle. Il envisage un instant de l'abandonner, mais Edgar sera déjà chamboulé par l'absence des autres objets. Il enlève la taie d'un des oreillers et, au prix d'une bataille dont il sort mordu et griffé, parvient à fourrer l'animal dedans.

Les lunettes noires que Johona lui a achetées sont posées sur la table. Ses forces le quittent à nouveau en les apercevant, et il s'assoit sur le lit le temps de se ressaisir. Il faut qu'il soit plus dur. S'il veut venger la fille, il doit faire une boule de son chagrin et l'enterrer, il ne peut pas se permettre de perdre ses moyens comme ça. Donc, il devrait laisser les lunettes. Sauf qu'il ne peut pas. Il les glisse dans sa poche et jette un coup d'œil au parking par l'entrebâillement de la porte.

Personne ne l'attend, personne ne donne l'alarme. Portant les sacs et le chat, il regagne le pick-up par un autre chemin. Sanders est bien là, comme il l'avait promis. Jesse pose les sacs dans le camping-car et tend la taie d'oreiller à Edgar en remontant dans la cabine du pick-up.

« Laisse-la dedans », dit Jesse.

Edgar glisse la main dans la taie pour caresser Abby.

Sanders roule jusqu'à son motel, se gare et donne les clés à Jesse.

« Emmène Edgar dans la chambre », ordonne Jesse avant de se diriger vers le camping-car pour récupérer les sacs. Il se penche sur la caisse dans laquelle Beaumont est enfermé, et donne une tape dessus. « Il va faire plus de quarante aujourd'hui, gronde-t-il. J'espère que tu rôtiras comme il faut là-dedans. »

Il ferme le camping-car à clé et porte les sacs jusqu'à la chambre.

« Où est l'autre ? demande Edgar quand Jesse lui tend l'unique sac.

– T'en as plus qu'un, maintenant », répond Jesse.

Edgar s'assoit sur un lit et ouvre le sac. Il le vide et sépare ses vêtements des autres objets, puis s'en prend à Jesse, furieux.

« Ils sont où, mes coquillages ? Et mon épée ?

– Je pouvais pas prendre tout ça en plus du chat.

– J'en ai besoin !

– Et moi, j'ai besoin que tu m'aides, pas que tu me compliques la vie.

– C'est de ta faute si j'ai pris une balle. C'est de ta faute si cet homme a failli me couper l'oreille.

– Et c'est ta faute à toi si Johona est morte », réplique Jesse.

Ça le ronge depuis qu'il a quitté la maison de Beaumont, cette idée que s'il n'avait pas été blessé en tentant de protéger Edgar, il aurait peut-être pu régler son compte au Démon avant qu'il tranche la gorge de Johona. Sa colère déborde, il se rue dans la salle de bains et fait couler l'eau de la douche. « Ramène ton cul, putain ! aboie-t-il. Rince-moi ce sang.

– J'ai besoin de mes trucs.

– Tout de suite ! »

Edgar se lève d'un bond et se précipite vers lui, peut-être pour le cogner, pense Jesse, mais Edgar le bouscule pour entrer dans la salle de bains et claque la porte derrière lui.

Gêné de s'être disputé en présence de Sanders, Jesse bredouille : « Désolé.

– La nuit a été éprouvante », répond Sanders. Il écarte le chiffon et tâte la coupure sur son crâne.

« On dirait que le sang ne coule plus, dit Jesse.

– Tu me laisserais mettre un pansement dessus ?

– Vas-y. »

Sanders fouille dans un sac en toile et en ressort une petite trousse de secours. Il mouille un gant de toilette au-dessus du lavabo et nettoie l'entaille.

« Y a pas longtemps que tu fais ça, hein ? demande Jesse.

– Quoi ? Saigner ? réplique Sanders.

– Tuer des vagabonds.

– Il y a quelques jours, je ne savais même pas qu'une telle chose existait, et j'aurais préféré rester dans l'ignorance », soupire Sanders. Il applique délicatement une crème antibiotique sur l'entaille et improvise un pansement avec des boules de coton et du sparadrap.

« Qu'est-ce qui t'a poussé à le faire ? interroge Jesse.

– Un monstre dans ton genre a assassiné mon fils.

– Et nous tuer te fait te sentir mieux ?

– Pas encore. »

Sanders plaque le bandage sur sa plaie et l'inspecte dans le miroir. « Combien de gens as-tu assassiné ? demande-t-il à Jesse.

– Un ou mille, c'est la même chose, non ?

– Oui, je suppose, concède Sanders. Dès le premier, tu étais damné. » Il s'allonge sur l'un des lits avec la Bible. Jesse s'assoit à la table, le 45 à portée de main.

Le jour s'est levé, les rideaux de la chambre le contenant à peine, quand Edgar ressort enfin de la salle de bains et s'étire de tout son long sur l'autre lit, avec Abby.

« J'ai faim, dit-il.

– Tu peux tenir jusqu'à la nuit. »

Edgar pointe du doigt Sanders et lance : « Dis-lui d'aller chercher des trucs.

– Lui, c'est Mr Sanders, répond Jesse. C'est pas ton boy.

– J'ai du pain et des charcuteries, intervient Sanders. Vous pouvez vous servir.

– Merci », dit Jesse.

Sanders pose sur la table un sachet de pain de mie Wonder Bread, un bocal de moutarde et une barquette de salami. Jesse dit à Edgar de se lever et de faire lui-même son sandwich. Sanders s'en prépare un une fois qu'il en a terminé.

« Tu veux que je te laisse tout ça là ? » demande-t-il à Jesse.

Manger est la dernière chose que Jesse a en tête. Maintenant qu'ils sont posés, il est concentré sur son plan pour débusquer les Démons.

« Quel genre d'armes avez-vous ? » demande-t-il à Sanders quand l'homme émerge de la salle de bains après avoir pris une douche.

Sanders passe en revue son arsenal : le 45 que Jesse lui a pris, un fusil neuf, des munitions pour les deux armes ; un poignard ; quelques pics à glace ; une scie. Jesse a deux pistolets qu'il a récupérés chez Beaumont, un revolver calibre 38 et un 9mm automatique, en plus de son couteau de chasse. Cela devrait suffire. Au bout du compte, l'issue ne dépendra pas de qui est le mieux armé, mais de qui se bat le plus férocement.

Edgar veut regarder la télévision. Il n'y a que les messes du dimanche matin et des émissions spéciales sur le bicentenaire. C'est le 4 Juillet, le 200e anniversaire des États-Unis d'Amérique, mais Jesse s'en fout royalement. Son pays à lui n'a ni drapeau, ni hymne, ni choristes vêtus de rouge, blanc et bleu. C'est une terre dévastée où des âmes en peine traquent d'autres âmes en peine. C'est la faim, la chasse, et le sang qui vient après.

Edgar et Sanders ne tardent pas à s'endormir. Jesse est épuisé, lui aussi, mais ne fait pas confiance à Sanders, qui pourrait tenter quelque chose s'il s'assoupit. Il s'assoit à la table, et les heures s'éternisent. Pour repousser les images de Claudine et de Johona, il se concentre sur le pop pop pop étouffé de lointains pétards et le grondement du chariot à linge de la femme de ménage dehors le long de la galerie, sur les tressautements de la queue d'Abby et le léger claquement des pages de la Bible de Sanders dans la brise du climatiseur.

Malgré tous ses efforts, il se laisse prendre par le sommeil. Quand il se réveille en sursaut, Bob Hope occupe l'écran de la télévision, déguisé en George Washington. Jesse éteint le poste et fait les cent pas dans la chambre pour que le sang circule.

Sanders se réveille à son tour et passe un moment à écrire dans un carnet de notes.

« Qu'est-ce que c'est ? demande Jesse.

– Une lettre à ma femme, répond Sanders.

– Depuis combien de temps tu l'as pas vue ?

– Trop longtemps », répond Sanders. Il referme le carnet et le remet dans son sac. « J'ai attrapé froid dans cette chambre. Je peux aller m'asseoir près de la piscine ?

– Je peux pas te laisser faire ça.

– T'as les clés du pick-up, mon portefeuille et Beaumont. Je vais pas prendre le large. Je te donne ma parole.

– Qu'est-ce qu'elle vaut, pour moi ?

– Pour moi, elle compte plus que tout. »

Jesse dévisage Sanders intensément et longuement, tentant de lire dans ses pensées. Sanders soutient son regard.

« Ne reste pas trop longtemps, dit Jesse.

– Je te remercie.

– Pour ton information, ajoute Jesse avant qu'il n'ait franchi la porte, j'ai téléphoné à un ami. S'il n'a pas de nouvelles de moi dans vingt-quatre heures, il ira chez toi à ma place. » C'est un mensonge, mais même si Sanders a des doutes, Jesse se dit qu'il réfléchira à deux fois avant de tenter quoi que ce soit.

Edgar se redresse sur le lit.

« Jesse.

– Quoi ?

– J'ai pissé dans ma culotte.

– Ah, putain… », peste Jesse. Sa patience ne tient plus qu'à un fil. « Enlève ces foutus draps.

– Non, toi, dit Edgar.

– J'en ai marre de tout faire à ta place. À partir de maintenant, si tu pisses au lit, tu nettoies ça tout seul. Allez, bouge-toi.

– Non », réplique Edgar.

Jesse le fait lever de force en le tirant par le bras. « Défais ce lit et pose les draps dans la baignoire.

– Je suis trempé, gémit Edgar. Je veux pas que Mr Sanders me voie.

– Alors tu ferais mieux d'avoir terminé avant qu'il revienne. Tu pourras faire ta toilette après. »

À contrecœur, Edgar tire sur le drap du dessus. Celui-ci frotte contre sa peau, il a un mouvement de recul et le laisse tomber sur le plancher.

« Quoi, t'as peur de ta propre pisse ? s'impatiente Jesse.

– Je te déteste, dit Edgar.

– Je m'en fiche.

– Je te déteste d'avoir jeté mes affaires, je te déteste d'avoir été blessé à cause de toi hier, et je te déteste d'avoir mis le Petit Diable en moi.

– Alors il faut aussi que tu détestes Maman, parce que c'est elle qui m'a poussé à te muer.

– Elle savait pas comment ça serait.

– Elle savait, rétorque Jesse. Et elle entend tout ce que tu dis, là-haut, au paradis. »

Edgar lève la tête vers le plafond et crie : « Il s'en fiche de moi, Maman, y a que sa petite pute de miss Johona qui compte. »

Jesse le pousse, et Edgar se retrouve étalé sur le lit. « Ferme ta bouche, ou je t'enfonce le nez dans tes saletés.

– T'aurais jamais dû emmener cette salope avec nous. Ça portait malheur. Maintenant j'ai plus mon épée, j'ai plus mes soldats et mon meilleur tee-shirt est foutu. »

La colère de Jesse prend de nouveau le dessus sur lui. Il saute sur Edgar et lui assène une gifle en plein visage.

« Putain de débile, gronde-t-il. T'oublierais de te torcher le cul si je te rappelais pas de le faire. Cinquante ans que je te garde en vie, mais si j'avais pas promis à Maman, ça fait un bail que j'aurais arrêté tout ça. J'aurais la paix, et Johona serait encore vivante.

– La foufoune de cette fille t'a rendu cinglé, lance Edgar. Je suis content qu'ils l'aient tuée. »

Jesse empoigne son frère par la gorge et serre. Edgar se débat, mais les mains de Jesse sont des mâchoires de loup, ses bras des barres d'acier. Les yeux d'Edgar sortent de ses orbites et son visage vire au cramoisi tandis que Jesse le plaque sur le dos. Les doigts d'Edgar serrent de moins en moins fort les poignets de Jesse, et Jesse voit la vie le quitter comme il l'a vue quitter des centaines d'autres personnes. Il en a tellement marre de la mort. Juste avant que sa dernière étincelle de vie ne s'éteigne, il le relâche, et Edgar laisse échapper un râle douloureux.

Jesse repère Abby, assise dans un coin. Il descend du lit, saisit la chatte par la peau du cou et se dirige vers la porte.

« Non ! » crie Edgar.

Le soleil comme une explosion fait grimacer Jesse quand il ouvre la porte. Il jette le chat dehors sur l'asphalte brûlant du parking, où l'animal se met à tourner en rond tel un chien poursuivant sa queue, il miaule, il crache, avant de s'effondrer en un tas de poussière grise.

Jesse recule dans la chambre, le visage et les mains calcinés. Edgar tente de se frayer un passage vers la sortie, mais Jesse le tacle sur le plancher et referme la porte d'un coup de pied. Edgar est au bord de l'asphyxie, en nage, en larmes. C'est bien. Jesse veut qu'il souffre. Il veut qu'Edgar se réveille, tende la main vers Abby, et elle ne sera plus là. Il veut que son frère connaisse la perte, la seule blessure qui laisse une cicatrice chez un vagabond.

Il immobilise son frère jusqu'à ce qu'Edgar cesse de s'agiter, puis prévient : « Si tu t'avises de reparler de Johona, je te réduis en poussière. Tu m'entends ?

– Oui, dit Edgar.

– Et maintenant, finis de me nettoyer tout ça. »

Edgar emporte les draps souillés dans la salle de bains. Dressé au-dessus de lui, Jesse donne ses instructions. Remplis la baignoire. Verse du shampooing dedans. Presse les draps et rince-les. Une fois qu'ils sont pendus sur le porte-serviette, Jesse laisse Edgar se doucher. Il va lui chercher un pantalon et un caleçon, les dépose au pied de la baignoire et retourne lui-même le matelas.

Edgar ressort de la salle de bains et se couche sans un mot. Assis à la table, Jesse joue au solitaire.

On frappe à la porte. Sanders. S'il a vu ce qui est arrivé à Abby, il ne fait aucun commentaire. Il entre dans la salle de bains, en ressort quelques minutes plus tard et lance : « Vous faites la lessive ?

– Mon frère a pissé au lit », répond Jesse.

Sanders sort un paquet de chips de son carton de vivres. « T'en veux ?

– Non, merci.

– Je crois que je vais m'allonger un peu.
– Comme tu veux. »

Jesse passe le reste de l'après-midi à jouer aux cartes. Quand il sent le soleil se coucher, c'est comme remonter respirer après être resté longtemps sous l'eau. Edgar dort, et Sanders est de nouveau plongé dans sa Bible.

« Passe-moi un de tes pics à glace », lui ordonne Jesse.

Saunders en sort de son sac en toile et le lui tend.

« Je vais aller parler à Beaumont, dit Jesse. Tu viens avec moi. »

Sanders range sa Bible. Jesse et lui marchent jusqu'au pick-up. La nuit vient à peine de tomber, mais déjà les premières fusées tonnent et crépitent.

« Moi non plus, je ne pouvais jamais attendre, se souvient Sanders. Le 4 Juillet, *man*, c'était une sacrée fête. »

Jesse lui donne les clés pour qu'il ouvre la porte du camping-car. À l'intérieur, l'air est chaud et nauséabond. Beaumont les enveloppe d'un regard noir quand Sanders soulève le couvercle de la caisse. Son visage ruisselle de sueur. Jesse enfonce la pointe du pic à glace dans son oreille.

« Je te le demanderai qu'une fois, dit-il. Où sont les Démons ? »

Il fait glisser le bandana avec lequel Sanders a bâillonné Beaumont. « Dans un motel, sur la route du lac Mead », répond Beaumont. Il passe la langue sur ses lèvres, avale à grand-peine sa salive. « J'ai besoin d'eau. S'il te plaît. »

Sanders montre du doigt un pichet sur le plan de travail de la cuisine.

« Pas encore », gronde Jesse. Il enfonce le pic plus profond, effleure le tympan de Beaumont. « Elle se trouve où, cette route ? C'est loin ?

– Je ne sais pas exactement, mais je me souviens du chemin, répond Beaumont. Je vous guiderai. »

Jesse agite un peu le pic pour lui faire peur, avant de le retirer. Il adresse un hochement de tête à Sanders, qui approche le pichet des lèvres de Beaumont et le lui tient pendant qu'il boit.

« Merci, *brother*, dit Beaumont une fois qu'il a bu tout son soûl.

– Je suis pas ton frère », cingle Sanders.

Une mouche se pose sur la joue de Beaumont et lape le sang étalé là. Beaumont secoue la tête, mais la mouche bondit juste vers une autre tache.

« Je peux utiliser les toilettes ? demande Beaumont.

– Pas avant de m'avoir conduit à ce motel, répond Jesse.

– Un peu de nourriture ?

– Non. Rien. »

Jesse remet le bâillon en place et referme la caisse. Il vérifie les cadenas après que Sanders les a enclenchés.

Les deux hommes redescendent du camping-car. Des enfants jouent avec des feux de Bengale sur le parking, les faisant tournoyer, les lançant en l'air, se livrant d'ardents duels.

God Bless America, entonne une fille, marchant en cadence comme dans un défilé. *Land that I love.*

« On va les attaquer cette nuit, annonce Jesse à Sanders.

– Tu as un plan ? demande Sanders.

– Les réduire en poussière, tous. »

Une fusée-bouteille explose, projetant une pluie d'étincelles. Un nuage orange encalminé au-dessus du mont Charleston se vide du dernier éclat du soleil, et le ciel s'assombrit de seconde en seconde.

26

Jesse le sait pas mais je crois plus au paradis. Quand je suis mort hier soir j'ai pas vu de belles demeures ni de rues en or ni d'anges. Et aucun bon Dieu laisserait Jesse tuer Abby donc lui aussi c'est des foutaises. Le soleil brûlait comme de la soude quand j'ai couru dehors après elle. J'ai pas réfléchi. Je l'ai entendue pleurer et j'ai pas réfléchi. Ça rimait à rien d'aller dehors comme ça. Y a rien qu'on peut ramener des cendres.

On était à Houston Texas quand je l'ai trouvée. Jesse était parti chasser. Faut que je reste dans la chambre mais il est parti alors parfois je sors en douce. Je sais à quoi ressemblent quinze minutes et je vais jamais plus loin que ça. Je marche jusqu'à la piscine si on en a une jusqu'à une laverie jusqu'au McDonald's. Une fois je me suis mis devant un drive-in et j'ai vu un film sur des garçons qu'étaient en prison et une fois j'ai jeté un œil dans une taverne où une dame qui dansait les nichons à l'air m'a appelé mon chéri. Viens profiter du spectacle, elle a dit et moi j'ai fait, Non m'dame faut que j'aille au boulot.

À Houston j'allais vers une supérette avec une pièce de vingt-cinq cents pour m'acheter une barre au chocolat Hershey's. Abby était assise sous une voiture dans le parking.

Je l'ai appelée mais elle a pas voulu venir jusqu'à ce que je dépense ma pièce pour acheter de la viande séchée et lui en donner un bout. Après elle m'a suivi jusqu'à la chambre en ronronnant tout du long et en se frottant contre mes jambes.

La dispute entre Jesse et moi pour savoir si on la gardait a duré des jours et des jours. J'ai dû promettre des milliers de trucs. Et j'ai cru qu'il allait me remettre une autre branlée en découvrant que je l'avais changée. Je supportais pas l'idée qu'elle meure.

Y a que moi qui pouvais la caresser lui donner à manger ou la prendre dans mes bras. Elle dormait contre moi et guettait comme un chien de garde. Elle aimait bien qu'on lui gratte le menton mais supportait pas qu'on touche ses pattes et si sa queue se mettait à battre attention ! Sa nourriture préférée c'était le thon en boîte mais elle mangeait aussi des raisins du beurre de cacahuète des biscuits apéro – à peu près n'importe quoi. Et quand je me nourrissais y avait presque pas de ménage à faire vu qu'elle léchait le sang répandu comme une sacrée gloutonne. Elle bouffait même la gorge des filles mortes et leur mâchouillait les doigts.

Jesse l'a pas tuée à cause de ce que j'ai dit sur Johona. Il l'a tuée parce qu'il a perdu sa chérie et il supportait pas que j'aie encore Abby. De la pure méchanceté voilà ce que c'était. Quand il m'a ramené à l'intérieur après que j'ai couru dehors pour la sauver mon cœur m'a fait encore plus mal que quand Maman est morte mais je savais qu'il allait me zigouiller si je me défendais. C'est le Petit Diable qui me l'a dit. *Cet enculé cherche une raison de te balancer aussi en plein soleil lui en donne pas une.* Alors j'ai fait ce qu'il voulait. J'ai lavé les draps comme il m'a dit *Oui sir Oui sir*.

Je me suis mis au lit en gardant ma tristesse pour moi et en affûtant ma colère comme une lame.

Ce qui me reste : mes cartes mon livre sur les trains presque toutes mes voitures quelques dinosaures mais pas tous un puzzle que j'arrive pas à finir un sachet de fausses pépites d'or ma lampe de poche Mickey.

Mr Sanders revient de la piscine et aussi vite qu'un chien lèche une assiette Jesse lui dit que j'ai pissé au lit. Je m'endors un moment et quand je me réveille je les vois qui s'en vont parler à Monsieur Beaumont. J'ouvre un peu le rideau et je les vois monter dans le camping-car.

Les gens lancent des feux d'artifice pour le 4 Juillet. Jesse dit toujours qu'il est pas question de m'en acheter mais il me fait toujours la surprise. Il me laisse pas allumer les pétards mais j'ai le droit avec les feux de Bengale et les fontaines si je fais gaffe à partir en courant avant qu'elles se mettent à cracher. J'irais bien leur dire salut et voir si je peux en avoir mais Jesse et Mr Sanders ressortent du camping-car alors j'ai peur et je referme les rideaux. Ils rentrent dans la chambre et Jesse ouvre une boîte de porc aux haricots pour moi. Mr Sanders demande est-ce que je veux du pain et il m'en donne une tranche. Je demande pas de beurre. J'en veux mais je demande pas.

Jesse et Mr Sanders posent leurs flingues sur la table. Mr Sanders a un fusil tout neuf dans son carton. Papa m'a laissé tirer avec son fusil un jour. C'était comme si une mule m'avait donné un coup de pied dans la poitrine. Oncle Offutt et lui ont rigolé quand je me suis mis à pleurer. Encore de la méchanceté.

Jesse met des cartouches dans le fusil. J'en ramasse une et je la renifle. Ça sent comme les feux d'artifice. Pose ça, dit Jesse. Je veux pas lui parler mais je veux savoir. Je demande ce qui se passe et il me dit que lui et Mr Sanders vont liquider les Démons. Je me mets à trembler de partout. Je veux plus d'ennuis que personne me tire dessus que personne me donne des coups de couteau. Je dis, Tu vas me faire tuer. Non, répond Jesse, je vais m'assurer qu'il t'arrive rien.

Je lui fais pas confiance. Je laisse les haricots et je me remets au lit. Jesse demande est-ce que je veux regarder la télévision. Je réponds pas mais il l'allume quand même. Un orchestre de soldats joue et y a des feux d'artifice à Washington. Washington c'est là que le président vit dans sa maison blanche.

Papa nous a emmenés voir le président Teddy Roosevelt à Wheeling. Il est venu en train il est monté à cheval dans un grand défilé et a fait un discours. Y avait tellement de gens que j'ai rien vu sauf un homme qui criait sur son balcon. Papa m'a acheté une pomme d'amour. Sur la route de la maison on s'est arrêtés la nuit près de Littleton dans la grange de Breezy, l'ami de Papa. Breezy avait un chien qui s'appelait Red et qui chantait quand Breezy jouait du violon. Maintenant le président est un monsieur qui s'appelle Ford comme les voitures.

J'en ai rien à faire des feux d'artifice à la télé. J'ai mal au ventre et le Petit Diable veut pas me lâcher. Lève-toi, fait Jesse, on s'en va. Je veux pas. Lève-toi, répète Jesse et sa voix plaisante pas. Je vais pour mettre mes chaussures mais elles sont pleines de sang. Mes doigts sont tout collants après que j'ai fait les lacets. Arrête ton cinéma, dit Jesse en me voyant pleurer.

Moi, Jesse et Mr Sanders on sort et on monte dans le camping-car. Mr Sanders ouvre la caisse qu'il y a dedans et je me remets à trembler en voyant Monsieur Beaumont couché au fond avec des chaînes autour de lui.

Jesse pose son pistolet contre la tête de Monsieur Beaumont. On va régler leur compte aux Démons, il fait, tu vas nous dire la route et je veux rien entendre d'autre. Monsieur Beaumont a un chiffon dans la bouche alors tout ce qu'il peut faire c'est oui avec la tête. Jesse et Mr Sanders le font sortir de la caisse. Il pue comme s'il s'était chié dessus et son joli costume est tout noir de sang.

Tu vas rester ici pour le voyage, me dit Jesse, y a pas de place à l'avant. Je veux pas. Il fait noir et il fait chaud. Jesse répond, Mon pote, fais ce que je te dis ou bien c'est *toi* que je vais boucler dans cette caisse. Je peux pas qu'il me mette là-dedans. Il est du genre à plus jamais me laisser sortir.

Lui et Mr Sanders prennent Monsieur Beaumont avec eux. La porte se referme et je me retrouve tout seul. La sueur coule sur mon visage et dans mon dos. Le pick-up démarre et nous voilà en route. À travers la petite vitre je vois des voitures des lumières des gens. Des feux d'artifice pètent et s'éteignent et laisse derrière des araignées fantômes. On s'arrête au Kmart et Jesse court dans le magasin et puis on repart.

La route est longue et toute droite et déserte après ça. J'ouvre les tiroirs et je tombe sur des couverts un marteau et des clous une boîte de crayons et deux sucres d'orge de Noël. J'en mets un dans ma poche et je déchire le plastique de l'autre. Je suis en train de le sucer quand le camion ralentit d'un coup. Je vais m'asseoir à la table et je planque le sucre d'orge sous un coussin.

Par la fenêtre je vois une flèche rouge et un motel. Le pick-up passe devant mais s'arrête plus loin sur la route. Mr Sanders ouvre la porte et Jesse amène Monsieur Beaumont à l'intérieur et le fait se recoucher dans la caisse. Mr Sanders lui remet le chiffon dans la bouche et ferme le couvercle avec des cadenas.

Lui et Jesse attachent leurs flingues et leurs couteaux. Bouge pas de là, me dit Jesse, ouvre pas la porte quoi que tu puisses entendre. Je demande, Et Monsieur Beaumont alors. Il peut pas s'en prendre à toi, répond Jesse, il est bouclé là-dedans et pas plus dangereux qu'un sac de patates.

Lui et Mr Sanders descendent et à travers la vitre je les regarde marcher vers la flèche rouge. J'entends Monsieur Beaumont respirer dans la caisse et le bruit de ses chaînes. Arrête de bouger espèce de salopard, je dis. T'étais notre ami mais tu l'es plus.

Je reprends le sucre d'orge sous le coussin et je me remets à sucer. C'est tout calme, on entend juste les mouches jusqu'à ce que Monsieur Beaumont se mette à gémir comme un revenant et donne des coups de pied dans la caisse comme s'il voulait s'échapper. *Boum boum boum*. Je me lève et je prends un couteau dans le tiroir et je crie que je le tiens dans ma main mais ça suffit pas à le calmer. *Boum boum boum*. Là c'est moi qui donne un coup de pied dans la caisse. Je donne un coup de poing dessus. Tu ferais mieux d'arrêter, je fais, sinon je te jure que je vais te réduire en poussière. *Boum boum boum*. Je me mets à chanter aussi fort que je peux pour plus l'entendre. *Regardez-moi tous ces camions qui roulent dans la nuit. Regardez-moi tous ces camions est-ce que c'est pas joli.*

Je chante et il donne des coups de pied pendant je sais pas combien de temps mais quand on finit par se calmer tous les deux un autre bruit me file la chair de poule une fusillade qui claque comme des billes dans une boîte en fer. Y a un lit en haut d'une échelle. Je grimpe dedans je tire une couverture sur moi et j'enfonce mes doigts dans mes oreilles aussi profond que je peux.

27

5 juillet 1976, Las Vegas

Pour arriver jusqu'au point où j'en suis maintenant, le plus facile est de reprendre là où je t'avais laissée.

Après la bataille chez Beaumont contre les *bikers* – ils se font appeler les Démons –, nous avons enterré la fille que Jesse avait enveloppée dans la couverture. Je l'ai aidé à creuser pour ne pas avoir à penser à ce qui allait se passer après. C'était la deuxième tombe que je creusais en l'espace d'une semaine.

Jesse m'a annoncé qu'Edgar et lui allaient s'installer dans ma chambre. Comme à ce moment-là il pointait sur ma tête le 45 de Czarnecki, je n'ai pas protesté. Mais d'abord, il m'a dit de me garer près du motel où son frère et lui étaient descendus, pour récupérer leurs affaires.

Dès qu'il a été hors de vue, Edgar s'est mis à parler. Il est un peu lent d'esprit, attardé, et semblait raconter tout ce qui lui passait par la tête. Il m'a dit qu'il avait gagné le jackpot sur une machine à sous, qu'il avait ce genre de chance-là. Il m'a dit qu'il voulait aller à Dallas parce que, là-bas, un type nommé Icky Terp passait des dessins animés de Popeye. Il m'a demandé si j'avais une radio CB et a ajouté qu'il fallait en acheter une et qu'il m'apprendrait à m'en servir.

Quand j'ai enfin pu en placer une, je lui ai demandé qui était la morte. Il m'a répondu que c'était la chérie de Jesse et qu'un des Démons l'avait tuée. Il m'a dit qu'elle était gentille mais idiote, et qu'elle avait volé un bébé ou je ne sais quoi. Il s'était remis à parler de dessins animés quand Jesse est revenu et lui a donné une taie d'oreiller avec un chat à l'intérieur. Au point où j'en étais, plus rien ne me paraissait bizarre.

Les frères ont commencé à se chamailler avant même qu'on soit installés dans ma chambre. J'ai désinfecté la coupure sur ma tête et mis un pansement, mangé un sandwich et pris une douche pour rincer tout le sang que j'avais sur moi. Le soleil était levé quand j'ai fini par me coucher avec ma Bible, mais le matin ne m'a pas ramené à la vie. J'ai piqué du nez au bout de quelques minutes et dormi un bon moment.

J'avais mal partout en me réveillant – à la tête, au dos – et ne savais toujours pas comment gérer la situation dans laquelle je me trouvais. J'éprouvais un impérieux besoin de sortir de cette chambre, fût-ce pour quelques minutes. Jesse m'a laissé me rendre à la piscine.

Le soleil était un arc enflammé dans un ciel blanc, et les seules autres personnes qui bravaient les heures les plus chaudes de cette journée infernale étaient un couple de Blancs allongés sur des chaises longues à l'ombre d'un avant-toit. Ils buvaient de la bière en regardant leurs enfants jouer dans la piscine. J'ai tiré un transat dans un autre carré d'ombre et me suis assis en face de la chambre – comme ça, si Jesse vérifiait, je serais là.

Les enfants, un garçon et une fille, se jetaient tour à tour dans l'eau, le bourdonnement de la circulation me parvenait depuis le Strip, et la radio d'une femme de ménage hoquetait un air mexicain. Je ne m'étais jamais senti aussi seul entouré d'autant de gens. Un vent chaud a plissé la surface et fait rouler l'une des cannettes de bière vides du couple sur la terrasse en bois. Elle a terminé sous ma chaise.

« Désolé ! » a lancé l'homme, un rouquin au visage parsemé de taches de rousseur avec un coup de soleil permanent. Il m'a apporté une cannette de Coors pleine et m'a dit : « Tenez, c'est pour vous. Vous allez cuire avec tous ces habits. »

Je l'ai remercié.

Il m'a demandé si je gagnais gros ces jours-ci.

« Je suis là pour affaires, ai-je répondu.

– Nous ne faisons nous-mêmes que passer. On descend en Californie. J'ai un nouveau boulot qui commence la semaine prochaine à Bakersfield. »

J'ai arraché la languette de la bière et levé la cannette. « Bonne chance, lui ai-je souhaité.

– J'espère que ça nous changera vraiment de l'Oklahoma.

– En mieux, j'en suis sûr.

– Vous êtes de là-bas ? a-t-il demandé. De Californie ?

– San Diego.

– Il paraît que c'est sympa comme ville. »

Sa femme, les cheveux aussi roux et la peau aussi brûlée que lui, a crié : « Rodney, sors les enfants de la piscine ! Faut qu'on y aille.

– Oui, ma chérie, a-t-il répondu d'une voix traînante en me gratifiant d'un clin d'œil. J'ai entendu dire aussi que c'était facile de divorcer en Californie... »

Il a récupéré les enfants, sa femme a passé des serviettes autour de leurs épaules et ils ont filé vers leur chambre à travers le parking, le petit garçon criant « Aïe, aïe, aïe ! » à chaque pas sur l'asphalte brûlant, jusqu'à ce que son père le prenne dans ses bras.

Gardez ces gamins près de vous, ai-je songé. *Bien en sécurité.*

Je crois que de toutes les bières que j'ai pu boire, aucune n'a jamais été aussi bonne que celle-ci. Sans doute parce que je me disais que c'était ma dernière. J'étais à peu près certain que Jesse allait me conduire à ma perte, et je ne voyais aucune issue.

Ce sentiment s'est renforcé quand la porte de la chambre s'est ouverte et que Jesse est apparu. De la fumée se dégageait de son corps tandis qu'il s'avançait dans le soleil. Il a jeté le chat d'Edgar sur le parking, où l'animal a hurlé avant de se changer en cendres, puis Edgar et lui se sont battus sur le seuil de la chambre avant que Jesse ne traîne son frère à l'intérieur et ne claque la porte.

Le vent a fait voler les cendres du chat en un tourbillon de poussière – c'est tout ce que la femme de ménage a vu en pointant son nez hors de la buanderie. J'ai siroté doucement ma bière, ne voulant pas déranger les deux frères en pleine bagarre.

Edgar dormait quand je les ai rejoints, et Jesse faisait une partie de solitaire. Je me suis affalé sur mon lit en me disant que j'allais redormir un peu, mais le sommeil n'est jamais venu. Chaque tic-tac de ma montre était comme un coup de masse sur un gros clou de voie ferrée.

Dès que le soleil s'est couché, Jesse et moi sommes allés dans le camping-car interroger Beaumont. Jesse lui a fait cracher l'endroit où se trouvaient les Démons, et il m'a annoncé que nous allions les attaquer cette nuit. Je lui ai demandé s'il avait un plan. Il n'en avait pas. Cela ressemblait plus que jamais à une mission suicide.

De retour dans la chambre, Jesse a sorti les flingues. Il a chargé le fusil, enclenché un chargeur plein dans le 45.

« J'espère que t'as prévu de me filer une arme aussi, ai-je dit.

– Tu me servirais à rien les mains vides », a rétorqué Jesse.

Il a fourré les flingues dans le sac en toile de Czarnecki, sauf le 45 du vieux, qu'il a glissé sous sa ceinture comme un vulgaire braqueur de magasin d'alcool. Il a enfilé son blouson, j'ai mis le mien, et c'était l'heure d'y aller.

Nous avons fait sortir Beaumont de la caisse pour qu'il nous guide jusqu'au motel. Le Roi des Vagabonds, tremblant dans son costume disco souillé, avait quelque chose de pathétique. Jesse l'a poussé sans ménagement jusqu'à la cabine du pick-up et l'a attaché à l'anneau scellé dans le plancher. J'ai pris le volant.

Les festivités du 4 Juillet battaient leur plein, des feux d'artifice explosaient partout. Les plus bruyants me faisaient sursauter comme si une abeille m'avait piqué. Il nous fallait des munitions. Jesse m'a fait signe de m'arrêter devant un supermarché Kmart. Il m'a pris les clés avant d'entrer dans le magasin, et m'a rappelé qu'il avait notre adresse.

Beaumont s'est mis à se balancer et à gémir sous son bâillon. Il semblait vraiment mal en point. Craignant, s'il lui arrivait quoi que ce soit, que Jesse me tienne pour responsable, j'ai fait glisser le bandana hors de sa bouche.

« Pourquoi aidez-vous cet homme ? a-t-il demandé.

– Pourquoi avez-vous tenté de le tuer ? ai-je répliqué.

– Il est responsable de la mort d'une femme que j'ai aimée.

– Et maintenant, vous êtes responsable de la mort d'une femme qu'il a aimée.

– Il ment, a protesté Beaumont. Ne l'écoutez pas.

– Pourquoi devrais-je vous écouter, vous ? »

Il a levé ses mains menottées pour me les montrer. « Au fond de votre cœur, vous savez que vous et moi, malgré nos différences, sommes plus semblables que vous et lui. Nous partageons le même sang. Nous avons éprouvé la même haine, la même peur, la même humiliation.

– Vous avez peut-être été comme moi, autrefois, mais ce n'est plus le cas, ai-je répondu. Vous êtes une vipère maintenant, du même nid que tous ces monstres. Je n'ai rien de commun avec vous.

– Aidez-moi à m'échapper et je ferai de vous un homme riche », a insisté Beaumont. Il négociait comme quelqu'un qui aurait encore été en position de pouvoir, de contrôle. Il ne saisit pas à quel point sa situation a changé. Il n'y aura plus de grandes villas, de vêtements chics, de voitures de luxe. Plus de respect ni d'obéissance. En tant que remplaçant de Sally, il sera emprisonné dans cette caisse jour et nuit, excepté les quelques heures où je le ferai sortir pour désigner ceux de son espèce afin qu'ils soient exterminés.

Certains prendraient sans doute leur pied en voyant une bête comme lui se retrouver soudain en position d'infériorité, se délecteraient de tenir entre leurs mains l'avenir d'un tel démon. Pas moi. Ce n'est qu'un fardeau de plus ajouté à ma charge.

« Vous gaspillez votre salive, ai-je dit. L'argent ne pourra rien acheter de ce dont j'ai besoin maintenant.

– Jesse se sert de vous. Il n'a aucune loyauté envers vous.

– Parce que vous si, peut-être ? Vous ne me trahirez pas comme vous l'avez trahi ?

– Ne soyez pas bête.

– C'est trop tard pour ça », ai-je répondu, avant de lui remettre le foulard dans la bouche.

Quand Jesse est revenu, il a chargé le revolver et l'automatique avec les munitions qu'il avait achetées. Le cliquetis des balles m'a fait frissonner. Jesse a collé le canon de l'automatique contre la tempe de Beaumont, et fait glisser le bandana.

« Quelle direction ?

– Vers l'est, en direction du lac, a répondu Beaumont. Par l'ancienne autoroute. »

Nous n'avons pas tardé à rouler en plein désert. Une étoile en allumait une autre, et le ciel s'est rempli à vue d'œil. Nous n'avons croisé qu'un autre véhicule, une voiture qui roulait dans la direction opposée. De temps à autre, nous passions devant les ruines d'une station-service ou d'un motel.

« Cet homme a tenté de m'enrôler pour l'aider à vous tuer », a soudain déclaré Beaumont, s'adressant à Jesse.

J'ai serré plus fort le volant, sans faire de commentaire.

« Il vous réduira en poussière, votre frère et vous, à la première occasion.

– Qu'est-ce que tu réponds à ça ? » m'a demandé Jesse.

Je paniquais intérieurement, mais ma voix était calme. « Je t'ai dit que je ne ferais jamais rien qui puisse mettre ma femme en danger.

– Un mensonge si touchant, s'est esclaffé Beaumont.

– Lequel de nous deux est dans la situation la plus désespérée ? » ai-je répliqué.

Beaumont a laissé échapper un râle quand Jesse l'a frappé avec le pistolet. Il a remis le bâillon en place et lui a dit de grogner quand nous serions arrivés à l'endroit où nous étions censés aller. Nous avons roulé en silence jusqu'à ce qu'une flèche rouge surgisse devant nous – elle faisait partie d'une vieille enseigne de motel. Beaumont a grogné et donné un coup de menton dans cette direction.

« Continue, m'a ordonné Jesse. Ne ralentis pas et ne regarde pas par là. »

Passant à toute allure devant le motel, j'ai entraperçu une grappe de cabanons et un parking en gravier. Sept ou huit cents mètres plus loin, Jesse m'a dit d'éteindre les phares et de lever le pied. Le pick-up a ralenti sans que j'aie besoin de freiner, et je me suis rangé sur le bas-côté.

Jesse a détaché Beaumont de l'anneau pendant que j'ouvrais la porte du camping-car. Le vent avait faibli, l'air de la nuit était chaud et immobile.

« T'es sûr que tu veux emmener ce salopard avec toi, après ça ? m'a demandé Jesse tandis que nous ramenions Beaumont à l'arrière. On n'a plus besoin de lui, on pourrait le réduire en poussière là, tout de suite.

– Je ne veux rien de tout ça, ai-je rétorqué. Mais j'ai besoin de lui. »

Edgar était assis à la table du camping-car. Nous avons enfermé Beaumont dans la caisse, et Jesse a sorti les flingues du sac en toile. Il m'a donné le 45 de Czarnecki avec son étui.

« T'as l'air de savoir t'en servir », a-t-il dit.

Il m'a confié aussi le revolver récupéré chez Beaumont, et il a pris le fusil et l'automatique. J'ai enfilé sur mon épaule l'étui du 45, fixé le poignard contre mon mollet. Le revolver et les munitions de rechange ont trouvé place dans la poche de mon blouson. J'ai attrapé un pic à glace et en ai lancé un à Jesse.

« T'as besoin de prier ? » a-t-il demandé.

Je lui ai dit que c'était sans doute trop tard pour ça.

Nous sommes redescendus du camping-car. Jesse a verrouillé la porte et gardé les clés.

« J'arriverai par devant, a-t-il expliqué. Toi, tu fais le tour et tu te positionnes de manière à pouvoir coincer tous ceux qui tenteraient de s'enfuir quand la fusillade éclatera. »

Il s'est éloigné sur la route, prenant soin de rester dans les taillis du bas-côté. J'ai marché une centaine de mètres dans le désert avant d'obliquer vers le motel. La lune et les étoiles projetaient assez de lumière pour pouvoir s'orienter, et l'étoile en néon faisait office de phare. J'ai dégainé le 45 et le sentir au creux de ma paume atténuait la peur.

Le motel était plongé dans l'obscurité quand je me suis approché. Je m'arrêtais tous les deux ou trois pas pour guetter le moindre bruissement autour de moi. Une caravane déglinguée, tout au fond du terrain, semblait l'endroit idéal pour me mettre à couvert. La chose non identifiée qui a détalé sur le plancher quand j'ai posé le pied à l'intérieur m'a arrêté un instant, mais je me suis aussitôt dirigé vers une fenêtre privée de vitre qui ouvrait sur les portes de derrière des bungalows et les trois motos garées juste devant.

Mon cœur me martelait les côtes, et la peur rendait ma bouche si pâteuse que j'avais du mal à avaler. J'ai calé mon coude sur l'appui de fenêtre pour stabiliser le pistolet. Fixant la mire, je faisais glisser le canon de bungalow en bungalow, à l'affût du moindre mouvement. C'était comme attendre qu'une bombe explose.

Le premier coup de feu m'a fait bondir sur place. La fusillade qui a suivi, à l'avant du motel, m'a coupé le souffle. La porte de derrière d'un des cabanons s'est ouverte, et un gros type que je n'avais pas vu chez Beaumont est sorti en courant. J'avais reçu l'ordre d'abattre tous ceux qui tenteraient de s'échapper, si bien que j'ai pointé le 45 et pressé la détente. La balle a frappé le gros type à la jambe, il a poussé un cri et s'est effondré. J'ai tiré deux balles encore. Il a cessé de hurler.

D'autres détonations ont retenti, et la porte d'un deuxième bungalow s'est ouverte. Jesse en est sorti à reculons, en continuant de faire feu avec son pistolet, des flammes en jaillissaient comme les coups d'une langue incandescente. Le flingue s'est retrouvé à court de munitions, Jesse l'a jeté par terre et a empoigné un couteau. Un *biker* armé d'un fusil de chasse est sorti en boitant du bungalow. J'ai tiré, l'ai touché et il a lâché le fusil dans sa chute.

Tout à coup, j'ai été pris pour cible. Des balles ont transpercé la peau d'aluminium de la caravane, sifflant autour de moi. L'un d'elle a fait sauter de ma main le 45. Une autre s'est plantée dans ma cuisse. Le souffle de la douleur m'a fait basculer dans le vide du haut d'une falaise, m'envoyant dériver sur un océan de feu.

28

J'AI TOUT MISÉ SUR TOI.

Real Deal est couché sur son lit, aussi vide au-dedans que le désert dehors, leur devise, à Yuma et lui, résonnant sous son crâne.

J'ai tout misé sur toi.

Il est encore couvert du sang de la fusillade d'hier mais il s'en fout, ne le lavera peut-être jamais. Il y a sans doute un peu du sien, le sang de Yuma. Au coucher du soleil, il sort par la porte qui donne sur l'arrière du bungalow, là où sa Harley est garée pour ne pas être visible depuis la route. Il fouille dans ses sacoches à la recherche du calibre 22 semi-automatique planqué dedans, pour remplacer le flingue qu'il a laissé derrière lui quand ils se sont sauvés de chez Beaumont.

Bob sort par l'arrière de son bungalow avec son pistolet, une cigarette au bec.

« J'ai entendu du bruit, j'ai failli te descendre », dit-il.

Real Deal lui montre le calibre 22 et grommelle : « J'espère que t'as raison et que cet enculé va vouloir se venger.

– J'ai raison, réplique Bob. Elijah monte la garde devant. On se relaiera toutes les deux heures.

– Je vais rester assis dehors toute la nuit, déclare Real Deal. Faut que je fasse quelque chose, à part devenir dingue.

– Vaut mieux s'en tenir au plan », intervient Antonia. Elle sort du bungalow qu'elle partage avec Elijah, d'où elle les écoutait. « Rester à l'intérieur, lumières éteintes, les motos bien planquées. Celui qui viendra fouiner dans le coin sera obligé d'avancer jusqu'aux portes de nos bungalows.

– C'est bien joli tout ça, mais si ça part en couille, je ferai les choses à ma façon, réplique Bob. Faudra pas se mettre en travers de mon chemin.

– Quand on en sera là, on fera tous les choses à notre façon, dit Antonia. Pour le moment, éteins la lumière dans ton bungalow. »

Bob tire sur sa clope, attendant qu'elle soit rentrée pour râler : « J'en ai plein le dos de cette connasse. »

Real Deal n'a pas le temps d'écouter les âneries de Bob. Il vérifie que le chargeur du 22 est plein.

« Ce sang va pas tarder à puer si tu le nettoies pas, fait remarquer Bob.

– C'est mes peintures de guerre », répond Real Deal.

Bob retourne dans son bungalow et éteint la lampe de chevet. Il ouvre la porte de devant et siffle. Elijah siffle en retour, RAS, et Bob traverse au petit trot le parking jusqu'au bosquet de tamaris où Elijah s'est installé avec une chaise, un pichet d'eau et le fusil de chasse que Bull a rapporté de la ville plus tôt dans la journée.

« T'as mangé un morceau ? demande Bob.

– J'ai pas faim, répond Elijah.

– Moi, j'ai la dalle. »

Il y a encore un peu de rose dans le ciel, mais il fera bientôt nuit noire. Un oiseau de nuit piaille, un autre lui répond. Un véhicule approche en provenance de l'ouest, et Bob se met à couvert à côté d'Elijah.

« Regarde pas les phares », dit-il.

Une Dodge passe dans un fracas de ferraille, soulevant un nuage de poussière. Les hommes pivotent sur eux-mêmes pour la suivre des yeux jusqu'à ce qu'elle ait disparu. Elijah se gifle l'avant-bras et examine la paume de sa main.

« Y a des moustiques par ici ?

– Sans doute une fourmi, répond Bob. C'est pas ça qui manque. Du genre qui piquent. »

Elijah soulève sa botte, cherchant une fourmilière. Bob marche jusqu'au bungalow de Bull, frappe à la porte. Bull ouvre, torse nu, lui demande ce qu'il veut.

« T'aurais pas un truc à manger ?

– D'abord tu me fais courir partout en ville pour vous dégoter des flingues, et maintenant tu veux piller mon frigo ? s'étrangle Bull.

– Je paierai.

– Y a un reste de riz frit et deux ou trois saucisses.

– Fais bouillir les francforts et balance-les sur le riz. Je te filerai deux dollars.

– Le réchaud va faire de la lumière.

– Je gère Antonia.

– Oui, sir. Tout de suite, sir. Va te faire foutre, sir », grommelle Bull sur le chemin du réfrigérateur.

Bob entre dans le bungalow. Une vraie porcherie, du bordel partout. Des piles de magazines pornos, des outils rouillés, de vieux isolateurs téléphoniques en verre. Une puanteur de porcherie, aussi. Bull jette le riz dans une poêle, les saucisses dans une casserole d'eau.

« Mets un tee-shirt, grogne Bob. Je veux pas de poils dans ma bouffe.

– J'en ai marre que vous me disiez ce que je dois faire, toi et tes connards de potes, râle Bull. Et maintenant, ce plan à la Fort Apache !

– Casse-toi jusqu'à ce que ce soit terminé. Personne te retient.

– C'est mon motel, putain. » Bull se retourne, agitant sa spatule. « Vous, cassez-vous ! Allez régler vos comptes ailleurs.

– Mélange tout ça avec du ketchup, si t'en as », ordonne Bob, et il sort s'asseoir dans le vieux canapé sur la véranda.

Assise à la table de son bungalow, Antonia essaie de lire à la lueur de la flèche en néon. Tant d'efforts n'en valent pas la peine, et, de toute manière, elle est trop tendue pour se concentrer, n'arrête pas de regarder par la fenêtre l'endroit où Elijah s'est planqué, de sursauter au moindre bruit laissant penser que quelqu'un s'approche en douce.

Elle espère que l'affaire sera réglée cette nuit. Elle hait ces bungalows pourris et Bull et l'idée que la soif de vengeance de Bob et de Real Real ait pu les mettre dans une situation aussi scabreuse, Elijah et elle. En plus de tout ça, une envie de sang se répercute en elle, faisant vibrer ses veines et ses artères. Elle a encore deux semaines devant elle avant d'être obligée de se nourrir, mais le stress de ces derniers jours a déréglé son horloge. Elle vérifie pour la dixième fois le chargeur de son pistolet et donne une nouvelle chance au livre, espérant que l'histoire s'emparera d'elle.

À son poste de guet, Elijah sait tout ce qu'elle ressent. Il l'a entendu dans sa voix ce soir et l'a vu dans la tension de sa mâchoire. Mais rien de ce qu'il pourra dire ne la calmera, et, de toute manière, il n'a pas envie de la calmer. Il veut qu'elle soit à cran, il veut qu'elle soit prête à se battre. Il jette un coup d'œil aux bungalows. Celui de Bull est le seul endroit où l'on distingue un peu de vie. Bob est assis devant.

Bull lui tend une assiette de nourriture. Les deux hommes discutent à voix basse.

Elijah se retourne vers la route. Depuis sa planque, il a une vue dégagée sur la bande d'asphalte, des deux côtés, jusqu'à l'horizon. De l'autre côté de la route, des lignes électriques bourdonnantes sont suspendues entre deux pylônes métalliques. Elles aussi s'étirent à perte de vue. Il braque son fusil comme s'il s'apprêtait à faire feu. « Boum », murmure-t-il. Il baisse l'arme puis la relève.

« Boum. »

Antonia les ayant obligés à éteindre leurs refroidisseurs d'air trop bruyants, on étouffe dans le bungalow de Real Deal, malgré toutes les fenêtres ouvertes. Il y a une balle de calibre 22 sur la table. Il donne une pichenette dedans pour la faire tourner, mais le bruit est trop fort dans ce silence imposé. Il sent qu'il est proche de craquer – que Dieu vienne en aide au monde si cela devait arriver, à présent que Yuma n'est plus là pour le contrôler.

Bob a fini sa bouffe, il rejoint le poste de guet. « Soldat Pyle, au rapport ! lance-t-il à Elijah.

– Reviens dans vingt minutes, répond ce dernier.

– Allez, va filer un os à Antonia. On dirait qu'elle en a besoin. »

Elijah confie le fusil à Bob et retourne au bungalow. Bob s'installe sur la chaise. Cinq minutes ne se sont pas écoulées que des phares s'élèvent telles deux lunes jumelles là-bas, vers l'ouest. Bob pose un genou à terre. À l'approche du véhicule, il lève le canon du fusil, prêt à expédier une décharge de chevrotine dans le pare-brise. Un vieux pick-up Ford – aménagé en camping-car –, passe devant le motel et poursuit son chemin dans la nuit. Bob se rassoit au fond de la chaise. Ces fausses alertes vont le tuer.

Bull s'effondre sur le lit, pressant sur son front un sac plastique rempli de glaçons. Putains de vagabonds, qui l'ont entraîné dans cette galère. La bataille qu'ils attendent pourrait bien détruire cet endroit, et les quelques dollars qu'il leur a soutirés ne suffiront pas à le dédommager. Ça fait un moment qu'il pense à déménager dans les Keys de Floride, et cette nuit a achevé de le convaincre. Il a assez d'argent de côté pour s'acheter une propriété là-bas, un autre motel, réglo celui-là. Bien sûr, en Floride, il y aura toujours le risque de croiser quelqu'un de rancunier, mais les chirurgiens esthétiques sont capables de faire des miracles, et s'il perd un peu de poids, sa propre mère ne le reconnaîtra pas.

Dehors, Bob se lève pour s'étirer. Il n'a jamais pu rester assis très longtemps, ne pouvait même pas tenir jusqu'à la fin d'un film sans se lever deux ou trois fois quand il était enfant. Il quitte l'abri des tamaris armé de son seul pistolet et se dirige vers la route. Pas une voiture en vue.

Il réfléchit à ce qu'il fera si Jesse ne se pointe pas cette nuit. Si les Démons n'ont pas réussi à retrouver ce type à Phoenix, ce n'est pas ici qu'ils le feront. Il est peut-être temps pour lui de s'en aller de son côté. Personne ne surveillera plus ses arrières, mais il ne sera plus obligé d'obéir aux ordres d'Antonia ni de se soucier de personne d'autre que lui-même. Il pourra consacrer tout son temps et son énergie à traquer et à désintégrer Jesse avant que celui-ci ne le retrouve et lui fasse subir le même sort.

Planté sur la ligne pointillée au centre de la route, il allume une cigarette en contemplant l'éclat de Vegas à l'horizon. Tout à coup, un bruit de gravier dans le parking lui fait tourner la tête. C'est Jesse, avec un fusil, qui s'approche en douce des bungalows.

« Il est là ! » hurle Bob en tirant avec son pistolet. Jesse pointe son fusil sur lui. Bob se jette par terre, mais suffisamment de plombs l'atteignent pour que ses genoux se dérobent. Il se traîne hors de la route à la seule force des bras.

Real Deal, Antonia et Elijah ouvrent leurs portes. Ils repèrent Jesse et se mettent à canarder à tout-va. Jesse décharge son fusil en direction d'Antonia et d'Elijah puis se précipite sur Real Deal, lui tirant dessus en pleine course.

Roulé en boule sur le plancher de son bungalow, Bull se dit *Et merde* puis s'enfuit par-derrière. Un tir venu de la vieille caravane le touche à la jambe. Il hurle de douleur et tombe lourdement. Il crie encore quand une seconde balle lui déchire le cœur.

Real Deal plonge sur le côté juste à temps pour éviter d'être trop amoché par le déluge de chevrotine de Jesse. Avec un rugissement de joie, il lui saute dessus quand Jesse se rue dans le bungalow et tous deux s'effondrent en un amas de bras et de jambes, basculant dans l'espace étroit entre le lit et le mur, le fusil de Jesse pris en tenaille entre eux.

Real Deal parvient à dégager une main et étrangle Jesse. « Yuma ! hurle-t-il. Tu vois ça, *baby* ? » Jesse sort un pistolet de nulle part. Real Deal agrippe l'arme et la balle termine sa course dans le plafond. Il repousse le bras de Jesse vers le bas, Jesse résistant de toutes ses forces. Son autre main est toujours refermée sur le cou de Jesse, mais il a du mal à l'étrangler et à maîtriser le flingue en même temps.

Jesse appuie de nouveau sur la détente. Cette fois, la balle se taille un chemin dans la jambe de Real Deal et bute contre l'os. Real Deal ravale le cri qui se formait mais ne peut empêcher sa main de bondir vers la plaie. Jesse le repousse de côté et se relève tant bien que mal, avant de filer vers la porte de derrière. Real Deal ramasse le fusil qu'il a abandonné derrière lui et se sert de cette béquille pour se hisser debout. La douleur dans sa jambe est intense, mais il parvient à redresser le canon du fusil. Jesse fait volte-face dans l'encadrement de la porte avant qu'il ait eu le temps d'appuyer sur la détente, et lui tire dessus avec son pistolet. L'une des balles vient s'éclater contre sa clavicule, et le bras qui soutenait le canon du fusil se désensibilise soudain, le faisant viser de travers.

Jesse est dehors maintenant, et à court de munitions. Arrivé sur le seuil, Real Deal le voit jeter son pistolet et se saisir d'un poignard. Real Deal rugit de plus belle en relevant le fusil d'une main, le calant sur sa hanche. Avant qu'il ait pu tirer, une balle venue de la caravane le frappe en pleine poitrine. Tandis que sa bouche se remplit de sang, il se souvient d'un nuage en forme de canard qu'il a vu, enfant. Il lâche le fusil et tombe à genoux.

Antonia et Elijah ouvrent le feu à travers leur porte de derrière sur celui ou ceux qui tirent depuis la caravane, puis braquent leurs flingues sur Jesse alors que celui-ci attrape Real Deal et le traîne dans l'allée entre les deux bungalows.

« Couvre-moi, glisse Elijah à Antonia.

– Reste là.

– Je vais me le faire. »

Aucun tir ne retentit depuis la caravane quand il se précipite jusqu'à l'allée, mais il arrive trop tard. Real Deal est déjà réduit en poussière, et Jesse n'est plus là. Elijah remonte l'allée, l'épaule collée à la paroi du bungalow sur sa droite, pistolet au poing. *Où est passé Bob, putain ?* se demande-t-il.

« Tout va bien ? » crie Antonia.

Il va répondre quand un truc se plante dans sa jambe droite, juste au-dessus de la botte. Baissant les yeux, il aperçoit un couteau fiché dans son mollet. Au même instant, Jesse tend le bras depuis le vide sanitaire ménagé sous le bungalow, empoigne son autre cheville et tire de toutes ses forces, le faisant basculer. Elijah se laisse rouler sur le dos et pointe son pistolet, mais Jesse le lui arrache des mains et le retourne contre lui.

Une première balle le touche au ventre, deux autres le ratent. Il se recroqueville sur lui-même, anticipant un nouveau tir, mais Jesse a changé de cible. C'est Bob, fusil dans une main, un pistolet dans l'autre, qui vient de surgir à l'autre extrémité de l'allée. Bob tire avec le pistolet et Jesse riposte avec le flingue d'Elijah, puis fait demi-tour et s'enfuit vers l'arrière des bungalows. Il vient s'écraser contre Antonia, sortie à la recherche d'Elijah. Ils font feu en même temps. Le tir d'Antonia rate sa cible, mais Jesse la touche en plein visage, la balle entrant sous sa pommette droite, ressortant au-dessus de son oreille gauche, et la propulsant dans les airs. Elijah hurle son nom au moment où elle touche le sol.

Jesse ramasse le fusil que Real Deal a laissé tomber et fonce vers la caravane délabrée au fond du terrain. Jaillissant de l'allée, Bob se lance à sa poursuite, le rattrapant déjà en pensée et lui arrachant la tête à mains nues. Jesse se retourne brusquement et l'arrose avec le fusil. La décharge lacère le tee-shirt de Bob et l'essentiel de sa peau entre sa poitrine et sa cuisse, du côté gauche, dévoilant le rouge des muscles, le jaune de la graisse et le blanc des os. Tout dur à cuire qu'il est, il manque s'évanouir. Un homme n'est pas supposé voir ses propres entrailles. Il s'effondre derrière la Harley de Real Deal tandis que Jesse disparaît dans la caravane.

Elijah sort en titubant de l'espace entre les deux bungalows, empoigne Antonia et la traîne à reculons jusqu'à l'allée.

Il essuie le sang sur son visage. Son œil droit protubérant est en train de se remettre en place au fond de son orbite, et le trou dans sa joue de se refermer, mais elle est toujours inconsciente.

L'écho des détonations finit par retomber et le vent disperse la fumée. Un calme lourd de menaces s'empare du champ de bataille. La blessure de Bob est en train de se résorber mais le fait souffrir comme un chien. Il recharge son pistolet pour ne plus penser à la douleur et récupère le fusil qui lui a échappé lorsqu'il a été touché. Une fois retourné à l'abri derrière les motos, il siffle de toutes ses forces, un signal. Elijah passe la tête au coin du bungalow.

« Real Deal ? » articule Bob.

Elijah ramasse une poignée de sable et la laisse s'écouler entre ses doigts.

« Antonia ? »

Elijah fait osciller la même main. Pas terrible.

Des tirs de fusil et de pistolet pleuvent depuis la caravane, illuminant la nuit. Balles et plombs de chevrotine claquent sur la Harley de Real Deal et pulvérisent le bungalow derrière lui. Bob se roule en boule. Quand la salve se calme, il réalise qu'il est été touché au pied. Du sang se déverse par une déchirure dans sa botte. Les flingues se remettent à hurler, leur cible étant cette fois la bécane d'Elijah. Des étincelles volent, les balles ricochent et la moto se renverse.

Bob se redresse quand les tirs s'arrêtent. Putain, pas question de se recroqueviller dans son coin comme un lapin apeuré jusqu'à se faire descendre. Sifflant de nouveau pour attirer l'attention d'Elijah, il lui lance le pistolet et cale le fusil sur le siège de la Harley de Real Deal pour assurer son tir.

« Dégomme-les ! » crie-t-il, et Elijah et lui criblent la caravane jusqu'à ce que leurs chargeurs soient vides.

Un gémissement venu de la caravane brise le silence qui suit. Bob se baisse derrière la moto, sort quelques cartouches de sa poche et recharge. Il est temps de mettre fin à ce duel à la con, et c'est lui qui va devoir s'en charger. Il interpelle Jesse.

« Je t'entends, répond ce dernier.

– Tu te rends ?

– C'est pas ce qui va se passer.

– T'es tout seul contre deux, et on est mieux positionnés. On va soit te forcer à gaspiller toutes tes munitions et te tomber dessus, soit te coincer là jusqu'à demain matin et laisser le soleil s'occuper de toi.

– Ou alors me faire mourir d'ennui avec ton bla-bla, réplique Jesse.

– Et si je t'offrais un moyen d'égaliser les chances ?

– Pourquoi ferais-tu une chose pareille ?

– C'est entre toi et moi, au fond. T'as réduit mon partenaire en poussière, et j'ai tué ta copine.

– Je t'écoute. »

Bob jette un coup d'œil à sa blessure. Elle est presque guérie. « Laisse le temps à mes gars de se barrer à moto, et moi je laisserai partir celui que t'as avec toi. Ensuite, toi et moi, on s'affrontera à un contre un au couteau, pour finir ce qu'on a commencé sur la montagne. T'auras cinquante pour cent de chances. »

Dans l'allée entre les bungalows, Antonia a suffisamment récupéré pour pouvoir s'asseoir. Elijah et elle écoutent les négociations en se demandant ce que peut bien mijoter Bob. Cela ressemble à un pari inutile.

« Il a pris une balle dans la tête, aussi ? s'étonne Antonia.

– Décide-toi vite, crie Bob à Jesse. C'est une offre à durée limitée.

– Tes potes s'en vont d'abord, répond Jesse.

– D'accord. Je vais me lever pour aller leur parler.

– Parle-leur de là où t'es. »

Bob se laisse rouler sur le côté pour faire face aux bungalows. « Vous avez entendu ?

– Moi, je la jouerais pas comme ça, répond Antonia.

– Eh bien moi, c'est comme que ça je la joue.

– Tu crois vraiment qu'on va se tirer à moto et te laisser ici ? réplique Elijah.

– Partez et ne regardez pas en arrière, dit Bob. C'est fini, les Démons. Maintenant, chacun pour soi. »

Elijah se tourne vers Antonia, ses yeux lui demandant s'il doit insister un peu plus.

« On dirait qu'il a déjà décidé », dit-elle. Cela fait longtemps qu'elle voyait arriver la fin, mais elle n'avait jamais imaginé une chose pareille. Elijah l'aide à se lever.

« Faut qu'on aille chercher nos affaires ! crie-t-elle.

– Laissez-les là, rétorque Jesse. Vos flingues aussi.

– On est censés te faire confiance ?

– Si vous devez partir, c'est maintenant. »

Elijah jette le pistolet, et Antonia et lui sortent à découvert, les mains en l'air. Ils passent devant Bob, accroupi derrière la moto déglinguée de Real Deal.

« Bonne chance, lui lance Elijah.

– On se revoit sur la route », répond Bob.

Ils grimpent sur la Harley d'Antonia. Celle-ci démarre, et ils contournent lentement les bâtiments. Bob entend le moteur gronder lorsqu'ils s'engagent sur la route et songe, *Bon débarras.*

« À toi ! » crie-t-il à Jesse.

L'homme noir de chez Beaumont sort de la caravane en boitant bas, un chiffon trempé de sang noué autour d'une cuisse. Il se dirige vers la route, passant entre deux bungalows.

Quand il a disparu, Bob annonce : « Je vais me lever, maintenant ! »

La plaie infligée par la chevrotine ne le fait presque plus souffrir lorsqu'il se redresse, et son pied va mieux. Il garde son flingue pointé sur le sol.

Jesse apparaît sur le seuil de la caravane, tenant un pistolet et un couteau. « Laisse tomber ton flingue, ordonne-t-il à Bob.

– Toi aussi. »

Jesse jette son pistolet dans les broussailles. Bob fait de même avec le fusil. Tandis que les deux hommes avancent l'un vers l'autre, Bob sort son couteau d'un étui de ceinture. Ils s'immobilisent à dix pas de distance.

« Un », compte Bob en se ramassant sur lui-même. Il sourit, pressé de découper en morceaux cet enfoiré.

« Deux. »

Jesse fait pivoter ses pieds pour bien les planter dans la poussière.

« Trois ! »

Bob fonce tête baissée, mais Jesse fait un pas de côté et lance son couteau vers l'avant. Il rate son coup et doit faire demi-tour. Face à face, les deux hommes font de petits pas de côté, décrivant un cercle. Bob agite brusquement sa main libre et, quand Jesse regarde dans cette direction, se jette en avant, lui lacère la poitrine et bondit hors de portée. C'est son plan : avancer, frapper, reculer. S'il continue comme ça, Jesse sera bientôt si affaibli qu'il ne pourra plus esquiver.

Ils se remettent à tourner en rond. Bob enchaîne quelques feintes, mais cette fois, Jesse ne se laisse plus leurrer. Au lieu de quoi il accélère, piétinant le sol de plus en plus vite et forçant Bob à hausser le rythme à son tour. « Hue ! Hue ! » crie Jesse comme s'il encourageait une mule. Quand Jesse s'arrête brusquement et repart dans l'autre sens, Bob trébuche en essayant de l'imiter. Dans la seconde, Jesse est sur lui, le poignarde et s'écarte avant qu'il ait pu riposter. La douleur n'est pas assez forte pour le neutraliser, mais il a un goût de sang dans la bouche et chaque souffle est une lutte. Il faut qu'il continue de tourner, qu'il garde ses yeux sur Jesse. Ce salopard sait qu'il est touché et ne lui laissera pas le temps de se régénérer.

Comme prévu, il passe de nouveau à l'attaque, poignard dressé pour le frapper de haut en bas. Au lieu de s'écarter franchement, Bob se déplace juste assez pour que la lame s'enfonce dans la partie charnue de son épaule plutôt que sa poitrine. Puis, de sa main libre, il attrape le poignet de Jesse pour l'empêcher de retirer le couteau et, dans le même mouvement, le poignarde dans le dos. Jesse lâche son arme, dégage son bras et chancelle en arrière.

À présent, tous deux sont trop gravement blessés pour continuer à tourner. Ils se fusillent du regard tandis que Bob arrache de son épaule le poignard de Jesse et le jette par terre. Bob voudrait dire un truc malin mais, n'arrivant pas à parler, il se contente de cracher. Dans dix secondes, il donnera le coup de grâce. Dix secondes de cicatrisation. *Neuf, huit, sept…* Il grogne presque tout haut quand Jesse plonge la main sous son blouson et en sort un pic à glace. Ce connard est plus coriace qu'il ne l'aurait cru. *Quatre, trois…*

Jesse fait un pas vers lui mais s'arrête hors de portée de ses coups. Bob fend l'air de sa lame, et Jesse la suit des yeux comme s'il s'agissait d'un serpent qui ondule, calculant à quel moment tendre le bras pour l'agripper. Bob se jette en avant et frappe pour déjouer l'attaque qu'il pourrait concocter, et Jesse recule d'un pas. Bob plonge à nouveau, et là encore, Jesse recule.

La troisième fois que Bob tente ce mouvement, Jesse le balaie du bras et lui assène en retour un coup de pic à glace. La pointe entaille à peine la poitrine de Bob, mais la douleur suffit à redoubler sa fureur. Improvisant une stratégie, il fait mine de lâcher son couteau et se penche pour le ramasser. Jesse se laisse abuser par la ruse, il se précipite, pic en position basse, visant la gorge.

Bob bloque son geste en l'empoignant par l'avant-bras, projette son poignard de bas en haut avec son autre main, vers la poitrine de Jesse. Mais ce salopard intercepte son poignet avant que la lame ne touche sa cible.

Les voilà face à face, torse contre torse, Bob agrippé au bras droit de Jesse, Jesse serrant de toutes ses forces celui de Bob. Un tango burlesque s'ensuit, chacun s'efforçant d'écraser son genou dans les parties de l'autre, tournoyant encore et encore jusqu'à ce que leurs jambes s'emmêlent et qu'ils basculent au sol.

Bob retombe sur l'épaule que Jesse a poignardée, et une décharge de douleur manque lui faire perdre connaissance. Le temps que le choc se dissipe, Jesse a planté le pic à glace entre ses côtes et fouille, à la recherche du cœur. Réalisant que son couteau se trouve encore dans sa main, Bob l'enfonce dans le ventre de Jesse. La dernière chose qu'il entend avant que son corps lâche enfin est le cri de Jesse.

Quand il revient à lui, dieu sait combien de temps plus tard, Jesse est couché à plat ventre, inconscient, à côté de lui. Sa tête tourne lorsqu'il se redresse, mais il n'y a pas de temps à perdre. Il empoigne son couteau et fait rouler Jesse sur le dos, s'installe à califourchon sur cet enfoiré et cale la lame contre sa gorge. Il est à deux va-et-vient de le désintégrer quand les yeux de Jesse s'ouvrent brusquement. *Le pic à glace*, songe Bob. Trop tard. Jesse lui en assène un coup qui transperce le dessous de la mâchoire, la bouche puis…

29

Jesse se sert du pic à glace fiché dans le crâne du Démon pour guider le corps jusqu'au sol. Sa plaie à l'abdomen lui donne l'impression d'avoir bu de l'acide, si bien qu'il se laisse retomber sur le dos et attend d'avoir un peu récupéré. Quand le pire est passé, il liquide le *biker* avec son propre couteau.

Mais il ne se sent toujours pas tiré d'affaire, avec les deux derniers Démons dans la nature. Il ramasse tous les flingues qui lui tombent sous la main et les porte jusqu'au pick-up en improvisant un baluchon avec un drap, progressant lentement, scrutant la route et tendant l'oreille à l'affût d'une moto. Arrivé en vue du pick-up, il s'arrête pour guetter le moindre signe de danger. Tout semble en ordre. Sanders est déjà assis derrière le volant. Jesse n'était pas sûr qu'il parviendrait à revenir jusqu'ici.

Il gisait dans une mare de sang quand Jesse s'est engouffré dans la caravane, et il ne bougeait pas. Le croyant mort, Jesse s'est approché de la fenêtre et a regardé le grand Démon costaud à la peau sombre qu'il avait poignardé traîner en lieu sûr la blonde qu'il avait descendue. Sanders a poussé un grognement, faisant sursauter Jesse.

« T'es touché où ? a demandé Jesse.

– La jambe. »

Une balle lui avait transpercé la cuisse de part en part. Jesse a découpé l'une des manches de la chemise de Sanders et l'a nouée autour. Pas terrible comme bandage, mais cela lui permettrait de tenir pendant quelques minutes, celles où Jesse aurait besoin de son aide. Il a grogné de plus belle quand Jesse l'a hissé sur ses pieds, mais la jambe a tenu bon. Jesse lui a dit de prendre position à la fenêtre, et s'est accroupi dans l'entrée.

Après avoir passé avec le Démon qui avait tué Johona le deal permettant à Sanders de partir, il lui a ordonné : « Attends-moi dans le pick-up. Si je ne suis pas revenu à l'aube, va-t'en.

– Et ton frère ? » a demandé Sanders.

Il n'y avait qu'une seule option. « Élimine-le », a répondu Jesse. Edgar étant incapable de se débrouiller tout seul, ce meurtre serait un acte de compassion.

Jesse adresse un geste à Sanders en s'approchant du pick-up. « T'es vivant ?

– À peine », répond Sanders.

Jesse se dirige vers le camping-car. Edgar le fixe du haut du lit perché au-dessus de la cabine.

« Monsieur Beaumont est devenu fou, dit-il. Il a manqué faire du petit bois de cette caisse, tellement il tapait dedans avec ses pieds.

– Viens devant, dit Jesse. Tout est réglé. »

Sanders n'arrête pas de perdre et de reprendre connaissance, si bien que Jesse prend le volant. Edgar est assis entre eux. Personne ne dit rien sur la route de Vegas, pas même Edgar. Au lieu de bavasser sur ses dessins animés ou de le supplier d'allumer la radio, il contemple la route à travers le pare-brise, ses grosses mains noueuses agrippées au tableau de bord. Jesse et Sanders empestent le sang, la poudre et l'épuisement. Jesse ouvre toutes les grilles d'aération, inondant d'air frais l'habitacle.

Sanders a besoin d'aide pour marcher jusqu'à la chambre. Jesse l'installe sur son lit et défait son pantalon pour examiner sa jambe de plus près. De part en part, comme il le pensait : un trou sur le devant de la cuisse, un autre derrière, et les deux saignent à peine maintenant. Il souffre énormément, et Jesse a le sentiment que le remettre sur pied fait partie de leur accord. Il fouille dans la trousse de secours de Sanders, mais ce qu'elle contient ne suffira pas pour faire le boulot comme il faut.

Affalé sur son lit, Edgar regarde la télévision. Il ne se tourne même pas quand Jesse entreprend de se rendre assez présentable pour sortir dans la rue.

« Tu veux un hamburger ? lui demande Jesse.

– Deux Big Mac, répond Edgar. Et des frites.

– Et toi ? demande Jesse à Sanders.

– Non, ça va. »

Jesse se rend dans un drugstore ouvert la nuit pour se procurer de l'eau oxygénée et de la gaze, et il achète quelques burgers en plus au McDonald's d'à côté au cas où Sanders changerait d'avis.

Allongé au fond de la baignoire, Sanders laisse échapper un râle quand Jesse fait couler l'eau oxygénée sur les trous laissés par les balles, et une mousse sanglante bouillonne sur sa peau. Le temps que Jesse bande la jambe et raccompagne l'homme jusqu'à son lit, Edgar s'est endormi. Sanders grignote un hamburger et ne tarde pas à sombrer lui aussi.

Jesse s'allonge par terre avec un oreiller. C'est la première fois depuis deux jours qu'il a l'occasion de se détendre, mais le repos ne veut pas venir. Chaque fois qu'il ferme les yeux, un cruel montage déroule ses images. Lui, poignardé et blessé par balle, poignardant et blessant les autres par balle, des flingues et des couteaux et du sang, des vagabonds s'effondrant en un tas de cendres. Les Démons et lui se battant sur la montagne, lui et le *biker* se battant au motel, et Johona qui meurt encore et encore. Il fait jour dehors quand la fatigue finit par avoir raison de lui.

La première chose qu'il entend en se réveillant, ce sont des rires. La télévision. Edgar la regarde depuis son lit, et Sanders écrit à sa femme. Le soleil est déjà bas sur l'horizon, il le sent. Il se lève, s'étire. Hormis une soif terrible, il va bien. Il descend trois verres d'eau et prend une longue douche, concentrant son esprit sur la nuit à venir sans le laisser dériver vers le chagrin. Il dit à Edgar de rassembler ses affaires, est surpris de le voir faire son sac sans même rouspéter.

Il marche jusqu'au casino le plus proche et scanne le parking. Repérant une vieille Galaxie 500, il se faufile entre les voitures et force la serrure avec un tournevis. Quelques coups de marteau, une rotation sèche et le voilà assis sur le siège conducteur. Après s'être employé un moment sur le barillet de contact, il approche le fil du démarreur de ceux de la batterie, et le moteur se met en route.

Tout ce qu'Edgar trouve à lui dire quand il revient dans la chambre, c'est qu'il a de nouveau faim. « On trouvera un truc sur la route », répond Jesse, et il s'occupe de faire son propre sac. Ça ne lui prend pas longtemps. Le tee-shirt et le jean qu'il porte sont ses seuls vêtements à ne pas être couverts de sang. Il récupère le 45 de Sanders dans le baluchon d'armes à feu, le dépose sur la table.

« Tu risques d'en avoir besoin », lance-t-il à Sanders.

Sanders ne répond rien. Il a l'air encore plus misérable que d'habitude, comme s'il pouvait tout aussi bien pleurer sur l'épaule de son prochain que le tuer, selon la direction du vent. Jesse a ressenti la même chose un millier de fois mais n'a aucune compassion à lui offrir. Lui-même court sur sa propre corde raide, sans cesse en mouvement pour ne pas tomber. Il fourre son couteau dans la poche de son blouson, ramasse les flingues et son sac de voyage, jette un dernier regard autour de lui pour s'assurer qu'Edgar n'a rien oublié qu'il risquerait de réclamer en pleurnichant une fois sur la route. De rapides adieux à Sanders, et Edgar et lui s'en vont.

Edgar fait la tête, lui aussi, il n'a pas dit trois mots de toute la nuit. Jesse lui montre du doigt la Galaxie, pose leurs sacs et les armes sur la banquette arrière. Ils partent pour Seattle. Il en a assez de la chaleur, veut voir des montagnes, sentir les arbres.

« Et Disneyland, alors ? demande Edgar.

– On ira bientôt », promet Jesse.

Edgar ricane. « T'es un menteur, et la vérité n'est pas en toi », dit-il.

Ils s'arrêtent pour dîner dans un drive A&W. Edgar dit à la serveuse qu'elle est jolie et demande un plateau rien que pour lui. La fille en apporte un et l'accroche à sa fenêtre de voiture. La nourriture le revigore. Il engloutit son soda, rote, et lèche la mousse sur sa lèvre. Il joue avec ses frites comme Jesse lui a souvent dit de ne pas le faire, les roulant une par une dans le ketchup, se salissant les doigts au passage, avant de les enfourner dans sa bouche. Cette fois, Jesse fait comme s'il n'avait pas vu. Il ne lui pardonnera jamais ce qu'il a dit sur Johona, mais ne se voit pas se montrer trop dur avec lui après tout ce qu'il a traversé.

Deux équipes de gamins s'affrontent dans une cinquième manche sur le terrain de base-ball à côté du drive. Un gosse frappe une balle très haut sur le flanc gauche, le *clac* de la batte n'atteignant les oreilles de Jesse qu'une fois que le garçon court déjà vers la première base. Le joueur de champ contemple le ciel, bouche bée, écrasant son poing dans le gant. La balle retombe sur lui comme si elle était destinée à le faire, semblant ralentir au point de s'immobiliser au moment de heurter son gant.

« Je vais me trouver une moto, annonce Edgar.

– Ça, certainement pas, rétorque Jesse.

– Je vais traîner avec les Démons. Ils sont plus durs à cuire que toi.

– T'es sûr de ça ?

– Je les ai vus se bagarrer.

– Alors comment ça se fait qu'ils sont tous morts, et que moi je suis encore là ? »

Edgar laisse tomber une frite dans sa mare de ketchup et la retourne du bout du doigt. « Eh ben, je vais créer mon gang à moi.

– Tu l'appelleras comment ?

– Les Pirates. »

Jesse va pisser avant de reprendre la route. La voiture tourne déjà quand il revient. Edgar est au volant.

« Qu'est-ce que tu fous, putain ? s'impatiente Jesse.

– Toucher le fil qu'est tout seul avec les deux autres, répond Edgar. Je me rappelle.

– Tu peux pas tripatouiller la voiture sans ma permission. Tu le sais très bien.

– Je peux avoir la permission de conduire ?

– Retourne de ton côté. »

Edgar fait comme si se glisser sur son siège lui demandait des efforts démesurés.

Ils mettent le cap au nord. Jesse calcule qu'ils pourront atteindre Wells, ou même Jackpot, avant de devoir s'arrêter pour éviter le jour. Au bout d'une heure de route, Edgar, qui boudait depuis tout à l'heure, allume la radio. Jesse l'éteint aussitôt.

« S'il vous plaît, sir, je peux mettre la radio, sir ? » grommelle Edgar. Son ressentiment de devoir demander saute aux yeux, malgré la voix rigolote qu'il prend.

« Tu peux », répond Jesse, le récompensant d'avoir suivi les règles.

Il n'y a quasiment personne sur l'autoroute. Lorsqu'ils croisent un autre véhicule, c'est généralement un gros semi-remorque, certains aussi décorés de guirlandes multicolores qu'un sapin de Noël. *I'm So Lonesome* de Hank Williams passe à la radio. Après le premier couplet sur l'engoulevent qui est trop déprimé pour voler et la lune qui se cache derrière un nuage pour pleurer, Jesse change de station. La seule manière pour lui de survivre aux nuits à venir, c'est d'avoir toujours une longueur d'avance sur le chagrin.

L'un des pneus de la Galaxie éclate une heure après Ely. Jesse range tant bien que mal la voiture sur le bas-côté, éteint le moteur et a la chance de trouver une lampe torche dans la boîte à gants. La chance l'accompagne encore quand, forçant le coffre avec son tournevis, il y trouve un cric et une roue de secours.

« Viens me filer un coup de main ! » crie-t-il à Edgar, resté dans la voiture.

C'est le pneu arrière droit qui a lâché. Edgar tient la lampe pendant que Jesse desserre les écrous avec une clé en croix et soulève la voiture avec le cric. Jesse est en nage quand il retire le pneu détruit et installe la roue de secours, il doit s'essuyer les mains sur son pantalon avant de remettre les écrous et de les ajuster avec ses doigts. Edgar ne tient pas en place. Le faisceau de la torche bondit dans tous les sens.

« Arrête de gigoter », ordonne sèchement Jesse.

Il redescend la voiture, resserre les écrous et remet le jack dans le coffre. Le moteur démarre et, après avoir claqué le coffre, à travers la vitre arrière, il aperçoit Edgar de nouveau installé sur le siège conducteur.

« Ah, bon Dieu ! » hurle-t-il.

Edgar enclenche la marche arrière et appuie sur le champignon. Le pare-chocs arrière broie le genou gauche de Jesse. Il tombe par terre et la Galaxie lui brise la cheville droite en lui roulant dessus. La voiture s'arrête, mais le ventre de Jesse est collé au pot d'échappement. L'acier chaud lui brûle les chairs. C'est ce qui, finalement, le fait hurler.

Il crie toujours quand Edgar enclenche la marche avant et accélère. Le tee-shirt de Jesse se prend dans le pare-chocs, il est traîné sur la route avant que le tissu ne cède, et il dérape encore avant de s'immobiliser. La Galaxie s'éloigne à toute vitesse, ses feux arrière restant visibles bien après que le bruit du moteur s'est estompé.

30

Le Petit Diable commence son cirque dès que Jesse me fait descendre du camping-car, après que lui et Mr Sanders sont revenus du motel à la flèche rouge. *Il s'en fout complètement de toi*, il fait. *Il a tué Abby. Il a essayé de te tuer. Tu peux pas lui faire confiance.* Il continue de cracher son venin jusqu'à ce que je m'endorme dans la chambre de Mr Sanders. Gâche mes hamburgers gâche mes frites.

Je me réveille en pensant à Abby. Quand je me rappelle ce qui lui est arrivé j'ai envie de pleurer. J'ai envie d'attaquer Jesse avec un couteau et de le mettre en poussière. *Fais-le !* chuchote le Petit Diable. Je regarde la série de la famille Brady pour plus l'entendre. Mr Sanders écrit dans son carnet. Il dit, T'es obligé de mettre aussi fort ? Il devrait faire gaffe sinon je le zigouille aussi.

Dès que Jesse se lève il me dit de faire mon sac qu'on s'en va. Fourrer le peu que j'ai dans mon sac me fait bouillir encore plus. Y a mes cartes mais je veux mon jeu de dames. Y a mes dinosaures mais je veux mon épée.

On va à Seattle. Ils ont Brakeman Bill là-bas et JP Patches et Gertrude. La nouvelle voiture que Jesse a volée est une Galaxie. Une galaxie c'est des étoiles qui se voient seulement avec un télescope. J'ai regardé la lune avec un télescope. Y a un visage dessus. Parfois la lune sort en plein jour. C'est ce qu'on appelle une lune de Judas. Judas a trahi Jésus pour trente deniers. Jesse m'a trahi juste pour un derrière.

C'est pas un repas chez A&W qui va rattraper ça. Chaque fois que je regarde Jesse ça y est je redeviens tout colère. Il va pisser et je me glisse du côté volant et j'allume le moteur. *Démarre*, fait le Petit Diable, *va-t'en*. Jesse revient avant que je me décide. Il me crie dessus devant la serveuse.

Quand on se met en route il me fait demander la permission d'allumer la radio. Je demande mais je le ferai plus jamais. Le Petit Diable arrête pas de parler de vengeance par-dessus la musique. La voiture dérape et Jesse dit que c'est un pneu qu'a pété. Il me demande de venir l'aider à changer la roue. J'ai envie de lui dire d'aller se faire foutre mais j'ai peur. Je me rappelle quand il m'a étranglé. Je me rappelle que je me battais pour respirer et l'air rentrait pas et je me battais pour respirer et j'ai failli avaler ma langue et je me battais pour respirer et je me rappelais plus comment faire.

Je tremble tellement que j'arrive pas à tenir la lampe droit. Jesse me crie dessus et le Petit Diable crie aussi. *Un chien qui a mordu une fois mordra une deuxième fois*, il me gueule. *Fais attention qu'il t'assomme pas avec cette clé.* J'arrive pas à penser droit avec tout ce bruit dans ma tête. Quand Jesse va remettre le cric dans le coffre je retourne devant et je monte sur le siège du conducteur. C'est là que le Petit Diable prend les choses en main. C'est lui qui touche le fil tout seul avec les deux autres fils pour faire l'étincelle qui démarre le moteur. C'est lui qui met la Galaxie en marche arrière et appuie sur le champignon. C'est lui qu'écrase Jesse et s'en va. *Regarde pas derrière*, il fait, *Garde tes yeux sur la route.*

Je pense qu'à conduire. J'ai jamais fait ça tout seul avant. Faut faire toute la concentration soi-même. Faut tourner le volant et appuyer sur la pédale et regarder ce qui vient tout en même temps. Le Petit Diable retourne dans son trou. Il a plus rien à dire.

Je m'arrête au premier motel que je vois. Le portefeuille de Jesse est dans la boîte à gants et y a de l'argent dedans. Les lumières sont éteintes dans la réception du motel. Je frappe à la porte et j'appuie sur la sonnette. Un Chinois vient ouvrir en râlant comme quoi il est tard. Je lui dis que j'ai un pneu qu'a crevé. Il revient avec une clé et dit qu'y a pas d'eau chaude dans la chambre mais c'est la seule qui lui reste vu que des ouvriers de l'autoroute dorment là. Je lui dis que l'eau froide ça ira.

La chambre est à l'étage. Je sors mon sac et celui de Jesse de la voiture et je monte avec. Je prends les flingues aussi. La chambre a une odeur qui pique et y a une bestiole dans le lavabo. La télévision s'allume mais aucune chaîne marche. Je sors mes cartes et je distribue deux mains pour faire un 8 américain. C'est pas drôle de jouer contre moi.

J'ouvre le sac de Jesse et je fouille dedans. Son kit de rasage l'album photo et ses lunettes de soleil que Johona lui a données. Je l'entends me dire de laisser ses affaires tranquilles. Je m'entends répondre, *Pourquoi ? T'as rien que personne aurait envie de voler.*

Je mets son portefeuille dans une poche et un des pistolets dans l'autre et je sors devant la chambre. Le parking en bas est plein de pick-up. Plus loin y a l'autoroute et un relais routier tout éclairé de l'autre côté. Alamo, ça s'appelle. Davy Crockett le roi des trappeurs s'est fait tuer à Fort Alamo. Je sors le pistolet et je le pointe sur les pompes à essence. Faut fermer un œil pour viser. Pan. Je fais semblant pour cette fois mais si Jesse me retrouve je lui tirerai dessus pour de vrai. Je vais m'entraîner jusqu'à ce que j'arrive à dégommer une boîte de haricots sur un poteau de clôture jusqu'à ce que j'arrive à toucher une pièce d'un dollar en argent lancée en l'air. Parce que je suis sûr qu'il me mettra en poussière dès qu'il pourra. Il m'a jamais cru pour le Petit Diable.

Je marche jusqu'au relais routier d'en face. Ils ont toutes les sortes de chips dans le magasin toutes les sortes de bonbons toutes les sortes de sodas. Y a des danseuses d'Hawaï pour le tableau de bord des cannes à pêche et du matos et des ceinturons du Coyote, celui du dessin animé. Ils ont même des radios CB.

J'en prends une et je demande combien. Le type de la caisse répond, Soixante-quinze plus les taxes. Elle marche ? je demande. On la vendrait pas si elle marchait pas, il fait. Le portefeuille de Jesse est tout gonflé de billets de vingt dollars. J'en donne quatre au type pour que ça fasse quatre-vingts. Il me rend un dollar et des petites pièces.

Y a des machines à sous à côté des toilettes. Une Star Spangled Sevens. Je donne au type de la caisse un autre billet de vingt dollars et je lui demande des pièces de vingt-cinq cents. Il me file un rouleau de pièces dans du papier et un billet de dix dollars.

Je m'assois devant la machine et je tape dessus trois fois. Trois fois pour faire sortir trois sept. Ça marche pas. Je mets des pièces et je tire je mets des pièces et je tire mais le foutu jackpot tombe pas. Le type de la caisse vient vers moi en fumant une cigarette. Ça te dérange que je regarde ? il demande. Je lui dis, Y a pas grand-chose à voir mais ça me dérange pas.

J'ai plus que deux pièces de vingt-cinq quand trois BAR sortent et quelques pièces tombent dans le bac. Le type de la caisse fait, Si j'étais toi j'arrêterais tant que je gagne, et je réponds, Je crois que vous avez raison, et je mets les pièces dans ma poche.

Je vais dans la partie restaurant avec ma radio CB et je m'assois au comptoir. La dame qui sert est aussi vieille et grosse que Maman mais elle a les cheveux jaunes. Elle m'appelle Mon beau en m'apportant la carte. Comment ça va mon beau ? Je lui dis de me donner des crêpes des saucisses et des œufs brouillés. Un jus d'orange. Un grand verre pas un petit. Je demande s'ils ont du sirop de myrtille. Les meilleurs endroits ont du sirop de myrtille. Nan désolé, elle fait, seulement du sirop d'érable mais c'est tout aussi bon. Elle me demande, Vous êtes avec les ouvriers de l'autoroute ? Non m'dame, je réponds, je fais que passer.

Je pose mes pièces de vingt-cinq cents sur le comptoir et j'en fais des piles de quatre. Quatre ça fait un dollar et en tout j'ai quatre dollars et cinquante cents. Je demande à la serveuse à quelle heure se lève le soleil. Vers 5 h 30, elle dit. Il est quelle heure ? je demande. Elle regarde sa montre. Cinq heures cinq, elle dit. J'avale ma nourriture en vitesse et j'arrive à la chambre quand il commence à faire jour. Faut que je fasse plus attention. J'accroche la pancarte NE PAS DÉRANGER à la poignée de porte. Je vérifie que les rideaux sont bien fermés.

Y a des dessins animés à la télé maintenant. Gigantor sur une chaîne Bugs Bunny sur une autre. Je mets Bugs mais je regarde pas vraiment parce que je m'inquiète. C'est le jour donc si Jesse est pas là il viendra pas. Ça se trouve il me cherche même pas. Ça se trouve il est en poussière. C'est ce que je voulais quand j'étais en colère mais je suis plus aussi fâché. Il a pas été si mauvais avec moi. Je sais faire des choses mais pas toutes. J'ai jamais chassé. J'ai jamais tué. Jesse s'en occupait toujours.

La chose sombre où je vois des choses arrive. Cette fois y a que du noir. Du noir et moi qui pleure. Qui pleure et qui dit non. Quand elle s'en va je tremble comme si j'avais vu un fantôme. Où je vais aller ? Je vais faire quoi ? Ma seule personne à qui parler c'est le Petit Diable et tout ce qu'il trouve à faire quand je lui pose la question c'est roter.

Je sens que si je fais pas quelque chose de bien je vais faire quelque chose de mal. Je sors ma CB de la boîte et je la pose sur le lit. Je tourne les boutons et il se passe rien. Y a un livre avec sur comment s'en servir mais les lettres sont trop petites et je comprends rien aux dessins.

J'attrape le micro et j'appuie sur le bouton. Breaker Breaker ici Wolfman, je dis, reviens vieux. J'appuie encore sur le bouton. Spéciale dédicace à Jesse, je dis, je sais que c'était la préférée de ta maman. Et puis je chante.

Oh laissez-moi mourir en hiver
Quand la nuit sombre s'éternise
Et que froide la neige repose
Sur les seins que nous aimons
Ah ! Que le vent à minuit
Qui souffle de la mer
Chantonne doucement, gentiment
Un requiem en mon honneur

31

5 juillet 1976, Las Vegas (suite)

Quand je suis revenu à moi, Jesse me demandait où la balle m'avait touché. Il a découpé ma chemise pour bander une plaie au niveau de ma cuisse. Les Démons nous avaient acculés dans un coin, mais Jesse n'était pas du genre à capituler. Il m'a installé devant la fenêtre avec le calibre 45 et s'est calé dans l'encadrement de la porte avec le fusil de chasse, et nous avons entrepris d'expédier à la casse deux des Harley.

Nous allions faire voler en éclats la dernière quand les *bikers* ont ouvert le feu sur nous. Sachant que les parois de la caravane n'arrêteraient rien du tout, je me suis laissé glisser par terre. La douleur dans ma jambe était si atroce que j'ai cru que j'avais encore été touché.

Quand la fusillade s'est calmée, j'ai eu de la peine à trouver une position assise où je ne souffrais pas. Les Démons devaient être dans un sale état, eux aussi, car d'un seul coup, Jesse et l'un d'eux se sont mis à négocier à travers la cour, et se sont mis d'accord pour que les autre *bikers* et moi puissions nous en aller sains et saufs. J'étais trop abasourdi pour éprouver un réel soulagement à l'idée de partir de là, et je n'étais pas sûr d'avoir la force de marcher jusqu'au pick-up.

Une moto avec deux Démons dessus a démarré et, ensuite, ç'a été mon tour. Jesse m'a dit de partir sans lui s'il n'était pas de retour au pick-up à l'aube. « Et Edgar alors ? » lui ai-je demandé. Rapidement, froidement, il m'a dit qu'il faudrait le tuer.

Mon Dieu, ai-je songé, *je dois vraiment être en enfer.* Autre coup de massue quelques secondes plus tard, alors que je me préparais à sortir de la caravane. J'ai mis en garde Jesse, qu'il n'oublie pas le gros type que j'avais abattu, parce qu'il devait presque être remis, maintenant.

« Il va pas se remettre », a répliqué Jesse.

Je lui ai demandé ce qu'il voulait dire.

« C'est pas un vagabond. »

Espérant qu'il se trompait, je me suis dirigé tout droit vers le corps dès que j'ai pu sortir en boitant de la caravane. L'homme gisait là, les yeux et la bouche grands ouverts, et mort, mort, mort, et je me suis retrouvé confronté au fait atroce que j'avais tué un être humain.

Je ne sais même pas comment j'ai pu continuer après ça. Une sorte d'instinct de survie a pris le relais et m'a donné la force de marcher jusqu'à l'autoroute. Chaque pas était une agonie, et mon existence se réduisait à la tâche consistant à rester en mouvement. Les prières ont aidé, mais elles se faisaient de plus en plus rudimentaires, jusqu'à se limiter à un « Jésus, Jésus, Jésus » répété encore et encore.

Je me souviens à peine de mon arrivée au pick-up, du retour de Jesse et du trajet jusqu'au motel. Cette longue marche avait eu raison de mes dernières forces. Je crois vraiment que j'étais entre la vie et la mort, et que la mort semblait être la meilleure option. Jesse a pansé ma plaie comme il faut et un long sommeil sans rêve a suivi. Ma jambe me faisait encore souffrir quand je suis revenu à moi, mais je pouvais m'asseoir sur le lit sans avoir envie de vomir, et j'ai réussi à me traîner tout seul jusqu'à la salle de bains.

Le soleil se couche tandis que j'écris ces mots. Edgar regarde la télévision et Jesse s'agite, allongé par terre. J'ai tué un homme en l'aidant à se venger et j'ai failli me faire tuer – j'espère donc qu'il tiendra sa promesse de me laisser partir. Maintenant, je vais dire une prière pour l'âme du mort et une autre pour implorer qu'on me pardonne de l'avoir assassiné. Je doute qu'elles m'apportent une quelconque grâce, mais elles m'aideront peut-être à passer cette nuit.

7 juillet 1976, aux environs de Truckee, Californie

La cabane de Czarnecki est vraiment le dernier endroit où je pensais me retrouver, et pourtant c'est là que je suis. D'une certaine manière, j'imagine, c'est dans l'ordre des choses : ce cauchemar prendra fin là où il a commencé.

Pour revenir un peu en arrière, Jesse s'est révélé être un homme de parole. La nuit qui a suivi la fusillade dans la caravane, il m'a rendu mon portefeuille et le flingue de Czarnecki, et Edgar et lui sont repartis dans une voiture volée. La première pensée qui m'est venue a été que moi aussi, je devais quitter ce motel, m'éloigner du lieu de mon crime, mais ma jambe me faisait toujours souffrir et j'avais encore besoin de repos. Mon appétit revenu, je me suis fait livrer une pizza. Après avoir mangé à ma faim, j'ai repensé à Beaumont enchaîné dans le camping-car. Cela faisait près de vingt-quatre heures qu'il était privé d'eau et de nourriture.

Il n'a rien dit quand j'ai soulevé le couvercle de la caisse, n'a pas tendu la main vers le pichet d'eau que je lui offrais.

« Je ne vais pas vous supplier, ai-je dit.

– Il faut que j'utilise vos toilettes », a-t-il répondu.

Je lui ai dit d'y aller. Il s'est levé lentement, maladroitement, dans un cliquetis de chaînes. Je me suis détourné tandis qu'il s'accroupissait au-dessus du seau.

« Puis-je rester debout un moment ? » a-t-il demandé après en avoir terminé.

Je l'ai laissé s'appuyer contre le plan de travail de la cuisine le temps de manger deux parts de pizza et de boire de l'eau.

« Où est Jesse ? a-t-il interrogé.

– Parti.

– Mais je suis toujours votre prisonnier.

– Aussi longtemps que vous gagnerez votre pain, ai-je dit. Vous allez m'aider à chasser les vagabonds.

– En vivant dans une boîte et en chiant dans un seau ?

– C'est mieux que ce que vous vivrez en enfer. »

J'ai pris son arrogance comme un avertissement. Après avoir été surpris par Sally, je savais qu'il ne faudrait plus jamais baisser ma garde en présence d'un vagabond, mais j'allais devoir me montrer encore plus prudent avec Beaumont. Je voyais bien à son sourire méprisant, à sa manière de pencher la tête, que même enchaîné il se croyait supérieur à moi et mijoterait toujours des plans pour s'évader. À la première occasion – quand je lui donnerai à manger mon propre sang pour le maintenir en vie ? –, il me bondirait dessus comme un tigre. Je l'ai fait rentrer précipitamment dans sa caisse et ne me suis senti en sécurité qu'une fois les cadenas verrouillés.

De retour dans ma chambre, j'ai changé le pansement sur ma jambe. Ça n'avait pas l'air de s'être beaucoup amélioré, mais ça n'avait pas non plus l'air d'avoir empiré. J'ai essayé de me perdre dans un match de base-ball à la télé, mais tu sais bien comme c'est : les choses qui nous tracassent finissent toujours par prendre le dessus.

Le fait d'avoir tué un homme, fût-ce par inadvertance, me pesait comme un accablant fardeau. Les vagabonds étaient des démons dénués d'âme et j'avais réussi, sans trop de contorsions mentales, à me convaincre que les éliminer, c'était faire l'œuvre du Seigneur. Mais tuer un être humain, en revanche… Même si l'homme que j'avais abattu était lui-même un assassin, le meurtre est un péché mortel.

Et puis, il y avait la question de l'avenir. Si je continuais sur la route où je m'étais engagé, j'allais chasser pour de bon les vagabonds, poursuivant la croisade de Czarnecki, une croisade qui m'avait plutôt fait l'effet d'une malédiction. Errer au volant nuit après nuit avec un monstre à mes côtés à la recherche d'autres monstres, puis en devenir un moi-même pour pouvoir mettre une balle dans le cerveau de ce qui avait jadis été un homme, enfoncer un poignard dans le cœur de ce qui avait jadis été une femme, scier la tête de ce qui avait jadis été un enfant. Voué aux ténèbres, voué au danger, voué à la mort.

Je ne voyais d'autre solution que de m'en remettre à Dieu. On dit que Jésus a prié si fort la nuit qui a précédé sa crucifixion qu'il a sué du sang. J'ignore si c'est vrai, mais à 4 heures du matin, après avoir passé des heures à conjurer le Seigneur de me pardonner, de me guider, ou juste de m'envoyer un signe qu'il m'écoutait, ma jambe s'est remise à saigner, une rose rouge se déployant sur le bandage, et au même instant j'ai entendu une voix dans ma tête, qui disait : « Toutes les dettes se paient. »

Toute ma vie j'ai été un homme de prière, un questionneur, un demandeur, mais je n'avais jamais rien expérimenté de tel. J'ignore si c'était Dieu qui me parlait, *à* moi, ou s'il parlait *à travers* moi. Je ne sais pas s'il s'agissait d'une dette envers Benny ou Dieu ou envers le mort, mais je sais une chose : j'ai reçu la permission, de la part de celui dont j'avais besoin qu'il m'accorde sa permission, de changer de direction, d'abandonner le violent chemin sur lequel je me trouvais.

J'ai dormi quelques heures. J'avais l'esprit clair et tranquille quand je me suis réveillé, et la pierre qui me remplissait les tripes depuis que j'ai appris la mort de Benny avait disparu. J'ai décidé de partir sur-le-champ.

Mais il me restait à vivre une ultime horreur.

Sachant que c'était le jour, Beaumont était aux abois quand j'ai soulevé le couvercle. Il a essayé de s'asseoir, mais je l'ai repoussé au fond de la caisse.

« Ne fais pas ça, *Brother*, a-t-il plaidé. J'ai vécu trop longtemps et j'ai trop souffert pour que les choses se terminent ainsi.

– Je prierai pour toi, ai-je répliqué.

– Enlève mes chaînes et nous prierons ensemble. C'est ce que Dieu veut, *Brother*. Écoute Dieu. »

Je lui ai planté un pic à glace dans la poitrine. Ses yeux se sont écarquillés, ses talons ont martelé le bois de la caisse, puis tout à coup, il s'est figé. Je lui ai tranché la tête avec une scie à métaux, et celui qui avait été roi s'est changé en poussière.

J'ai chargé mes affaires dans le pick-up et j'ai roulé plein nord, arrivant ici, à la cabane de Czarnecki, vers 16 heures. Je compte repartir avant la nuit, qui ne va plus tarder maintenant. Je suis juste revenu récupérer l'Econoline et effacer un peu mes traces.

J'ai jeté le 45, l'arme du crime, dans le premier lac que j'ai croisé et j'ai frotté avec une serviette trempée dans la javel tout ce qui pouvait porter mes empreintes. Les poignées de porte, les assiettes dans lesquelles j'avais mangé, le cadenas du cabanon, et même le manche de la pelle que j'ai utilisée pour enterrer le vieux. J'ai nettoyé le camping-car et le pick-up, aussi, effacé les inscriptions tracées au cirage sur la camionnette, brûlé les affiches de Benny et l'album où je collais mes coupures de presse.

Une fois mon travail terminé, j'ai mangé une boîte de thon et fait une sieste, puis j'ai passé la dernière heure à écrire ces mots, l'ultime entrée de ce journal, qui a commencé comme une chronique de ma quête du meurtrier de Benny et s'est achevé comme les aveux d'un meurtrier. Je le brûlerai aussi, après, car il n'y a aucune raison que tu le lises, aucune raison que tu endosses le fardeau d'un savoir aussi terrible.

Quand les pages seront réduites en cendres, je roulerai jusqu'à Reno, descendrai dans un bel hôtel et mangerai le plus gros steak que je pourrai trouver. Et alors, je t'appellerai. Je vais t'appeler et te dire que j'ai finalement accepté l'idée que je ne retrouverai jamais la personne qui a tué notre fils, et je vais te demander si je peux rentrer à la maison.

Si tu dis oui, je serai à San Diego en un rien de temps. Je te prendrai dans mes bras et te serrerai très fort, en te remerciant de bien vouloir me reprendre. Je retrouverai un poste d'enseignant, j'irai dîner au Chuey's avec toi tous les samedis, et à l'église avec toi tous les dimanches. Tout ce que je te demande, c'est de me pardonner, si je me réveille en hurlant, de ne pas vouloir te raconter mon rêve ; et si, un soir, nous sortons et que tu me vois regarder fixement quelqu'un, que je te prends soudain par la main et te dis : « Allons-y », de ne pas me demander pourquoi, de simplement me suivre, vite et sans rien dire. Avec un peu de chance, cela n'arrivera pas trop souvent. Avec un peu de chance, et l'aide du Seigneur, je deviendrai maître dans l'art d'oublier.

CITATION DU JOUR : « Ne pensez plus aux événements passés, Et ne considérez plus ce qui est ancien. Voici, je vais faire une chose nouvelle, sur le point d'arriver : Ne la connaîtrez-vous pas ? Je mettrai un chemin dans le désert, Et des fleuves dans la solitude. »

Ésaïe, 43:18-19

32

Plissant les yeux, Elijah étudie le manuel de conversation italien d'Antonia, fait glisser son doigt sur la page. Il distingue à peine les mots dans la pénombre de l'église, mais finit par trouver ce qu'il voulait dire.

« *Ho fame* », murmure-t-il à l'oreille d'Antonia.

Elle contemple une statue de Marie tenant tendrement Jésus dans ses bras. Une mère et son fils mort. L'une des sculptures les plus célèbres au monde par l'un des plus célèbres artistes, explique-t-elle. Elijah murmure à nouveau.

« *Ho fame.*

– Ça veut dire quoi ? demande Antonia.

– J'ai faim.

– *Un momento.* »

Cinq mois se sont écoulés depuis la fusillade au motel et la fin des Démons. Au lendemain de cette nuit fatidique, Antonia et Elijah ont jeté leurs blousons de cuir et abandonné la Harley. Elijah s'est rasé la barbe et coupé les cheveux ; Antonia a laissé pousser les siens et a pris l'habitude de porter des robes brodées mexicaines et des bijoux en turquoise. Nouvelles identités, nouveau départ. Ils en ont déjà connu quelques-uns.

Ils ont pris un vol de nuit entre New York et Londres, puis un autre pour Rome, où ils sont depuis une semaine. Tous les après-midi à 16 h 30, quand le soleil d'hiver se couche, ils quittent leur hôtel pour visiter les lieux figurant sur la liste d'Antonia, et tous, jusqu'au dernier, ont été plus beaux encore qu'elle ne l'imaginait. Ses genoux ont tremblé dans la chapelle Sixtine, la fontaine de Trevi lui a donné le vertige et maintenant ça : la *Pietà* de Michel-Ange. Les personnages de marbre sont tellement réalistes qu'elle ne serait pas surprise de sentir un pouls battre si elle posait ses doigts sur la gorge de Marie, ne serait pas choquée si la chair de Jésus était tiède au toucher.

La sculpture est protégée par une vitre blindée. Quelques années plus tôt, un fou l'a attaquée à coups de marteau, brisant l'un des bras de Marie et son nez. Luke aussi a pris un marteau quand il est devenu fou. Est devenu fou et a frappé à mort la petite Abigail. Est devenu fou et a frappé à mort le tout petit James. Elle est rentrée à la maison juste après, elle était allée à l'épicerie et tenait encore à la main un sac d'oignons et de pommes de terre. Luke l'a accueillie nu, couvert de sang, en plein délire. « Bonjour, femme. Je me suis occupé de tes porcelets, et maintenant c'est ton tour. » Parce qu'elle avait menacé de le quitter, de partir avec les enfants.

Alors elle est devenue folle à son tour, a empoigné un couteau de cuisine et l'a poignardé vingt fois. Si elle n'avait pas découvert ce jour-là qu'elle avait le meurtre en elle, qu'elle était capable de tuer sans que cela lui fasse rien, les choses se seraient-elles passées autrement ? Si on ne lui avait pas montré que tous les hommes étaient des bêtes, serait-elle si volontiers devenue une vagabonde, une bête parmi les bêtes ?

D'un clignement de paupières, elle chasse ces questions. Elle chasse le passé. Ces bébés ont succombé à la variole. Ses yeux gravissent une colonne jusqu'au plafond voûté de l'église, dont le dôme est encore embrumé de l'odorante fumée d'une messe. Toute la douleur de sa vie a valu la peine s'il fallait en passer par là pour arriver jusqu'ici, pour voir les bougies trembler comme des lucioles devant les chapelles.

Elijah et elle marchent jusqu'à la statue de saint Pierre. Des visiteurs, qui embrassent leurs chapelets et se signent, font la queue pour toucher son pied. Ils se joignent à la file.

« T'es pas en train de tomber dans la religion, hein ? s'inquiète Elijah.

– C'est la tradition », réplique Antonia.

Leur tour venu, elle contemple les orteils de la statue, rendus brillants et difformes par les caresses d'innombrables pèlerins en quête de miséricorde. Imbéciles, songe-t-elle, avant de tendre la main pour effleurer elle-même le pied.

Elijah et elle mangent dans un restaurant situé sur une petite place avec une fontaine. Leur table est calée contre une vitre embuée par la chaleur de la pièce. De la tranche de sa main, Elijah dégage un hublot pour qu'ils puissent observer les gens qui passent dehors en toute hâte, emmitouflés contre le froid, traînant derrière eux des nuages de vapeur telles des locomotives. Partout des illuminations de Noël, bien que décembre n'ait commencé que depuis une semaine.

Le serveur, avec sa moustache grise tombante, maîtrise tout juste assez l'anglais pour les guider à travers la carte. Elijah commande pour la troisième fois des spaghettis à la carbonara. Antonia plisse le front devant son manque d'imagination, et demande quelle est la spécialité de la maison.

« Saltimbocca, répond le serveur. Ça veut dire que ça sautera dans votre bouche.

– Je vais prendre ça », dit Antonia.

Elle ouvre son guide de voyage.

« Le Colisée est ouvert jusqu'à tard, demain, annonce-t-elle. Il faut qu'on voie ça.

– D'accord, acquiesce Elijah.

– C'est là que les gladiateurs combattaient. Parfois, c'était homme contre homme, parfois ils affrontaient des lions, des tigres et des éléphants. »

Elijah est tourné vers la rue, il regarde un clochard vêtu d'un manteau en lambeaux tituber jusqu'à la fontaine et s'asperger le visage. Antonia aussi a repéré le clochard.

« T'es pas affamé à ce point, dis-moi ?

– Pas encore, répond Elijah.

– Tu as remarqué le campement au bord du fleuve, tous ces ivrognes ?

– Serais-tu en train de me dire de ne pas m'en faire, que Rome est un bon terrain de chasse ?

– J'aimerais bien rester un peu ici. Ensuite, nous irons à Madrid. Tu me montreras l'endroit où tu es né.

– C'est toi qui as des souvenirs, réplique Elijah. Moi, j'ai tout oublié de cet endroit.

– Tu ne peux pas savoir ce qui va se passer quand tu le reverras, dit Antonia. Peut-être que tout te reviendra. »

Elle fait signe au serveur.

« Je crois que je vais prendre du vin, finalement. Tu en veux ?

– Avec plaisir. »

Elle sourit et ouvre son manuel de conversation pour chercher comment on dit « rouge ».

33

Jesse se traîne hors de la route, dans les broussailles, sa peur d'être repéré l'emportant sur la douleur. Cet effort l'a épuisé. Il ne peut plus rien faire, après, à part contempler la toile scintillante des étoiles déployée à travers le ciel.

Il aurait dû s'attendre à des ennuis. Edgar s'est montré de plus en plus rebelle et sournois ces derniers temps, et plus bizarre aussi, avec ses histoires de visions et de Petit Diable. S'il n'avait pas été distrait par Johona et les Démons, il aurait vu venir la chose. Il a baissé la garde et maintenant il en paie le prix.

Le temps qu'il parvienne à se relever, il est déjà 3 h 30. Deux heures avant le lever du soleil. Wells, la ville la plus proche, se trouve à une heure en voiture. Il y a de grandes chances qu'Edgar s'arrête là-bas. Il va falloir que quelqu'un le prenne en stop, et vite, s'il veut arriver avant l'aube.

Il ramasse sa veste en jean à l'endroit où il l'avait jetée tout à l'heure, pendant qu'il changeait le pneu, et la boutonne par-dessus son tee-shirt déchiré et taché de sang. Les flingues sont dans la Galaxie, mais il a son poignard. Il se met en route sur le bas-côté.

Il marche depuis un quart d'heure quand des phares apparaissent enfin. Il s'avance sur la route et agite les bras.

Un semi-remorque jaillit des ténèbres, chargeant comme un rhinocéros. Le chauffeur donne des coups de Klaxon, sans ralentir. Jesse manque être renversé par la rafale de vent chaud, quand le camion file devant lui. Il passe le doigt au coin de son œil pour enlever la poussière, et reprend son chemin.

Dix minutes plus tard, un autre camion déboule, de la direction opposée cette fois. Jesse traverse l'autoroute. Là encore, le semi-remorque passe sans ralentir comme si le chauffeur ne l'avait pas vu ; deux autres font de même au cours de la demi-heure qui suit.

Le temps est désormais compté pour atteindre un abri avant l'aube, et la panique commence à titiller Jesse. D'autres phares. Il se plante au milieu de la chaussée, gesticulant comme un malade. C'est une voiture cette fois, une AMC Gremlin poussiéreuse. Elle ralentit et s'arrête six ou sept mètres devant lui.

« Qu'est-ce qui vous arrive ? interpelle une voix d'homme.

– J'ai eu un accident », lui crie Jesse.

Tout en se précipitant vers la voiture, il plonge la main dans sa poche pour attraper son couteau.

« Arrêtez, lui lance l'homme. Gardez vos distances. »

L'ignorant, Jesse s'approche de sa vitre, que le conducteur essaie désespérément de remonter. C'est un vieil homme avec d'épaisses lunettes et les dents de travers. Une vieille dame est recroquevillée sur le siège passager, serrant dans ses bras un petit chien, vieux lui aussi. Jesse empoigne la tranche de la vitre et l'empêche d'aller plus haut.

« J'ai besoin qu'on m'emmène à Wells, dit-il.

– Lâchez cette vitre, réplique le vieil homme, qui s'efforce encore de tourner la manivelle.

– Je suis blessé, plaide Jesse.

– Lâchez cette vitre. »

Jesse tire sur la poignée de la portière, mais celle-ci est verrouillée. Il passe la main à l'intérieur pour ouvrir le loquet. La femme hurle, le chien aboie et l'homme écrase son pied sur l'accélérateur. La Gremlin démarre sur les chapeaux de roue, envoyant tournoyer Jesse qui s'effondre sur le bitume.

L'évidence qu'il est trop tard pour atteindre Wells se pose sur lui comme un linceul de plomb. Il se remet à marcher. Une fausse aurore se lève puis repart. Il poursuit son chemin. Un autre camion le dépasse à pleine vitesse. Il n'essaie même pas de lui faire signe, continue juste de marcher.

Le ciel pâlit déjà quand il repère une vieille cabane de pionnier à l'abandon. Il se dirige vers cette baraque branlante, sans porte ni fenêtre, et glisse sa tête à l'intérieur. Ce n'est pas le refuge qu'il espérait trouver. Le toit s'est effondré, ne laissant qu'un seul coin de la pièce encore couvert, et pas moyen d'improviser un abri à partir des débris : quelqu'un les a tous brûlés sur le sol en terre battue.

Il scrute le désert alentour. Un enchevêtrement de broussailles assez épaisses suffirait-il pour le protéger du soleil ? Fallait-il qu'il creuse une fosse et se recouvre de terre ? Il ressort de la cabane, tombe à genoux et commence à bêcher une tombe provisoire, mais celle-ci n'est profonde que de trente centimètres quand le soleil émerge de la crête des collines, là-bas vers l'est, et fait déferler une vague de feu orangée à travers le désert.

Jesse rentre dans la cabane et s'accroupit sous ce qui reste du toit, il ne peut rien faire d'autre que regarder, impuissant, la lumière du soleil glisser vers lui telle une marée mortelle. Elle rampe, de plus en plus proche, jusqu'à ce qu'il soit forcé de se tenir debout, dos au mur. L'ombre du dernier bout de toit contient l'éclat du jour, mais dans une heure, quand le soleil se dressera à la verticale de la cabane, il n'y aura plus moyen de lui échapper.

Jesse évalue l'ascension du soleil à la lumière qui descend sur les murs, son désespoir allant croissant au fur et à mesure que ses repères – le clou tordu, la tache qui ressemble à un chapeau de cow-boy, le sommet du *f* du *fuck* tracé à la bombe à côté de la fenêtre – s'illuminent. L'angoisse atteint son paroxysme quand le petit bout d'ombre sous ses pieds commence à disparaître. Ses jambes se mettent à trembler, ses dents claquent et il se demande s'il ne va pas se disloquer avant que le soleil ne l'incinère.

Puis, soudainement, miséricordieusement, un grand calme se déploie au creux de sa poitrine.

L'homme le plus sage qu'il a jamais rencontré est ce vieux marin qui veillait sur le bout du comptoir du Whale, un saloon miteux de San Francisco qui a ensuite été détruit lors du grand tremblement de terre. Snipe, comme ce marin se faisait appeler, répondait, moyennant un verre de rhum, à toutes les questions portant sur des sujets pratiques ou philosophiques, de ce qu'il fallait faire pour débloquer le couvercle d'un bocal de cornichons à comment courtiser une femme au-dessus de votre condition.

Un soir, pour s'amuser, Claudine lui a offert à boire, puis elle a dit à Jesse de lui poser une question. Pris au dépourvu, Jesse avait de la peine à en trouver une. Notant son embarras, Snipe a déclaré : « Je sais ce que tu veux savoir. Tu veux savoir ce qui va t'arriver quand tu mourras. » À vrai dire, c'était bien la dernière chose à laquelle Jesse pensait. Il était un vagabond et n'envisageait pas de mourir un jour. Mais il s'est prêté au jeu, priant le vieil homme de poursuivre.

« Quand tu mourras, ce que tu *crois* qu'il va t'arriver est exactement ce qui va t'arriver, a déclaré Snipe. Si tu veux des anges, t'auras droit à des anges. Si tu penses que t'es bon pour l'enfer, c'est là-bas que tu te retrouveras. Et si tu penses qu'il n'y a que cette misérable galère et rien d'autre, eh bien, y aura rien d'autre. »

Jesse s'était moqué de ces paroles, alors, mais d'y repenser maintenant, il s'emplit d'un nouveau courage. Il passe de l'ombre à la lumière, franchit la porte de la cabane. Sa chair fume et la douleur est à la hauteur de ses craintes, mais il ne la craint plus. Au bout de six ou sept pas, son corps n'est plus que poussière, mais le reste de son être continue d'avancer. Le reste de son être rejoint la route et la remonte. Le reste de son être regarde un nuage dériver, un lièvre détaler. Le reste de son être hume un parfum de sauge et donne un coup de pied dans une cannette vide. Le reste de son être voit Claudine se matérialiser soudain, émergeant d'un mirage liquide, et se met à courir vers elle en riant.

REMERCIEMENTS

Je tiens à remercier mon équipe : Henry Dunow, Sylvie Rabineau, Jill Gillett et Peter Dealbert. Toute ma gratitude également à Asya Muchnick et à l'équipe de Mulholland Books.

edition pre-presse
livres numériques

44400 Rezé

Achevé d'imprimer en novembre 2023
sur les presses de Normandie Roto Impression s.a.s.
à Lonrai (Orne)
pour le compte des Éditions Payot & Rivages
60/62, avenue de Saxe -75015 Paris
N° d'impression : 2305071
Dépôt légal : novembre 2023

Imprimé en France